Verliebt in einen Wolf

-

Sam und Moe 3

Ein Roman von

Pat Grace & Sabrina Georgia

Mit den Charakteren aus:
»Yvor und Yvi«

Bibliografische Information der Deutschen Nationalbibliothek:
Die Deutsche Nationalbibliothek verzeichnet diese Publikation in der
Deutschen Nationalbibliografie; detaillierte bibliografische Daten sind im
Internet über http://dnb.d-nb.de abrufbar.

Verliebt in einen Wolf – Sam und Moe 3
Pat Grace & Sabrina Georgia

1. Auflage
September 2019

© 2019 DerFuchs-Verlag
D-69231 Rauenberg (Kraichgau)
info@DerFuchs-Verlag.de
DerFuchs-Verlag.de

ISBN 978-3-945858-88-2 (Taschenbuch)
ISBN 978-3-945858-89-9 (ePub)

Sabrina:
Sam und Moe haben mich in der Tat süchtig gemacht!
Pat, du bist Schuld! <3 Leider ist es wohl vorerst der letzte
Band der beiden … :(Oder bekomme ich dich zu einem neuen
*Abenteuer überredet? *ist auch gaaaanz brav* *bettel**
:)

Pat:
Band 2 hat mir selbst das Herz aus der Brust gerissen. Was
habe ich mir nur dabei gedacht? Vergangenheits-Pat, das war
zu viel Drama! Mal schauen, ob Zukunfts-Pat das besser
hinbekommt. @Sabrina – natürlich! Besprich das aber lieber
*mit Zukunfts-Pat *lach**

Prolog

Als Alpha hatte man stets eine große Verantwortung. Ich kannte es ja nicht anders, denn ich war in der führenden Familie aufgewachsen und wusste, was mich erwartete. Das Leben war kein Ort für Spaß und Spiele – es ging vielmehr um Pflichtgefühl und darum, zu entscheiden, was das Beste für die Rudel darstellte. Mein Privatleben war nicht wichtig. Klar, man wünschte sich von mir auch hier eine Vorbildfunktion: Frau, Kinder und alles in einer gewissen Harmonie, dass die Wölfe eine Art Ruhepol hatten. Leider erfüllte ich dies nie.

Ich war zu launisch. Die Frau, die man mir in einer schrecklichen Nacht aufgezwungen hatte, um einen Krieg unter den Wölfen zu vermeiden, liebte ich nicht. Sie war mir ab und an zwar sympathisch und nach einer gewissen Zeit hatte ich mich an ihre Anwesenheit gewöhnt, aber sie brachte mein Herz nicht zum Flattern, so wie man es aus Filmen kannte. Lang war ich sogar der Meinung, dass es eine solche Liebe überhaupt nicht gab ... bis ich Moe begegnete.

Dieser Junge mit seinen schwarzen Locken, die man ihm schon kurz nach unserem Kennenlernen gewaltsam abgeschnitten hatte, weckte in mir den Wunsch, ihn wie meinen Schatz zu behüten. Anfangs wirkte er so hilflos, dass ich ihn am liebsten in Watte gepackt hätte. In ihm steckte jedoch mehr, als ich vermutet hatte. Er war durchaus in der Lage, sich zu behaupten, demonstrierte es mir in einigen Situationen, doch ich war viel zu blind, um zu bemerken, dass ich ihn mit meiner beschützenden Art erdrückt hatte.

Nun war es zu spät.

Der letzte Schicksalsschlag hatte uns auseinander getrieben und ich wagte es nicht, mir eine weitere Chance auszumalen. Bis jetzt war ich emotional allerdings auch noch nicht dazu bereit, ihn ziehen zu lassen. Wir waren verbunden, Moe und ich.

Ich vermisste meinen Liebling.

1

Mensch, nun beeil dich doch endlich! Wir können unsere Fans doch nicht ewig warten lassen!«, rief Lip ins Badezimmer, in dem ich gerade noch versuchte, meine Haare zu bändigen.

»Falls du es noch nicht wusstest, ich bin euer einziger Fan!«, brüllte ich belustigt zurück und grinste dabei.

»Mach dir doch einfach einen Zopf, wie sonst auch«, seufzte er nun am Türrahmen und ich runzelte die Stirn.

»Ich würde sie mir ja am liebsten wieder abschneiden lassen, aber ich kenne da jemanden, der dann wieder Tage lang schmollt«, stichelte ich, als er sich auch schon an mich drückte.

»Bitte, leg einen Gang zu«, schmunzelte er und drückte mir mein T-Shirt an die Brust.

Lip war immer so nervös vor den Auftritten seiner Band, da er Angst hatte, niemand würde kommen. Was ja nicht stimmte, denn wie so oft war ich dort. Gelegentlich schauten auch Simon und Benny vorbei, allerdings schienen die beiden zur Zeit ihre eigenen Probleme zu haben.

Genervt von meinem Haarchaos wurde es dann doch ein Zopf, den ich zusätzlich mit einer Klammer hochsteckte, sodass sich nur einzelne Strähnen ihren Weg in mein Gesicht bahnen konnten. Ich hasste es!

Stirnrunzelnd betrachtete ich das T-Shirt, das mir Lip gegeben hatte. Die Band war wohl schon wieder auf Namensfindung gegangen!

»Sag mal, Lip, kann es sein, dass ihr nicht so viele Fans habt, weil ihr ständig euren Namen wechselt?«, brummte ich und zog mir das schwarze Shirt über, auf dem in Neongelb der Name ›Windelrocker‹ stand. Lip reagierte nicht auf meinen Kommentar, denn er schien abermals mit den Gedanken beim Auftritt zu sein.

Nach einem kurzen Augenrollen strich ich es noch einmal glatt und war mir nicht sicher, ob ich tatsächlich auf der Straße mit so einem T-Shirt gesehen werden wollte. Gut, dass es bereits kalt war und ich eine Strickjacke drüber trug.

»Na endlich! Olli und Jenna werden auch gleich hier sein. Schuhe an, Mister! Beeil dich!«, hetzte er und griff nach seiner E-Gitarre. Wieso ich mir das jeden Freitag aufs Neue antat, war mir echt ein Rätsel.

***

Der Schuppen war brechend voll. Olli, Jenna und Lip standen auf der Bühne und schmetterten ihre besten Songs. Lips Stimme war einfach atemberaubend gut und im musikalischen Zusammenspiel mit den beiden anderen beinahe perfekt. Es war eine echt gute Band, nur deren Namensgebungen meist für die Tonne.

Jenna schlug auf das Schlagzeug ein, als würde sie einen ihrer Ex-Freunde verprügeln, während Olli den Bass so sanft zupfte, dass es wie ein Liebesspiel wirkte. Mit Müh und Not hatte ich mich aus dem Moshpit gerettet und es an die Theke geschafft. Ein kaltes Bier war jetzt genau das Richtige!

Ich wusste, dass sie gleich den letzten Song spielen würden, den ich fühlen konnte und lauschen wollte. Phillip, der von allen nur ›Lip‹ genannt wurde, legte in diesen Song immer sein ganzes Herzblut. Ich liebte es!

Das Licht wurde gedimmt und Lip nahm sich einen Hocker. Zu einem sehr langsamen Takt begann er, auf der Gitarre zu spielen und zu singen. Das Schlagzeug setzte ruhig und sanft ein, ebenfalls der Bass. Es war das einzige Lied, in dem Jenna mitsang. Im Publikum wurden die Handys gezückt und die Taschenlampen-App gestartet. Alle hoben die Hände. Er hatte es geschafft! Er hatte nicht nur ihre Ohren, sondern auch die Herzen berührt. Ziemlich stolz auf den Möchtegern-Punker griff ich nach meinem Bier und leerte es. Der Abend würde sicherlich noch sehr nett werden.

Etwas später war ich bereits mit dem dritten Bier zu Gange, als sich Jenna an mich schmiss. Sie riss mich dabei beinahe vom Hocker, hätte Lip mich nicht von der anderen Seite gestützt.

»Wie schaut es aus? Ziehen wir noch um die Häuser?« Olli, der hinter uns auftauchte, grinste breit und betrachtete Jennas Hintern. »Wobei ich auch nichts dagegen hätte, diesen Prachtschinken zu erkunden.«

Beleidigt streckte Jenna ihm die Zunge heraus und meinte etwas von, dass er das ganz schnell vergessen sollte. Danach folgten Drohungen wie, unter Strom gesetzte Klemmen an den Hoden und das Einflößen von Salpetersäure. Diese Themen kannte ich zwischen den beiden bereits und lachte.

»Du solltest eine Chemiestudentin vielleicht nicht zu sehr verärgern«, meinte ich und bemerkte die Schwere an meinem Rücken. Lip hatte sich angelehnt und wirkte ziemlich müde.

»Ich glaub, ich bring Dornröschen nach Hause. Ihr könnt ja noch durch die Gegend ziehen«, schlug ich vor, während Jenna zu würgen begann und Olli nur seufzte:

»Ach, komm schon Kleines!«

Grinsend sah ich ihnen nach, bis sich Lip in mein Sichtfeld setzte.

»Lass uns nach Hause gehen! Das war so anstrengend«, stöhnte er und richtete sich auf.

»Kein Bier?«, fragte ich, doch er schüttelte den Kopf und schlurfte in Richtung Ausgang.

Ich legte noch ein gutes Trinkgeld auf den Tresen, wartete bis mir der Barkeeper zunickte und eilte hinter dem Sänger der ›Windelrocker‹ her. Außerhalb des Clubs rempelte ich ihn an, was ihn lachend zum Schwanken brachte.

»Hey, wegen dir falle ich noch vor Erschöpfung um«, brummte er und rempelte mich zurück.

»Stell dich nicht so an. Der Gig war doch super und davon mal abgesehen, sind es noch geschätzte dreihundert Schritte bis zu meiner Wohnung! Ich hätte quasi von dort aus zuhören können.«

Lip zog gespielt beleidigt eine Schnute.

»Dann hättest du mich aber nicht gesehen und dabei bin ich heute ziemlich heiß«, scherzte er herum.

An der Haustür zog ich den Schlüssel aus der Jeans und steckte diesen ins Schloss. Lip kam wie selbstverständlich mit hinein und würde wohl wieder über Nacht bleiben. Das machte er nach jedem seiner Auftritte. Der Höhepunkt.

»Stimmt, ich hätte dich nicht sehen können«, gab ich ihm recht und drückte ihn im Hausflur gegen die Wand. »Da wäre mir so einiges entgangen«, flüsterte ich und legte meine Lippen auf die seinen.

Ziemlich angetan ließ Lip die Zunge in meinen Mund wandern und liebkoste meine zärtlich.

»Wenn du so weitermachst, will ich, dass du mich sofort hier draußen nimmst«, raunte er heiser und bekam rote Ohren.

»Das sollten wir der armen Frau Meier von nebenan nicht antun«, kicherte ich und schloss neben ihm die Wohnungstür auf.

Kaum dass ich die Tür hinter mir verschlossen hatte, fiel mir Lip in die Arme und begann, mich innig zu küssen. Seine Hände wanderten an meinem Körper hinab, zum Gürtel, um diesen zu öffnen.

»So nötig?«, kam ich ihm entgegen und zog mir das Bandshirt über den Kopf.

»Nur bei dir«, raunte er süßlich und strich mit den Fingern über meine Brust.

Bis zur Couch hatten wir es letztendlich geschafft, uns bis auf die Shorts zu entkleiden. Lip lag auf mir und ich genoss seine Küsse und Streicheleinheiten. Als er an den Bund meiner Shorts griff, hob ich sofort das Becken, damit er mir diese hinunter ziehen konnte. Er rutschte etwas weiter zwischen meine Knie und legte die Hand um meinen Schaft. Seine Lippen befanden sich an meiner Spitze, er leckte spielerisch darüber und ließ mich dann ganz in den Mund vordringen. Ich stöhnte, legte den Kopf in den Nacken und vergrub die Hände in seine kurzen, stufig gestylten schwarzen Haare. Das Piercing an der Lippe kitzelte hin und wieder, was mich aber nur noch mehr anmachte. Die Hitze, die in mir aufkam, war unglaublich und ich wollte es endlich richtig mit ihm tun! Wenn er so weitermachte, wäre die Show nur zu schnell vorbei.

»Bereit?«, fragte er und ich nickte wie wild.

Er schob die Shorts nun ebenfalls von der Hüfte und setzte sich auf meinen Schoß. Geschickt wie eh und je, öffnete er das Tütchen mit dem Kondom und streifte es mir über. Meine Hände krallten sich in Lips Pobacken, während er sich selbst mit den Fingern vorbereitete, dann ließ er sich auf meiner Spitze nieder und nahm mich komplett in sich auf. Der Schließmuskel legte sich so eng um mein Glied, dass ich keuchte.

»Nicht ohne mich!«, ermahnte mich Lip und ich musste lachen.

»Keine Bange! Ich vergesse dich schon nicht.«

Ich richtete mich auf, sodass ich saß, und leckte über eine seiner Brustwarzen. Am Anfang musste ich mich an die ganzen Piercings erst einmal gewöhnen, denn gut waren die definitiv nicht für meine Zähne. Somit fiel das Beißen in die Nippel ziemlich zügig weg. Dennoch liebte er es, wenn ich mit der Zunge über das Metal ging und es etwas bewegte.

Eine Hand griff an seine Männlichkeit, während er sich selbst auf- und abbewegte, sodass es immer intensiver wurde. Ich konnte nicht mehr ruhig sitzen bleiben und ließ mich wieder nach hinten fallen, um diesen Augenblick völlig auszukosten. Dieser Kerl brachte mich um den Verstand und ritt mich, bis ich vollkommen erschöpft war.

»Moe ... ich ... komme!«, stöhnte er, zuckte bereits in meiner Hand.

Lips Liebessaft verteilte sich auf meinem Bauch.

»Ich bin noch nicht so weit«, flehte ich, dass wir noch nicht aufhören sollten.

Grinsend wechselte er die Position. Er lag nun auf dem Bauch, streckte mir den Hintern entgegen, sodass ich erneut in ihn eindringen konnte.

»Ja!«, hörte ich ihn unter mir, stieß mehrmals zu und kam dem Höhepunkt ein Stückchen näher.

Lip drehte den Kopf leicht zur Seite, um mich zu küssen. Als er erneut schnell zu atmen begann und ein weiteres Mal einen Orgasmus hatte, wurde er so dermaßen eng, dass ich ebenfalls erleichtert an mein Ziel kam.

»Ich liebe dich«, flüsterte er, als ich mich auf ihn sinken ließ und seinen Nacken küsste.

»Ich weiß«, konnte ich nur erwidern und spürte seinen Herzschlag.

2

Sam

Der Winter würde bald das Land heimsuchen und die Nächte wurden stetig kälter. Ich hatte mich in meinem Loch zusammengerollt und dachte an das Leben, das ich geführt hatte. Die Sehnsucht brachte mich Stück für Stück weiter an mein Zuhause heran, wieder in Moes Nähe. Ich spürte, dass es ihm gutging. Er hatte den größten Teil der Trauer hinter sich gebracht, wirkte gelöst ... und gerade höchst entspannt. In mir arbeitete es.

›Du hast kein Recht darauf, eifersüchtig zu sein‹, ermahnte ich mich, denn mir war es plötzlich nur allzu bewusst, dass Moritz in diesem Moment Sex hatte.

Mein Körper erzitterte. Ich verschloss sogleich meinen Geist, dass er es nicht mitbekam. Diese Bürde wollte ich ihm nicht aufhalsen, sondern ertrug es geduldig. Glücklicherweise war die Sache nicht sonderlich zeitraubend, was mich aufatmen ließ.

Als endlich Mitternacht war, kletterte ich aus dem Versteck. Ich musste jagen, endlich wieder etwas zwischen die Zähne bekommen, denn in letzter Zeit hatte das nicht sonderlich gut geklappt. Eine der Schusswunden, die man mir zugefügt hatte, war der Grund dafür gewesen, da sie mich langsam machte und die Jagd somit erschwerte.

›Wärst du als Mensch unterwegs, könntest du einfach in den nächsten Supermarkt gehen und dir dort etwas kaufen‹, sagte die leise Stimme in meinem Kopf und ich knurrte.

Seit Tagen haderte ich mit mir selbst. Es konnte doch nicht angehen, dass ich meine Natur verleugnen wollte. Ich war ein Wolf! Und dennoch vermisste ich das Leben im Luxus, in dem ich niemals hatte Hungern müssen. Aber es konnte doch nicht sein, dass ich es gerade einmal ein halbes Jahr ausgehalten hatte, frei zu sein.

Leise schlich ich mich durch das Unterholz auf eine Lichtung zu, auf der sich sonst Rehe und Hasen befanden. Ich legte mich auf die Lauer. Leider hatten meine Gedanken anderes im Sinn, als sich auf die Jagd zu konzentrieren. Ich überlegte, welcher Scheißkerl gerade bei Moe im Bett lag.

›Atmen, Sam, atmen‹, dachte ich, fletschte trotzdem die Zähne.

Wenn ihm dieser Kerl weh tat, würde er es bitterlich bereuen! Moritz verdiente jemanden, der voll und ganz zu ihm stand, ihn liebte und das bedingungslos. Er war es wert ...

›Leider warst du es nicht, denn sonst wäre er bei dir geblieben‹, flüsterte die Stimme in meinem Kopf und ich schnaubte.

Allmählich ging sie mir extrem auf den Geist. Schluss mit diesem Selbstmitleid! Ich hatte mich verändert, genau wie Moe. Es wurde wohl an der Zeit, dass ich mich zusammenriss und ihm zufällig über den Weg lief. Er konnte mir doch nicht bis an sein Lebensende böse sein. Am Tod seiner Eltern war ich weder Schuld, noch hatte ich etwas damit zu tun gehabt. Ich war nur zufälligerweise ein Wolf, genau wie die Mörder von Moes Eltern. Und ich liebte ihn! Das musste doch auch etwas zählen, oder nicht?

***

Ich hatte sie nicht näherkommen hören, so sehr war ich in Gedanken gewesen. Erst, als ich den Schmerz spürte, wusste ich es: Sie hatten mich entdeckt. Der Schrot traf mich an der Seite, bohrte sich tief in mein Fleisch. Verdammt, das fühlte sich ernst an! Ich bekam beinahe keine Luft mehr ...

Hastig rappelte ich mich auf, rannte davon. Der Schmerz machte mich blind, sodass ich nur noch auf meine Instinkte vertrauen konnte. Ich musste von den Jägern weg, die es die letzten Tage auf mich abgesehen hatten. Ich schien eine der Trophäen zu sein, die man unbedingt in seinem Haus ausstellen wollte, zudem hatte ich anfangs das eine oder andere Reh erlegt. Das nahmen sie mir wohl übel.

Statt zu meinem Unterschlupf zu laufen, rannte ich in die entgegengesetzte Richtung, tiefer in den Wald hinein. Ich musste diese Typen abhängen, auch wenn mir langsam seltsam schwindelig wurde.

Eine Straße führte durch einen Teil des Waldes und ich stolperte darauf zu. Die Lichter sah ich nicht, doch die Wucht traf mich wie ein Amboss. Ich wurde in den Graben geschleudert und blieb regungslos liegen. Was für eine Nacht!

»Scheiße!«, hörte ich es leise, konnte mich allerdings nicht bewegen, um vor den neugierigen Blicken, die man auf mich warf, zu entkommen. »Bleib ganz ruhig liegen, Kumpel!«

Kumpel? Ich? Was redete dieser Typ da? Ich hörte, wie er sich entfernte, jedoch mit einer Art Decke zurückkam.

»Oh Mann, du bist ein echter Brocken. Hoffentlich bekomme ich dich in den Wagen«, raunte er und ich hätte am liebsten nach dieser Nervensäge geschnappt.

Ich war kein Brocken, sondern nur noch Haut und Knochen. Jeder seiner ungeschickten Handgriffe schmerzte und ich ließ ein leises Fiepen hören.

»Tut mir leid ...«

Er zerrte mich aus dem Graben und schleifte mich bis zum Wagen. Vorsichtig bewegte ich mich, wollte aufstehen, doch der Fremde redete auf mich ein, mich nicht zu bewegen.

»Ich bringe dich erst einmal zu einem Arzt. Wobei ich ein echtes Problem kriege, wenn der die Bullen ruft. Ich bin nicht mehr ganz nüchtern, musst du wissen. Hey, es ist Freitag Nacht«, faselte er und mir schwante schlimmes, als er mich auf die Ladefläche des eigenartigen Pick-ups hievte.

›Du wirst irgendwo in einem Grab landen, ohne Namen und niemand wird wissen, wieso‹, ging es mir noch durch den Kopf, ehe alles schwarz um mich herum wurde.

***

»Ich sag dir, der war einfach plötzlich da. Er ist mir sozusagen vor den Wagen gesprungen«, hörte ich die Stimme irgendwann wieder.

Ich blinzelte. Wo war ich hier? Es stank erbärmlich! Kalter Rauch und eine ekelhafte Mischung aus Sex und altem Essen. Wie konnte man nur so leben?

»Was? Ach, quatsch nicht! Ich bin doch nicht stoned! Ich sag dir, Jenna, da liegt ein riesiger Hund in meiner Hütte. Wenn mich der Vermieter erwischt, bin ich dran.« Kurze Stille, dann plapperte dieser Vollidiot weiter. »Es wäre echt besser gewesen, wärst du noch mit mir irgendwo versackt.«

Ich schnaubte. Das wäre sicherlich nicht nur für ihn besser gewesen! Ich bemühte mich, die Glieder zu bewegen, aber die streikten noch immer. Alles tat weh und die Schusswunde brannte höllisch. Vielleicht wäre sterben eine gute Alternative gewesen ...

»Oh, warte, er ist wach. Gib mal einen Laut, Kumpel«, meinte der Punk, der nun vor mir stand und hielt mir tatsächlich ein Handy vor die Schnauze.

Was sollte ich denn machen? Hineinbellen?! Ich knurrte. Das schien ihm zu reichen, denn er zog es erneut ans Ohr.

»Hast du gehört?«, fragte er und lief im Raum auf und ab. »Meinst du, Lip ist demnächst Zuhause? Ja, ich weiß, dass er in einem Studentenwohnheim wohnt, aber ich hab hier keinen Platz für einen Hund!«

Ich war kurz davor, ihm aus Protest in die Wohnung zu pinkeln. Was für ein Knallkopf! Was bildete er sich denn ein? Erst fuhr er mich an, dann schaffte er es nicht einmal zu einem Arzt und nun wollte er mich bei einem Kerl abliefern, dessen Namen nur aus drei Buchstaben bestand? Es war jetzt echt genug!

Mit den Vorderpfoten zog ich mich in Richtung Ausgang. Meine Hüfte und die Seite hatten wohl am meisten abgekriegt, weshalb mir diese fürs Erste nicht gehorchten. Das war dennoch kein Grund, weiterhin die Gesellschaft dieses Idioten zu ertragen. Da schleppte ich mich lieber selbst zu einem Arzt oder ließ mich am besten einschläfern! Wieso hatte er mich überhaupt mitgenommen?

»Warte! Braver Hund ... Was machst du denn an der Tür? Nicht daran kratzen!«, brummte der Kerl und schob mich zurück.

Ich zuckte zusammen, als sein Bein die Wunde streifte. Okay, vielleicht sollte ich doch noch etwas ausruhen und der Verletzung Zeit geben, zu heilen. Erschöpft sank ich zu Boden, schloss die Augen und schlief sofort ein. Es war ein unruhiger Schlaf, da der Typ ständig zurückkam, um zu prüfen, ob ich noch lebte. Was meinte er denn, was passieren würde? Vor seiner Tür abkratzen? Den Gefallen würde ich ihm nicht tun. Ich wollte aus diesem Drecksloch raus.

***

»Lip? Kumpel!«, rief der Randalierer und riss mich abermals aus dem Schlaf. »Ja, ich weiß, dass es extrem früh ist. Kannst du bitte vorbeikommen?«

Anscheinend wollte der Herr mit den drei Buchstaben das nicht, denn der Redeschwall begann von neuem. Ich legte mir die Pfoten auf die Ohren, um nicht alles mit anhören zu müssen, doch leider war mein Gehör zu gut. Mein Gastgeber redete sich um Kopf und Kragen, appellierte an deren Freundschaft und, dass er in ernsten Schwierigkeiten stecken würde, sollte der Vermieter mich in der Wohnung vorfinden. Diese Leier kannte ich bereits und versuchte, ihn zu ignorieren.

»Na meinetwegen, dann schlaf erst mal. Gegen elf? Ich danke dir! Alles klar. Dann schau ich mal, was ich tun kann, um es ihm angenehm zu machen. Bis später!«, beendete er das Gespräch und ich brummte.

Es mir angenehm machen? Na, hoffentlich wollte er mich nicht mit stinkender Pizza bestechen. Die roch mittlerweile, als würde sich da eine eigene Bakterienkultur darauf ansiedeln. Ich unterschätzte ihn aber, denn stattdessen bekam ich ein paar Salami-Scheiben aus dem Kühlschrank. Das war nicht schlecht, wenn auch sehr fettig.

»Anscheinend müssen wir bis elf durchhalten. Meinst du, du schaffst das?«, erkundigte er sich und ich schnaubte.

Geistesabwesend kraulte er mich hinter den Ohren. Innerlich redete ich mir gut zu, ihn nicht zu kneifen, denn dann wäre er bestimmt nicht mehr gut auf mich zu sprechen. Also ertrug ich seine Auffassung von ›es mir angenehm machen‹ und fraß den Rest der Salami, ein großes Stück Leberwurst und ein Schnitzel vom Vortag, ehe ich mich erneut zum Schlafen hinlegte.

»Ja, da hast du wohl recht. Ich sollte auch ne Runde pennen«, gähnte mein Gegenüber und streckte sich auf der Couch aus. »Du bist echt in Ordnung, weißt du das? Zumindest quatschst du nicht ununterbrochen. Das finde ich prima.«

›Wenn er das nur auch schaffen würde ...‹

Ich brummte und schloss die Augen. Mein Körper wollte seine Ruhe und so schaffte ich es, erneut einzuschlafen.

3

Moe

Die ersten Sonnenstrahlen bahnten sich einen Weg am Vorhang vorbei und weckten mich. Ich drehte mich im Bett auf die Seite und sah, dass Lip schon gegangen war. Wie so oft stand er zeitig auf und verschwand. Ohne Frühstück, ohne viel Gerede, ohne irgendwelche Erwartungen an mich.

Seit ein paar Wochen lief das nun zwischen uns, was ich am Anfang selbst nicht glauben konnte. Besonders, dass ich in die aktive Rolle gehen würde, war etwas ganz Neues. Phillip studierte drei Semester über mir und musste zu einem Nachhilfekurs, um einen der Scheine zu bekommen. Ich saß nur per Zufall im selben Foyer, als er neben mir stöhnte und sich die Haare zu raufen begann.

»Alles in Ordnung?«, fragte ich damals unsicher, während er den Kopf schüttelte.

Er schob mir ein Skript herüber zum Thema Parasitologie und schien da auf dem Schlauch zu stehen. Aus irgendeinem Grund bot ich ihm an, mit zu mir zu kommen, da ich mir dafür ein paar Karteikarten gebastelt hatte. Erstaunt über meinen Fortschritt und, dass ich das Studium wahrscheinlich verkürzen konnte, kamen wir immer mehr ins Gespräch.

Irgendwann lud er mich zu einem Gig ein. Die Band nannte sich zu diesem Zeitpunkt noch ›Erbsenpüree‹. Wir tranken danach etwas, er gestand mir, wie hübsch er mich fand. So führte eins zum anderen, bis wir bei mir im Bett landeten. Seitdem gab es diese stille Vereinbarung, dass wir es miteinander trieben, aber jeder seinen Freiraum behielt.

Gähnend rieb ich mir über den Bauch und machte mich für die Arbeit fertig. Heute würde ich in Mikas Kleintierpraxis aushelfen. Vorher wollte ich allerdings noch ans Grab meiner Eltern. Der Gedanke stimmte mich traurig. Wie gerne hätte ich ihnen erzählt, wie mein Studium lief, ihnen Lip vorgestellt, sie in die Arme geschlossen und gestanden, wie sehr ich sie vermisste.

***

Blaue Vergissmeinnicht, weiße und rosafarbene Lilien und jede Menge Nelken zierten das Grab meiner Eltern und ließ es bunter und schöner erstrahlen als jedes andere. Samuels Firma kam offiziell für die Grabpflege auf, wofür ich sehr dankbar war. Vivienne selbst suchte die Blumen in der Gärtnerei aus, die jeden Monat erneuert wurden. Liebevoll strich ich über den Stein, auf dem die Namen eingraviert waren.

»Hi Mama. Hallo Papa«, sagte ich so selbstverständlich, als wären sie noch da, dann griff ich nach einer der Gießkannen, füllte diese mit Wasser und goss die Pflanzen.

»Junger Mann, dafür bin ich doch da«, sagte ein älterer Mann, der wohl der Friedhofsgärtner war.

Er wirkte beinahe beleidigt, dass ich Hand anlegte, also reichte ich ihm die Kanne und sah dabei zu, wie er meine Arbeit fortsetzte. Gemächlich benetzte er die Blumen mit Wasser und beäugte die darauf wachsenden Planzen.

»Nur zu schade, dass sie demnächst beim ersten Frost kaputtgehen werden«, brummte er und ich nickte.

Meine Eltern waren nun schon fast ein halbes Jahr verstorben und es tat manchmal immer noch derart weh, als wäre es erst gestern gewesen. Dennoch wusste ich, dass sie stolz auf mich sein würden.

Ich hob die Hand zum Abschied, was den Gärtner lächeln ließ und machte mich auf den Weg zu Marie und Mika. Ständig hatte ich die Befürchtung oder eher gesagt die Angst, hier Sam zu begegnen. Ich konnte das einfach noch nicht. Es war irgendwie zu früh.

***

In der Praxis war schon viel los, zumindest war es im Wartezimmer ziemlich laut. Hunde bellten, Halter beschwerten sich und Marie rotierte beinahe.

»Moritz, dich schickt der Himmel! Es geht ja bald auf die Ferien zu und all die Leute kommen jetzt, um ihre Tiere zu impfen oder deren Wurmkuren zu holen. Ich komme nicht hinterher und Mika ist gerade in einer OP«, schnaubte sie und wischte sich den Schweiß von der Stirn.

»Kein Problem. Ich schlage vor, ich übernehme die Impfungen und Beratungen bis Mika durch ist.« Ich lächelte sie an und zog mir das Poloshirt mit dem Namen der Praxis über.

Mika hatte mir erlaubt, in der Praxis kleine Aufgaben selbstständig zu übernehmen. Darunter fielen beispielsweise das Krallenschneiden, Wunden spülen, Spritzen setzen und eine Anamnese zu erstellen. Diagnostizieren oder operieren übernahm weiterhin Mika selbst, mit meiner Assistenz am Tisch. Im großen und ganzen hatte ich schon ziemlich viel Praktisches lernen können, in dem halben Jahr. Es wurde nie langweilig.

Nach kürzester Zeit leerte sich das Wartezimmer, denn das meiste waren wirklich nur Impfungen, Wurmkuren und Parasitenkontrollen gewesen. Marie war froh, jeden Einzelnen zur Tür zu begleiten und diese schleunigst hinter ihnen schließen zu können.

»Wo sind denn die Patienten hin?«, hörte ich irgendwann Mika, der fragend ins Wartezimmer sah.

»Sind fertig und erfreuen sich bester Gesundheit«, grinste ich breit, woraufhin er mir auf die Schulter klopfte.

»Schön dich zu sehen, Moe! Wie läuft es an der Uni?«, erkundigte sich der Tierarzt, da er wusste, dass ich zur Zeit mehrere Seminare besuchte.

»Ganz gut. Anfang des neuen Jahres sind die Semesterprüfungen und im Moment gönnt man uns etwas Ruhe. Deshalb würde ich gern mehr hier aushelfen«, setzte ich einen Dackelblick auf, denn ich liebte es einfach, in dieser Praxis zu sein.

»Immer gern! Ich muss nachher noch zu einem Bauernhof. Dort soll bald ein Fohlen zur Welt kommen und der Bauer ist besorgt, dass es Komplikationen gibt. Also werden wir die Geburt einleiten und lenken. Lust, dabei zu sein?«, erkundigte er sich lachend, was mich beinahe vor Begeisterung jubeln ließ.

»Liebend gern!« Die Worte waren nicht ganz ausgesprochen, da vibrierte es in meiner Hosentasche.

Ich entschuldigte mich für einen kurzen Moment bei Mika und nahm das Gespräch entgegen.

»Moritz?«, erkannte ich Lips Stimme sofort und musste schmunzeln.

»Wenn du nicht genug von mir bekommst, wieso haust du dann so früh ab, anstatt mal liegen zu bleiben, für eine zweite Runde?«, stichelte ich, was mein Gesprächspartner gekonnt ignorierte.

»Deswegen rufe ich nicht an, obwohl es mir wie immer eine Ehre war letzte Nacht. Olli hat Scheiße gebaut. Er hat einen riesigen Köter angefahren, war aber nicht ganz nüchtern, weshalb er die Buxe voll hatte die Polizei anzurufen. Ich bin völlig überfragt und die Töle lässt mich auch nicht wirklich nachsehen. Wir brauchen jemand Drittes, der ihn festhält. Am besten organisierst du noch einen Maulkorb, ein Halsband und eine Leine!«, brummte Lip und Olli rief im Hintergrund:

»Und Hundefutter!«

»Moment! Olli hat einen Hund angefahren und du willst, dass ich jetzt den Möchtegern-Doktor spiele? Das Tier könnte draufgehen wegen euch Narren«, zischte ich und Mika bekam die Unterhaltung mit.

»Moe, halt die Luft an. Das Tier ist total abgemagert und schmutzig. Es scheint ein Straßenköter zu sein. Wenn der drauf geht, vermisst ihn eh niemand«, zickte Lip und ich seufzte.

»Ich frage Mika, was er davon hält«, meinte ich und vernahm im Hintergrund das Nachäffen meines Satzes.

»Was meinst du dazu?«, wandte ich mich an meinen Chef, der schon eine skeptische Miene zeigte.

»Nimm ruhig meine Tasche für die Besuche außer Haus. Bring sie einfach wieder, wenn du sie nicht mehr brauchst. Sollte etwas ernstes mit dem Tier sein, zögere nicht mich anzurufen. In Ordnung? Das ist meine einzige Bedingung«, bat Mika und ich nickte.

Das würde was werden.

Mein erster richtiger Patient.

4

Stimmengewirr weckte mich erneut. Es waren zwei Männer, die sich stritten.

»Mensch, Olli, wieso hast du ihn überhaupt mitgenommen? Das ist doch Irrsinn! Ich kann dir jetzt schon sagen, dass er stinksauer sein wird«, blaffte ein mir unbekannter Typ und ich spürte seinen Unmut.

»Hey, das ist ein lebendes, atmendes Wesen! Hätte ich ihn echt im Graben liegen lassen sollen?« Der Unfallverursacher mit dem Namen ›Olli‹ schnaubte. »Also für einen Kerl, der Tierarzt werden will, bist du manchmal echt gefühlskalt.«

Ich blinzelte zu den beiden nach oben. Meine Sicht war eigenartig verschwommen und ich schien allmählich an Halluzinationen zu leiden. Ich witterte Moritz. Was sollte das? Wieso stieg mir ausgerechnet jetzt sein Geruch in die Nase? Verwirrt machte ich Anstalten, auf die Beine zu kommen, doch diese reagierten nach wie vor nicht.

»Ich befürchte, seine Hüfte ist gebrochen. Er kann sich kaum bewegen.« Olli war wenigstens so anständig, besorgt zu klingen.

»Na, meinetwegen, lass uns mal nachsehen«, brummte der andere Typ und kam näher.

Ich knurrte, wollte nicht, dass man mich anfasste.

»Na klasse! Okay, du wartest hier mit deinem neuen Freund und ich rufe ihn an. Aber ich sag dir jetzt schon, dass er mir dafür die Hölle heiß machen wird, du Arschloch!«

Olli bedankte sich. Langsam wurde er mir sympathisch ... sympathischer zumindest, als dieses Aas, das gerade in die Küche zum Telefonieren ging. Er schien vor dem Anruf Angst zu haben, nutzte knappe Worte, um die Situation zu erklären. Leider konnte ich nicht alles verstehen, da mir Olli ständig die Ohren kraulte und auf mich einquatschte. Eins verstand ich allerdings: Es würde noch jemand kommen, um mich zu nerven. Vielleicht sollte ich mich einfach aus der Wohnung schleppen, zurück in den Wald und dort im Erdloch abwarten, bis die Heilung durch war. Unter Menschen hielt ich es echt nicht aus.

***

Es klingelte.

»Das muss er sein!« Olli und der andere Typ liefen in Richtung Tür.

Ich machte mich zum Sprung bereit, denn egal, wer dort ankam, würde die Sache sicherlich nicht verbessern. Noch mehr von diesen ›Profis‹ brauchte ich wirklich nicht.

»Wo ist er?«

Ich stockte, als ich die Stimme des Neuankömmlings vernahm. Ich musste komplett verrückt geworden sein, denn sie hörte sich an wie die von Moe. Das konnte nicht sein ...

»Auf der Couch.«

Ein Keuchen war zu hören und ich starrte auf die Gestalt, die nach und nach deutlicher wurde. Moe! War er es tatsächlich?

»Sam!«, brachte er keuchend heraus und kniete sich sogleich zu mir auf die Couch.

Seine Hände schoben gezielt das Fell beiseite, untersuchten die Wunde und ich erzitterte bei dieser Berührung. War er es wirklich? Ich war absolut fassungslos.

»Du kennst diesen Hund?«

»Lip, du solltest echt besser im Studium aufpassen. Er ist kein Hund, sondern ein Wolf.« Moritz klang seltsam tadelnd, was mir gefiel.

Ich hatte ihn so sehr vermisst.

»Olli, war er bereits verletzt, als du ihn angefahren hast?«

Ich nahm seine Angst wahr, aber auch eine gewisse Entschlossenheit, die ich von Moe nicht kannte. Als er meine Seite berührte, zuckte ich vor Schmerz zusammen. Die Wunde hatte sich in der Zwischenzeit verschlossen, aber sie tat höllisch weh.

»Okay, vergesst es. Wir müssen Sam hier raus schaffen. Mikas Praxis«, sagte Moe.

Ich bewegte mich augenblicklich. Auf gar keinen Fall wollte ich zu Mika! Das bedeutete, dass ich erneut in die Fänge des Rudels geriet und das wollte ich auf gar keinen Fall. Nie wieder in diese Zwangsjacke, die sich ›Alpha‹ oder ›Rudelführer‹ nannte ...

»Alles klar, kein Mika, ich habe es verstanden«, murmelte Moe und sah sich um.

Ich sackte erneut in mich zusammen und nahm nur noch wahr, dass er sich mit den beiden anderen unterhielt. Er gab ihnen eine Adresse und meine Welt wurde erneut schwarz. Hände zerrten an mir, ich wurde weggebracht. Mir war auf einmal so elend zumute, dass ich nach Luft hechelte. Moes Anwesenheit war so überraschend gewesen.

»Sam, sei brav und halte noch ein bisschen durch. Ihr wisst, was ihr zu tun habt, Jungs?«, fragte er und die anderen bejahten. »Alles klar, dann bis gleich. Ich beeile mich. Lip, hier der Schlüssel.«

Hastig wurde eine Klappe geschlossen und ich erkannte, dass ich erneut auf der Laderampe des Pick-ups lag. Sie schafften mich fort. Was hatte Moe vor?

***

»Bist du sicher, dass du das allein durchziehen willst? Ich könnte dir helfen«, schlug der Kerl mit dem Namen ›Lip‹ vor, was Moritz jedoch glücklicherweise ablehnte.

»Ich schaff das schon. Und wenn es schiefgeht, bekommt ihr zumindest keinen Ärger. Also raus jetzt mit euch.«

Ich befand mich auf einer unbequem harten Liege-fläche, konnte nichts mehr sehen und fühlte mich sogar zu schwach, den Kopf zu heben. Alles schien ich wie durch einen Schleier zu betrachten. Ich fühlte mich so unglaublich erschöpft.

Kaum hatte sich die Tür hinter den beiden geschlos-sen, kam Moe erneut auf mich zu. Wie gern hätte ich mich verwandelt und ihn vernünftig begrüßt, das war allerdings nicht möglich. Der Kreislauf sackte weg und mein Körper erzitterte mal wieder. Diese verdammten Jäger und deren Schrotflinten!

»Scheiße, das sieht echt übel aus! Bist du dir sicher, dass ich Mika nicht anrufen soll? Der würde das bestimmt besser hinbekommen«, stöhnte Moe, aber ich leckte ihm nur über die Hand, die sich auf eine meiner Pfoten gelegt hatte.

Ich brauchte den Heiler nicht, wollte nur noch meine Ruhe. Mir war alles zu viel. Wieso schloss ich nicht einfach die Augen und ließ es gut sein?

»Oh nein, du wirst jetzt brav bei mir bleiben! Ich war gerade noch in der Praxis und hab ein paar Sachen ausgeliehen. Dafür werde ich von Mika sicherlich gefeuert ... andererseits gebe ich mein Bestes, um ihren geliebten Alpha den Arsch zu retten.«

Moe faselte, um sich Mut zuzureden, aber mir gefiel es. Es erinnerte mich an glückliche Tage. Meine Lider flatterten. Sie wurden schwer.

»Also gut, Moe, Zeit dich zu erinnern, was du von Mika gelernt hast. Du schaffst das«, redete sich mein Liebling erneut zu und die Wirklichkeit verschwamm ein weiteres Mal.

Mein Körper fühlte sich leicht an, ich schien zu schweben. Dieses Gefühl war berauschend und ich hatte nichts dagegen. War das Sterben? Falls ja, bereute ich keinen Moment der letzten Stunden. Sie hatten mich zu Moe zurückgebracht.

***

»Du hast doch einen Knall!«, lachte er und vergrub das Gesicht in meinem Shirt. »Wie kannst du sowas besser finden, als die modernen Filme?«

Im Fernsehen lief ein Klassiker, über den ich mich köstlich amüsierte. Das übliche Klischee mit fliegenden Torten in Schwarzweiß und Menschen, die keinen Ton sagten. Ich liebte solchen Klamauk.

»Achte doch einfach mal auf deren Mimik. Sie ist so viel ausdrucksstärker als in den heutigen Filmen. Bei den meisten Streifen muss man meist sogar den Ton abschalten, weil die Unterhaltungen Müll sind. Dialoge schreiben ist wohl nicht jedermanns Sache«, verteidigte ich mich und nahm Moes Kopfschütteln in meinem Oberteil wahr.

»Du bist echt verrückt.«

Grinsend zog ich ihn zu mir nach oben und küsste ihn sanft.

»Schlimm?«, fragte ich und mein Schatz schüttelte abermals den Kopf.

»Du bist mein Verrückter, das ist alles, was ich wissen will.«

»Für immer.« Ich umschloss ihn mit den Armen, hob ihn auf den Schoß und genoss die Wärme, die sein Körper ausstrahlte. Von Moe konnte ich niemals genug kriegen.

»Sam?«, hauchte er und ich brummte. »Du wirst doch keine Dummheiten machen oder?«

»Was meinst du?« Ich legte den Kopf schief und blickte in seine grünen Augen, die mich forschend ansahen.

»Na, sowas Dummes, wie zu sterben, während ich versuche, dir das Leben zu retten. Das darfst du mir nicht antun.« Seine Hände wanderten zu meinem Bauch, der plötzlich einen merkwürdigen Schnitt aufwies.

»Was machst du?«, keuchte ich, während Moritz sich von mir rollte.

Er hielt eine Pinzette in der Hand und begann, in der Wunde nach etwas zu suchen.

»Halte durch!« Seine Worte waren klar und deutlich zu hören. Ich wollte mich bewegen, ihn fragen, was das Ganze sollte, doch ich war dazu nicht in der Lage.

***

Ich schlug die Augen auf und fiepte. Der Traum hatte mein Herz zum Rasen gebracht und ich wäre am liebsten davongerannt.

»Hey, da bist du wieder. Gott sei dank!« Moes Gestalt schob sich in mein Sichtfeld. Er wirkte blass und so, als hätte er geweint. »Ich hatte schon die Befürchtung, ich wäre nicht gut genug gewesen ...«

Er strich mir vorsichtig übers Fell, was mich sofort beruhigte. Seine Nähe tat mir gut. Ich brummte, stupste ihn vorsichtig mit der Nase an, was ihn erleichtert seufzen ließ.

»Du hattest einige Schrotkugeln in dir, Sam. Ich habe sie alle soweit entfernt bekommen. Was machst du nur für einen Mist?«, schimpfte mein Ex und es klang wie Musik in meinen Ohren. »Und Olli scheint dir mit seinem Pick-up wirklich die Hüfte gebrochen zu haben. Schaffen deine Wolfsgene diese Verletzung oder soll ich nicht doch lieber Mika anrufen?«

Ich jaulte leise, flehte ihn förmlich an, nicht zu telefonieren. Er rieb sich die Stirn, wobei ein blutiger Fleck daran zurückblieb.

»Okay, okay. Aber wenn es die nächsten Tage nicht besser wird, ruf ich ihn an! Was machst du überhaupt hier? Vivienne erzählte mir, du hättest das Rudel verlassen, um dir über einiges klar zu werden. Willst du deshalb nicht zu Mika?«

Fragen über Fragen und ich war nicht in der Lage, diese zu beantworten. Ich brummte frustriert und senkte den Kopf.

»'Tschuldige, ich vergaß ... keine Sprache«, raunte Moe und senkte ebenfalls den Kopf.

Rasch leckte ich ihm über die Stirn, was ihn dazu brachte, diese zu runzeln.

»Hey! So nicht, Freundchen!« Er gab mir einen kleinen Klaps, aber das war mir egal.

Moes Gefühlswelt war das reinste Chaos. Ich hoffte gerade allerdings nur, dass er mich nicht wegschickte. Ich brauchte ihn!

<h1 style="text-align:center">5</h1>

Was zur Hölle hatte mich nur dazu gebracht, meinen Exfreund in Wolfsgestalt zu mir nach Hause zu bringen?! Ja, er hatte Hilfe gebraucht und ja, ich war erleichtert, dass es gerade so gutgegangen war. Kaum auszumalen, wenn Olli ihn nicht mitgenommen hätte! In dem Zustand wäre er wahrscheinlich im Graben verreckt. Nun lag er auf dem Boden auf einer warmen Decke, während ich ihn vom Sofa aus beobachtete. Die Kommunikation würde erschwert sein, bis es so weit abgeheilt war, dass er sich problemlos zurückverwandeln konnte.

Ein leises Schnarchen war zu hören und ich schmunzelte. Sam schien total erledigt zu sein und wenn ich ihn so ansah, wirkte er tierisch schmutzig und abgemagert. Wo hatte er sich denn die ganze Zeit nur herum getrieben?

Leise zog ich meine Jacke an und machte mich nochmal auf den Weg zum Metzger. Sam würde sicherlich Hunger haben, wenn er wach wurde, weshalb ich ein paar Steaks organisierte. Wenn ich ihm Hundefutter vorsetzen würde, könnte er mich beißen! Zuzutrauen wäre es ihm zumindest. Ein wenig musste ich bei dem Gedanken grinsen, dass ›mein Haustier‹ zu mir zurückgekehrt war.

Eine halbe Stunde später mit neun Steaks im Gepäck ging ich zurück nach Hause. Er lag, ohne sich bewegt zu haben, immer noch auf der Decke und schlummerte tief und fest. Vorsichtig streichelte ich ihm über den Kopf und konnte spüren, dass er es genoss. Es war komisch nach all der Zeit seine Gefühle wahrzunehmen, besonders, da diese so intensiv waren. Nach unserer Trennung hatte ich von jetzt auf gleich nichts mehr gespürt! Ich konnte nur erahnen, dass er sich mir verschlossen hatte, damit ich zur Ruhe kommen konnte. Dafür war ich ihm auf gewisse Weise dankbar, denn es hatte es weniger kompliziert gemacht.

»Ich weiß, dass du wach bist. Wie wäre es mit etwas zu Essen? Steak? Soll ich es dir anbraten oder willst du es so roh, wie es ist?«, meinte ich lächelnd, als sich seine Nase bewegte und er schnupperte.

Sam stupste gegen die Tüte und ich wusste, dass er es roh wollte.

»Na gut, lass es dir schmecken! Ich brate meins hingegen durch«, feixte ich und er brummte.

Er schien immer noch nicht meiner Meinung zu sein, was die Zubereitung des Fleischs anbelangte. Das war schon während unserer Beziehung ab und an ein Thema gewesen. Ich holte einen Teller, legte das rohe, zarte und rote Fleisch darauf und servierte es kalt. Eine Schüssel mit Wasser folgte ebenfalls, weil ich weder Wein noch Bier im Kühlschrank hatte. Seine Augen begannen zu leuchten und vorsichtig nahm er einen Bissen davon.

»Hau ruhig rein. Ich hab noch ein paar mitgebracht. Du musst ja fast verhungert sein.« Ich grinste und sah dabei zu, wie er das Fleisch in Windeseile verputzte.

***

Während ich mein Steak zubereitete, vertilgte Sam weitere fünf, als wären sie gerade mal für den hohlen Zahn. Er schien wirklich lange nicht mehr richtig gegessen zu haben. Ob er sich wenigstens ›selbst gefunden hatte‹, wie Vivienne es nannte?

Mit einem zufriedenen Brummen ließ er sich wieder auf der Decke nieder und rollte sich zusammen. Mein Handy vibrierte und ich sah Lips Nummer auf dem Display. So ein Mist!

»Ja?«, flüsterte ich, da ich in der Hoffnung war, Sam würde es dann nicht mitbekommen. Wieso eigentlich?

»Hey, wie geht es deinem Patienten?«, hörte es sich eher belustigt statt besorgt an.

»Gut. Die Schrotkugeln sind draußen, zwei Laken dafür ruiniert und ich um fünf Steaks erleichtert. So langsam kann er sich aufrichten, laufen fällt ihm aber noch sehr schwer. Das wird aber wieder. Sam ist hart im Nehmen.«

»Woher weißt du, dass der Köter ›Sam‹ heißt?«, fragte Lip nun und ich hätte mir gegen die Stirn schlagen können.

»Ich ... Ich nenne jeden weißen Hund so«, versuchte ich, mich heraus zu reden, woraufhin Lip lachte und mich korrigierte:

»Er ist ein Wolf.«

Seufzend stimmte ich ihm zu und wir telefonierten noch ein paar Minuten. Es war eigentlich ganz nett. Auf einmal fühlte ich mich allerdings genervt und unwohl. Moment, war das Eifersucht?

Verwirrt sah ich zu Sam, der nur ein Auge geöffnet hatte und mich durchdringend beobachtete.

»Lip, ich muss jetzt auflegen. Wir sehen uns am Montag in der Uni, in Ordnung?«, bemühte ich mich, das Gespräch zu beenden, doch er war da irgendwie anderer Meinung.

»Ähm, ich dachte, ich könnte vielleicht heute Abend nochmal vorbei kommen? So, um ein bisschen zu schmusen?«, schlug er vor, doch das wollte ich mit Sam in meinen vier Wänden definitiv nicht!

»Sei mir nicht böse, aber ich bin müde und das Ganze war schon sehr aufregend heute«, vertröstete ich ihn.

Ich legte auf, bevor er widersprechen konnte, und sah zornig zu Sam.

»Dein Ernst?«, zischte ich ihn an und bemerkte, dass der weiße Wolf, die Pranke auf die Augen legte. »Ja, ist für mich auch nicht so einfach. Besonders die Tatsache, dass mein Ex-Freund in meiner Wohnung ist«, war ich nun genervt von der Situation und ließ mich aufs Sofa plumpsen.

Sam drehte sich provokant von mir weg und ich rollte mit den Augen. Sollte er halt schmollen! Ich schmiss die Glotze an und legte mich hin. Das Ganze war tatsächlich ziemlich nervenaufreibend gewesen, besonders die vielen Gefühle, die allmählich hochkamen. Vor allem Erinnerungen, die vor meinem inneren Auge auflebten.

In der Flimmerkiste lief ein alter Streifen, von dem ich wusste, dass Sam ihn mögen würde, weshalb ich den Sender einfach laufen ließ. Nach und nach drehte Sam sich zum Bildschirm. Zwischendurch ging ein strafender Blick an mich, um danach belustigt zum Fernseher zu schauen. Hechelnd saß er irgendwann davor und ich konnte nur vermuten, dass er darüber lachte. Mit der Hand auf dem Bauch war ich wohl eingeschlafen.

Ich träumte, wie es war, von ihm geküsst und in den Armen gehalten zu werden ... bis mich ein Fiepen aus dem Schlaf riss. Sam hatte sich zur Tür geschleppt und kratzte nun daran.

»Oh!«, kam es mir in dem Sinn, denn in dieser Gestalt aufs Klo gehen, klappte wohl schlecht.

Ich zog meine Schuhe an und öffnete die Tür. Wir konnten ja zumindest in den gegenüber liegenden kleinen Wald marschieren, wo sich der Herr erleichtern konnte. Leine oder Halsband wäre schön gewesen, um nicht ganz so aufzufallen, allerdings vermutete ich, dass dies in der Nacht weniger problematisch war.

›Und sollte dich jemand sehen, ist es bestimmt noch auffälliger, einen riesigen weißen Wolf an der Leine zu haben‹, dachte ich und schüttelte kurz den Kopf.

Hecktischen Schrittes verschwand Sam im Wald. Obwohl er kaum laufen konnte, war er fest entschlossen, sein Geschäft außerhalb meines Blickfeldes zu verrichten. Dafür war ich ziemlich dankbar!

Ich spürte Erleichterung und Schmerz, was ich mir in der nötigen Haltung und der Tatsache, dass die Hüfte in Mitleidenschaft gezogen war, durchaus vorstellen konnte. Nach einigen Minuten kam er zurück und drückte sich an mein Bein. Er war müde von den paar Metern, was ich verstand. Meine Hand strich über Sams Kopf und kraulte ihn automatisch hinter den Ohren.

»Du bekommst gleich etwas gegen die Schmerzen, damit du heute Nacht schlafen kannst«, versicherte ich ihm und wir gingen heimwärts in Richtung meiner Wohnung.

Die Stufen hinunter zu laufen, war kein Problem gewesen. Diese jedoch wieder hoch, gestaltete sich für Sam wesentlich schwieriger. Im Endeffekt musste ich ein Tuch aus dem Badezimmer holen und es ihm um die Hüfte legen. So konnte ich es samt Hinterpfoten anheben, damit er vorankam und nicht lahmte oder diese hinter sich herzog. In der Wohnung ließ er sich sofort auf die Decke fallen und schloss die Augen. Ich rollte eine Scheibe Wurst zusammen, in die ich die Schmerztablette schob. So würde sie ihm definitiv besser schmecken. Problemlos schluckte er die Medizin wie ein braves Hündchen hinunter und schlummerte erneut weg.

»Wieso muss es eigentlich direkt wieder so kompliziert sein, wenn du in mein Leben trittst?«, stöhnte ich leise und machte mich fertig fürs Bett.

Die Tür ließ ich offen, für den Fall, dass er mich brauchte oder etwas hatte. Wenn unsere Verbindung allerdings immer noch so stark war, würde ich es ziemlich zeitig merken. Im Bett liegend streckte ich den Arm aus und strich mit den Fingern über das kleine Lederarmband mit dem Infinity-Zeichen. ›In Liebe, Sam‹, erinnerte ich mich an den Text der Gravur. Ich bekam das Bild des verwundeten Wolfs nicht aus dem Kopf.

»Wieso konntest du sturer Köter nicht einfach weitermachen wie bisher? Mich einfach vergessen! Stattdessen streifst oder irrst du durch die Gegend, wirst angeschossen und tauchst übel zugerichtet erneut in meinem Leben auf. Das Schicksal wusste genau, dass ich dich nicht wegschicken würde«, unterhielt ich mich mit mir selbst.

Genervt schlug ich mir die Hände vors Gesicht.

Mein Bett roch noch immer nach Lip. Wie sollte ich nun damit umgehen? Mit ihm vögeln, während mein Ex im Wohnzimmer lag? Wobei nur Sam und ich das wussten ... Es war jetzt schon wieder völlig verrückt und bereitete mir Kopfschmerzen.

6

Leises Wimmern weckte mich und ich brauchte einen Augenblick, bis ich begriff, dass es aus dem Schlafzimmer kam. Es war Moritz, der träumte und sich währenddessen zusammenrollte. Unschlüssig, ob ich mich da einmischen durfte, wartete ich. Vielleicht beruhigte er sich ja gleich wieder.

»Nein, nicht! Er hat euch nichts getan«, murmelte Moe und ich lauschte.

Wovon, verdammt nochmal, träumte er? Aus dem Wimmern wurde ein Schluchzen. Das reichte jetzt! Mühsam schleppte ich mich in den Nebenraum. Moritz schlief tief und fest, zuckte nur, als ich ihn mit der Nase anstieß. Ich knurrte leise.

»Nein, bitte ... Adrian hat mir das Leben gerettet«, brachte er heraus und mir stockte der Atem.

›Adrian?‹

Moe fuhr aus dem Traum hoch und starrte mich an. Seine Miene zeigte die Überraschung. Hastig schob er einen Arm unter die Decke.

»Was machst du hier, Sam?«

Es klang zum Glück nicht ganz so anklagend, wie ich es erwartet hatte, also begnügte ich mich damit, zu brummen und mit der Nase das Kissen anzustupsen, das komplett nassgeschwitzt war. Moe rieb sich die Stirn.

»Schlechte Träume. Habe ich manchmal noch«, erklärte er und ich knurrte leise.

Da er wach war, sollte ich mich besser ins Wohnzimmer begeben. Ich taumelte ein paar Schritte.

»Oh Mann, du solltest dich echt nicht ständig bewegen. So wird die Hüfte auf keinen Fall besser«, seufzte mein kleiner Tierarzt und sprang kurzentschlossen aus dem Bett, um in Richtung Wohnzimmer zu stürmen und mit der Decke zurückzukommen. Er legte sie vor die Türen des Kleiderschranks. »Na los, hinlegen.«

Vorsichtig rollte ich mich darauf zusammen, ließ mich von Moe hinter den Ohren kraulen, der etwas murmelte, das sich nach ›was soll ich nur mit dir machen?‹, anhörte. Ich leckte ihm kurz über den Handrücken und legte den Kopf anschließend auf meine Pfoten. Die Tablette, die er mir verabreicht hatte, wirkte noch und ich fühlte mich weiterhin schläfrig. Es war wohl besser, wenn ich mich ausruhte, wie angeordnet.

»Sam?«, flüsterte Moritz, nachdem auch er sich aufs Bett gelegt hatte.

Ich brummte, um ihm zu signalisieren, dass ich noch wach war.

»Könntest du deine Emotionen unterdrücken? Ich fürchte, ich halte das nicht die ganze Zeit durch«, bat er und ich nickte.

Diese zu vertuschen, hatte ich ja mittlerweile gelernt, also tat ich Moe den Gefallen und drängte sie nieder, auch wenn es bedeutete, dass ich darin zu ertrinken drohte. Während er erleichtert aufatmete, nahm ich unsere Emotionen nun umso deutlicher wahr: Seine Unsicherheit, die Angst vor den schlechten Träumen ...

Glücklicherweise gab es diese wundervollen Tabletten und ich dämmerte kurz darauf weg.

»Gute Nacht, Samuel.«

Am Morgen wurde ich durch das Licht, das den Raum erhellte, geweckt. Moritz lag noch auf dem Bett und schlief, weshalb ich mich bemühte, ihn nicht zu stören. Allerdings musste ich mich erneut erleichtern und überlegte, wie ich es anstellen sollte. Meine Hüfte austestend machte ich ein paar Schritte in Richtung Bad. Sie zwickte zwar noch, es war aber auszuhalten. Vielleicht konnte ich es ja riskieren, auf die Toilette zu gehen. Meine Blase drückte extrem. Ich hätte den Wassernapf nicht leeren sollen, aber der Blutverlust hatte mich so durstig gemacht.

In dem kleinen gefliesten Zimmer befanden sich nur eine Badewanne, gegenüber ein Waschbecken und ganz hinten eine Toilette. Auf der würde man sich sicherlich die Ellenbogen anstoßen, wenn man etwas breiter war. Dagegen erschien das Badezimmer in meinem Haus wie ein wahrer Luxustempel. Zumindest half mir dieser enge Raum dabei, nicht umzufallen, während ich mein Geschäft verrichtete.

Es klopfte an der Tür.

»Sam? Bist du da drin?«, drang Moes Stimme durch die Tür und ich brachte ein gedämpftes Bellen heraus, worauf ein Lachen folgte. »Das ist nicht wahr, oder? Vergiss danach nicht zu spülen.«

Sehr witzig. Wie sollte ich das denn bewerkstelligen. Das war ein dämlicher Knopf, den man in den Kasten drücken musste. Mit der Nasenspitze stupste ich diesen an, aber nichts tat sich. Was für eine schwachsinnige Erfindung!

Ein weiteres Klopfen an der Tür, was mich bereits nervte. Ich musste dringend in meine Menschengestalt oder eventuell war Verschwinden ja noch besser. Diese ganzen Emotionen machten mich verrückt!

Die Badezimmertür öffnete sich und Moe kam herein, marschierte schnurstraks an mir vorbei, wobei er die Nase kraus zog, den Knopf an der Toilette betätigte und dann wieder raus rannte. Wäre ich ein Mensch gewesen, hätte ich mich vermutlich vor Lachen nicht mehr einbekommen, so blieb mir nichts anderes übrig, als ihm schweigend zu folgen. In der Küche stellte mir Moe einen Teller auf den Boden, auf dem sich Gulaschfleisch befand. Es roch ziemlich lecker.

»Na los, friss. Ich gehe später nochmal einkaufen und hole Nachschub. Du bist ja nur noch Haut und Knochen. Ich erinnere mich da an jemanden, der mir das immer vorgeworfen hat.«

Er bedachte mich mit einem strengen Blick und ich sah betreten zu Boden. Es stimmte, dass ich in letzter Zeit nicht sonderlich gut auf mich geachtet und mich schlecht ernährt hatte.

»Was macht deine Hüfte?«, erkundigte sich Moe und ließ mich nach dem Fressen ein paar Schritte in der winzigen Küche auf und ab laufen. »Besser ... aber du läufst noch immer sehr eckig. Hast du denn noch Schmerzen?«

Ich nickte. Sehr schlimm war es zwar nicht mehr, aber diese Tabletten hauten gut rein, sodass ich den Tag würde verschlafen können.

»Alles klar«, brummte Moe und wickelte eine Tablette in ein Stückchen Wurst, das ich mit einem Happs vernichtete. Von mir aus hätte er die Wurst auch weglassen können, denn für diese Dröhnung wäre mir alles recht gewesen.

Ein paar Minuten später streckte ich mich erneut auf meiner Decke aus und schloss die Augen, während Moritz der Hausarbeit nachkam. Er räumte die Überreste der OP weg, zudem wischte er den Küchenboden, auf dem ich Pfotenabdrücke hinterlassen hatte.

»Solltest du hier noch etwas bleiben wollen, wirst du baden müssen, Samuel«, knurrte er und ich hätte am liebsten mit den Augen gerollt.

***

»Langsam wird das Wasser kalt. Wir sollten aus der Wanne steigen«, raunte ich Moe ins Ohr, der seufzte und murmelte, dass er sich nicht bewegen wollte. »Okay, ich trag dich ...«

Vorsichtig hievte ich uns beide aus der großen Wanne, zog meinen Schatz auf die Arme, der bereits halb eingeschlafen war. Er murmelte etwas von ›kalt‹, weshalb ich nach einem Handtuch fischte.

»Gleich bist du im Bett«, flüsterte ich ihm ins Ohr und legte Moe das Handtuch über den nackten Körper. Er seufzte leise und lächelte. Diesen Ausdruck in seinem Gesicht liebte ich besonders.

Ich ließ ihn in die Kissen gleiten und wollte mich erneut dem Bad zuwenden, doch Moe ergriff meinen Arm.

»Nicht gehen«, nuschelte er.

»Ich geh nicht weg, nur nochmal schnell ins Bad. Gib mir zwei Minuten«, sagte ich leise und lächelte, als sich der Griff lockerte.

»Ich zähle: Sechzig, neunundfünfzig ...«, begann er und ich marschierte in Richtung Bad. Zwei Minuten war vielleicht doch etwas zu sportlich.

Hastig ließ ich das Wasser ab und warf ein paar Handtücher auf den Boden, dass wir beim nächsten Betreten des Bads nicht ins Rutschen kamen. Noch schnell das Fenster einen Spalt breit öffnen, um die

Feuchtigkeit raus zu lassen, und dann ging es auch schon zurück ins Schlafzimmer.

»Du bist fünfzehn Sekunden zu spät.« Moes Tonfall war anklagend, aber damit brachte er mich nur zum Grinsen.

Wie konnte ein junger Kerl nur so fordernd sein?

»Sam, hast du mich verstanden?«, hörte ich neben mir und ein Finger bohrte sich in meine Rippen. Ich brummte.

Der Traum war vorbei und ich lag erneut in Moes Wohnung, als Wolf artig auf einer Decke zusammengerollt vor seinem Kleiderschrank und mein Liebster rang um meine Aufmerksamkeit. Vielleicht hätte Mika ihm mal erklären sollen, was für eine Wirkung die Tabletten hatten, die er mir verabreichte. Ich schielte, konnte nicht ohne weiteres geradeaus schauen.

»Okay, dann eben in einer Stunde. Aber baden ist heute auf jeden Fall Pflicht! Du stinkst!«

Ich knurrte leise. Nach allem, was ich die letzten Stunden durchgemacht hatte, war ›stinken‹ das kleinste Übel gewesen, da war ich mir sicher.

7

Der Plan war folgendermaßen: Sam musste definitiv in die Badewanne! Sein Fell war total verfilzt, dreckig und er stank. Ich war mir zwar nicht sicher, ob ›nasser Hund‹ hinterher besser sein würde, aber es musste sein. Mit viel Gebrumme und Knurren, bekam ich ihn etwas später ins Bad, wo ich bereits vor der nächsten Aufgabe scheiterte. Wie sollte ich so einen Koloss von Wolf da hinein bekommen?

Ich griff nach dem Telefon und wählte die Nummer von Lip, der mich fröhlich wie immer mit: »Hallo Sonnenschein« begrüßte.

»Hi Lip! Ich würde Sammy gerne in der Wanne einweichen. Allerdings bekomme ich ihn durch die Hüfte nicht allein hinein gewuchtet. Hast du zufälligerweise doch heute Zeit?«

Sam war wohl von meinem Telefonat nicht angetan. Er schnaubte vor sich hin und ließ sich dann auf dem Badezimmerteppich nieder.

»Lass mich überlegen ... Wenn dir fünf Minuten reichen? Ich habe nämlich ein Date«, provozierte er mich, als ob ich nicht schon längst wüsste, dass er sich munter durch die Gegend vögelte.

»Versprochen! Du bist gleich wieder erlöst«, versicherte ich und legte auf.

Da er im Studentenwohnheim lebte, würde es nicht allzu lange dauern, bis er da war.

»Kannst du dich ein wenig zusammenreißen, wenn Lip da ist? Es wird nicht gebissen oder nach ihm geschnappt, Samuel, sonst kannst du draußen auf der Straße schlafen!«, machte ich meinen Standpunkt mehr als deutlich.

Irgendwie schien der Wolf alles nur noch hinzunehmen und mich machen zu lassen. Kein Brummen, kein Knurren nicht einmal ein Augenrollen. Das Klingeln an der Tür kündigte Lip an, den ich direkt ins Badezimmer schob.

»Dann wollen wir das Hündchen mal baden«, grinste er und wollte gerade über Sams Kopf streicheln, als dieser doch zu grollen begann.

Ich ermahnte ihn direkt bezüglich der Abmachung, was Lip lachen ließ.

»Ihr beide versteht euch anscheinend ja gut.«

›Wenn er wüsste ...‹

***

Nach geschlagenen zwanzig Minuten war ich pitsche patsche nass, da Sam sich einen Spaß daraus machte, sich im Wasser ständig zu schütteln. Lip hatte das Weite gesucht und gemeint, er wollte zu seinem Date nicht nach Hund stinkend gehen. Ich rollte mit den Augen und ließ ihn daher im Wohnzimmer warten. Irgendwie musste ich Sam ja auch aus der Wanne bekommen.

»So, noch Abbrausen, dann bist du fertig. Wobei ich dich noch kämmen muss!«

Es war der Wahnsinn, wie viel Dreck sich aus Sams Fell gewaschen hatte. Dieser musste schon seit Monaten an ihm kleben. Kaum auszumalen wie dreckig er in Menschengestalt wohl war. Ich rief Lip herein, der den

Wolf vorsichtig an den Po fasste und ihn mit mir zusammen heraus hob.

»Sind die Viecher laut Lehrbuch nicht schwerer?«, amüsierte sich dieser und ich zischte, dass Sam ganz klar mangelernährt war.

»Tja, die haben es halt nicht so gut wie wir mit Fastfood«, schmunzelte Lip und rieb sich über den Bauch.

Grinsend stimmte ich ihm da zu und wies direkt darauf hin, dass er sich das nicht mehr lange erlauben konnte. Wie bereits von mir erwartet, begann sich Sam erneut trocken zu schütteln, was Lip quietschend herausrennen ließ. Ich schnaubte und schmiss diesem Knallkopf von Wolf einfach ein Handtuch übers Fell.

»Halt gefälligst still«, befahl ich und Sam setzte sich auf seine Hinterläufe, damit ich ihn abtrocknen konnte. »So bist du ein Feiner! Siehst direkt besser aus«, lächelte ich und strich ihm über den Kopf.

Ich beobachtete ihn, wie er sich aus dem Bad schleppte, um etwas aus seiner Schüssel zu saufen. Es war wohl doch recht anstrengend für ihn gewesen. Da ich nun ziemlich durchnässt war, zog ich mir das T-Shirt über den Kopf und schmiss es direkt in die Waschmaschine. Plötzlich wurde ich von hinten umarmt und warme Küsse, verteilten sich auf meinem Nacken.

»Ich könnte das Date verschieben, wenn wir beide noch etwas zusammen spielen wollen«, hauchte mir Lip ins Ohr und ich bekam eine Gänsehaut.

»Lass mich raten: Dein Date hat abgesagt.« Ich lachte, als er hinter mir den Beleidigten spielte.

»Nein, so ist es nicht! Ich würde ihm aber für dich absagen«, meinte er und wartete, bis ich mich zu ihm umgedreht hatte.

»Damit ich dich nehme und du dann die Kurve kratzen kannst?«, scherzte ich, als sich seine Hände auf meine Schulter legten.

Lips Becken kam dem meinen sehr nah und seine Lippen suchten meinen Mund. Mir wurde warm und automatisch wanderten meine Hände zu seiner Hose. Dann sah ich an ihm vorbei zu Sam, der auf dem Boden lag und uns aufmerksam beobachtete. Mein Herz machte einen Satz.

»Ich kann nicht. Tut mir leid«, brachte ich heraus, obwohl sich in meiner Hose schon jemand aufgestellt hatte.

»Dein Penis sagt da aber was anderes«, grinste Lip und öffnete den Reißverschluss, um mit der Hand einzutauchen. Er küsste meinen Hals, drückte mich gegen die Waschmaschine und streichelte mich noch intensiver. Ziemlich schnell spürte ich das wachsende Verlangen, ihn im Bett zu nehmen, bis er nicht mehr konnte. Andererseits machten mich Sams Blicke fertig. Er sah uns einfach zu, ohne auch nur eine Sekunde den Kopf wegzudrehen. Es war offensichtlich, dass es ihm nicht gefiel.

»Lip. Schlafzimmer!«, knurrte ich, denn ich musste einfach aus Sams Nähe.

»Wie der Herr wünscht«, meinte er zum Spaß und ich zog ihn hinter mir her ins Schlafzimmer.

Aus einem Reflex heraus, schloss ich die Tür ab, was ihn auf meiner Spielwiese lachen ließ.

»Hast du Angst, dass Sammy rein kommt und einem von uns beiden das Würstchen abbeißt?« Lip feixte und zerrte sich das T-Shirt vom Leib.

»Müssen wir es denn darauf ankommen lassen?«, gab ich unsicher von mir, da ich nicht einschätzen konnte, wie Sam tatsächlich reagieren würde. Wobei mir durchaus bewusst war, dass die Tür einen Wolf wie Sam nicht aufhalten würde. In seiner Verfassung allerdings, könnten wir Glück haben.

Ich schmiss mich neben ihn aufs Bett und mein Geliebter überrumpelte mich direkt mit innigen Küssen und Streicheleinheiten. Irgendwie wurde es nach und nach unangenehmer. Ich war wütend, wollte Lip von mir wegstoßen, ihm sagen, dass er sich verpissen sollte! Mein Schwanz hatte sich auf einmal gelegt und allgemein schien meine Libido gerade die Koffer gepackt zu haben.

»Was ist los?«, fragte Lip, dessen Männlichkeit immer noch in voller Pracht stand und sich an mir rieb.

»Keine Ahnung! Ich kann das heute nicht, glaub ich. Tut mir leid«, entschuldigte ich mich, was mein Gegenüber enttäuscht seufzen ließ.

»Also brauch ich doch das Date heute Abend. Sorry, Moe«, sagte er eher vorwurfsvoll und zog sich an.

Ich tat es ihm gleich, schlüpfte in eine Shorts und schmiss mir ein T-Shirt über, während ich ihn zur Tür begleitete.

»Tut mir echt leid«, beteuerte ich nochmals, nachdem Lip mich geküsst hatte.

»Kann jedem mal passieren. Noch viel Spaß mit dem Hündchen«, lächelte er und strich mir eine der Haarsträhnen hinters Ohr.

Dann ging er, auf der Suche nach dem nächsten Fick. Genervt und mit gekränktem Ego, drehte ich mich zu Sam um, der die Pfote auf seine Augen legte.

»Zufrieden Herr ›alles, was ich angeleckt habe, soll auch mir gehören‹?«

Sam brummte vor sich hin, aber ich wusste, dass er es genoss, mir die Sache mit Lip versaut zu haben. Ich konnte deutlich die von ihm ausgehende Schadenfreude spüren, ließ mich aufs Sofa fallen und rieb mir das Gesicht. Schöne Scheiße!

Der einzige aktuelle Lover hatte das Weite gesucht und zurück blieb ich mit einer verwundeten Bestie.

Unbewusst strichen meine Finger über das Lederarmband und ich spürte Sams Blick.

»Ja, ich trage es immer noch. Bild dir nicht zu viel darauf ein«, zischte ich und verschränkte die Arme vor der Brust.

Allerdings folgte nur ein Fiepen, was mich erahnen ließ, dass es ihm erneut schlechter ging. Eine weitere Tablette konnte er nicht sofort haben, weshalb er es ein bisschen aussitzen musste. Ich wollte ja nicht, dass ihn eine Überdosis umhaute. So hockte ich mich zu ihm auf den Boden und zog Sams Oberkörper auf meine Beine.

»Du musst leider noch etwas warten, bis zur nächsten Dröhnung«, flüsterte ich und kraulte ihm den Kopf, was ihn spürbar beruhigte. Seine Zunge ging über mein Armband am Handgelenk und ich zog es weg. »Nur, weil das Kapitel zwischen uns beiden abgeschlossen ist, heißt es nicht, dass ich nicht daran zurückdenke«, gab ich zu und lehnte mich mit dem Rücken an die Wand.

»Ich bin dir für sehr viel dankbar. Ohne dich hätte ich diese tollen Menschen im Rudel nicht kennengelernt. Hast du gesehen, was ich auf der Schulter habe?«, erzählte ich breit grinsend und Sam hob neugierig den Kopf. Ich zog das T-Shirt ein wenig nach unten. »Es ist eine Wolfspranke und das darunter ist Latein. ›Omnia tempus habent‹. *Alles hat seine Zeit.*«

Das Shirt rutschte wieder an seinen Platz und ich lächelte ihn an.

»Manchmal war ich der Hoffnung, dass es mit uns beiden ebenfalls nur etwas mehr Zeit gebraucht hätte. Aber ich glaube, dass wir beide uns im Weg standen. Ab und an habe ich mit Benny und Simon darüber gequatscht. Für die beiden gehöre ich weiterhin zum Rudel. Sie vermissen dich, Sam. Sie vermissen den Mann, der sich ihrer angenommen hat und allen ein friedliches Leben gab. Ich hoffe, du hast dich da draußen wirklich gefunden und wirst bald wieder der Samuel, den alle lieben und auf den sie warten. Aber ... *alles hat seine Zeit.*«

Ich schmunzelte und strich ihm über den Rücken, als er sich erneut hinlegte. Ich spürte seine Traurigkeit, dass er hin- und hergerissen war. Selbst wenn er seine Gefühle vor mir verschloss, konnte er es in diesem Moment wohl nicht.

»Willst du lachen? Ich musste Benny und Simon wirklich davon abhalten, sich irgendwelche Fastfoodketten unter ihre Pranken tätowieren zu lassen«, kicherte ich und ließ die Finger durch sein Fell gleiten.

»Es wurde bei Simon dann ›Cogito, ergo sum‹: *Ich denke, also bin ich.* Und bei Benny ›Semper fidelis‹. *Für immer treu.* Soll ich dir erzählen, wieso sie das ausgewählt haben? Nicht, weil es Standardsprüche sind. Simon meinte, du hättest ihn mal ermahnt, seinen Kopf einzuschalten, bevor er quasselt, schließlich sind Worte nicht zurückzunehmen. Also ist das, was er sagt, das, was ihn ausmacht. Benny dagegen erklärte, dass er dir für ewig die Treue geschworen hat, als ihr euch mal gestritten habt. Die beiden lieben dich wie einen Vater und haben daran zu knabbern, dass du fort bist. Wenn sie wüssten, was für einen Unsinn du machst, bekämst du wohl die Leviten gelesen«, lächelte ich und bemerkte, dass Sam mit dem Kopf auf meinem Schoß eingeschlafen war.

Ich seufzte.

»Du erkennst es nicht, wenn dir etwas Gutes widerfährt ... Nicht einmal, wenn man dich mit der Nase drauf drückt, du Trottel!« Ich schnaubte und kraulte ihn einfach weiter.

8

Sam

Ich lag da und ließ mich eine Weile kraulen, wobei Moe dachte, dass ich eingeschlafen wäre. Doch wie könnte ich das ...? Mein Herz war zerbrochen und es würde brauchen, diese Scherben einzusammeln. Die Welt schien sich einmal komplett auf links gedreht zu haben. Früher war Moritz der Einzelgänger gewesen, ich derjenige mit dem Rudel. So schwer es mir fiel, ich konnte nicht mehr zurück. Ich war nicht mehr der Alpha, den sie brauchten. Ich vermisste dennoch meine Familie. Annabelle, die Jungs, Vivienne ... sogar diesen Besserwisser Mika! Ich hatte ihnen nur nichts mehr zu bieten.

Ich bibberte, was Moe auffiel. Er schob es auf die Schmerzen, doch ich litt, da ich die Barriere nicht mehr lange aufrechterhalten konnte. Es wurde von Erinnerung zu Erinnerung und Emotion zu Emotion schwieriger.

»Sam?«

Wankend rappelte ich mich auf. Ich musste hier raus, den Kopf frei kriegen. Auch, wenn ich es eine Nacht genossen hatte, musste ich jetzt verschwinden. Es gab zu viel, was zwischen uns stand.

»Was machst du? Du solltest liegen bleiben«, flüsterte Moe, doch ich schlurfte in Richtung Wohnungstür. »Musst du raus? Das Bad wäre frei ...«

Ich knurrte, bedeutete ihm, dass er mir die Tür öffnen sollte. Wie ein Tiger im Käfig lief ich vor dem Ausgang auf und ab. Moe hatte abgeschlossen und ich besaß nicht die Kraft, mich gegen dieses Hindernis zu werfen.

»Was hast du denn auf einmal?«

Wie sollte ich es ihm begreiflich machen? Er würde es wohl nicht verstehen. Es war seine Bitte gewesen, mich zu versperren.

»Na los, versuch es wenigstens!«, hörte ich, dass er zumindest mein Gefühlschaos wahrnahm.

›Okay, du wolltest es nicht anders‹, dachte ich und öffnete nach und nach die Barriere.

Die Gefühle brachen sich Bahn und Moritz keuchte.

»Oh Gott«, ächzte er.

Meine Läufe gaben nach und ich knallte mit der Schnauze voraus zu Boden. Sofort war Moe bei mir und zog mich in Richtung der Decke.

»Was war das?«, klang er panisch, aber ich leckte ihm nur einmal kurz über das Armband. »Unsere Verbindung? Das hattest du alles in dir?!«

Ich bemühte mich, zu atmen, um meinen Kreislauf zu stabilisieren. Ein. Aus. Ein … Aus. Wieso half das nicht?

»Hey, hey, ganz ruhig. Ich denke, du hast eine Panikattacke. Konzentrier dich auf mich«, flüsterte Moe und strich mir sanft durchs Fell.

Die Berührung tat gut, obwohl es mir das Herz zerriss. Ich war ihm im Weg. Moritz hatte es verdient, glücklich zu sein und ich war selbst zu egoistisch gewesen, ihm die Zeit mit seinem Freund zu gönnen.

»Sam …« Moe drückte mir einen Kuss auf den Kopf, was einen Schauer durch meinen Körper schickte. »Jetzt hör auf, dich verrückt zu machen, okay? Ich denke, ich werde dieses Verbindungsding zwischen uns schon aushalten, in Ordnung? Bitte, beruhige dich endlich.«

Vorsichtig drückte ich die Nase in sein Shirt und atmete ein. Es roch nach Waschmittel und Moe. Er ließ es geschehen, kraulte mich weiter und seufzte leise.

»Ich habe das vermisst ... Nicht den ganzen Zirkus, den wir erlebt haben, aber solche Momente, wie diesen hier.«

Er lächelte, das nahm ich durch die Betonung seiner Worte wahr. Gerade jetzt in diesem Moment war er zufrieden.

***

»Na, komm. Du darfst ausnahmsweise auf dem Bett schlafen. Ich kann mir denken, dass der Boden für deine Hüfte nicht das Beste war.« Moe erhob sich, machte ein paar unbeholfene Bewegungen, um sich zu strecken, und grinste. »Aber das eins klar ist: Du benimmst dich!«

Ich nickte. Für Dummheiten wäre ich eh zu müde gewesen. Dieser ganze Heckmeck schlauchte mich und mein Körper schrie nach Erholung. Vollkommen erledigt torkelte ich in Richtung Decke, um diese mit dem Maul zu schnappen, doch Moe kam mir zuvor.

»Lass mal, alter Knabe. Du schaffst es noch, verhedderst dich und am Ende brichst du dir das Kreuz. Das würde uns gerade noch fehlen«, frotzelte Moritz und lachte, als ich ihm spielerisch in die Zehen biss.

Er marschierte ins Schlafzimmer und warf die Decke über das Bettzeug. Ich bekam einen Platz am Fußende, wie es sich für ein braves Hündchen gehörte. Die Frage war nur: Wie kam ich da jetzt hoch?

»Oh«, fiel das auch Moe auf. »Warte, ich hab da eine Idee.«

Hastig zog er eine Schublade einer sehr alt aussehenden Kommode heraus, verstreute deren Inhalt auf dem Boden und legte ein Regalbrett darauf. Ich brummte, denn diese provisorische Treppe gestattete es mir tatsächlich, auf das Bett zu gelangen. Die Hinterläufe zog ich dabei ungeschickt hinter mir her, was Moe besorgt dreinschauen ließ. Ich brummte.

»Ich hole dir noch eine Tablette.«

Er verschwand in der Küche, während ich mich auf der Decke zusammenrollte. Ja, das Bett war himmlisch im Gegensatz zum Boden!

»Hier.« Moe hielt mir kurz darauf ein Stückchen Wurst hin und die erlösende Dosis Schmerzmittel.

Ich schnappte es mir und schluckte alles ohne zu kauen. Ein Fehler, denn ich röchelte etwas. Diese verfluchte Wurst blieb einen Moment hängen.

»Na, nicht so gierig!« Moritz klopfte mir auf den Rücken, lief dann, um mir die Wasserschüssel zu bringen, von dem ich ein bisschen trank. Er grinste, als er meine Dankbarkeit mitbekam. »Gern geschehen.«

Er gähnte.

»Morgen habe ich Uni. Da werde ich nachschlagen, was wir wegen deiner Hüfte unternehmen können. Vielleicht gibt es Übungen oder so, die wir machen sollten, um die Heilung zu unterstützen«, murmelte er den letzten Satz mehr und gähnte erneut.

Er schlüpfte aus dem Shirt, warf es zu den Sachen am Boden und stieg ins Bett. Ich spürte die Bewegungen der Matratze, dann seine Füße an meiner Seite. Moe lachte.

»Ne, so geht das nicht. Ich glaube, du kommst doch besser auf die Seite, denn ich bin zu groß und habe keine Lust, mich wie ein Embryo einzurollen.« Also klopfte er neben sich und ich robbte nach vorn.

Das erinnerte mich an die Nacht, in der ich als Wolf über ihn gewacht hatte. Robins Angriff und Moes Eintritt in unsere Welt. Das war nicht einmal ein Jahr her, fühlte sich allerdings an wie eine Ewigkeit.

Moritz´ Lippen zuckten und er warf mir einen Blick zu.

»Also so wird das mit Schlafen nix. Du musst den Kopf frei kriegen. Mach mit: Einatmen ... Ausatmen ... Ein ... Aus ... Und jetzt denkst du beim Einatmen ›eins‹ und beim Ausatmen ›zwei‹«, nuschelte er und ich folgte der Anweisung. Es war interessant, dass es wirkte. Möglicherweise war es auch die Tablette, denn ich fühlte die Entspannung.

Finger spielten mit meinem Fell, zupften leicht daran und ich schnaufte. Nach und nach wanderte die Hand tiefer, kraulte mir den Bauch und Moe rutschte näher. Sein Gesicht vergrub sich bald in meinem Fell und er atmete gemächlich und gleichmäßig. Er war eingeschlafen.

***

»Los, verwandel dich«, forderte Moe und ich lachte.

»Wieso das denn? Ich werde kein ›Männchen‹ üben oder sowas.« Ich verschränkte die Arme hinter dem Kopf und blickte zur Decke.

»Ach, Quark! Ich mag das Gefühl nur, wenn ich das Gesicht in dein Fell drücken kann, das ist alles. Keine Ahnung wieso, aber irgendwie fühle ich mich dann, als wäre ich Zuhause.«

Ich legte den Kopf schief und betrachtete meinen Liebling, der rot anlief. Seufzend tat ich ihm den Gefallen und wurde zu seinem Haustier. Strahlend rieb er sich an meiner Seite.

»Es ist wahr: Pelz ist so am schönsten.«

Dies amüsierte mich, denn dieses Verhalten mit dem Kopf an einem reiben, machten auch Wölfe. Es schien so, dass er viel zu viel vom Rudel aufschnappte.

»Was findest du denn so lustig?«, wollte er wissen und ich stupste ihn an. »Ach, ich bin witzig?«

Ich nickte und Moritz lachte.

»Ja, ich war schon immer anders. Ist mir egal. Ich mag mich so.«

Mit einem Satz lag er halb auf mir und kuschelte sich an. Ich liebte dieses Vertrauen, das er mir stets aufs Neue schenkte. Er kicherte und quietschte, als ich ihm quer übers Gesicht leckte.

»Aus! Pfui! Böser Hund!«

9

Erholt wie schon lange nicht mehr, erwachte ich am Morgen, als der Wecker losplärrte. Sams Fell kitzelte mir in der Nase und er brummte bei der schrillen Musik, die vom Handy ausging. Ich hatte mich wohl, wie in alten Zeiten, an ihn gekuschelt. Das Handy ließ ich schleunigst verstummen und fuhr mir danach mit den Fingern durch die Haare. Irgendwann hatte ich wohl das Haargummi verloren, weshalb meine Locken in alle Richtungen abstanden. Sam hatte ein Auge geöffnet, schien dabei jedoch direkt wieder einzuschlafen. Ich musste unbedingt herausfinden, wie ich seine Schmerzen lindern konnte, ohne ihm ständig diese Chemiekeulen zu geben. Es war schließlich kein Leben, die ganze Zeit im Dämmerzustand zu verbringen.

Im Bad putzte ich mir die Zähne, sprang unter die Dusche und ging meinem gewohnten Ablauf nach. Im Bett schlummerte immer noch der große, böse, weiße Wolf. Dieser Gedanke ließ mich lächeln.

Nackt, wie ich war, lief ich wie gewohnt durchs Schlafzimmer und schnappte mir ein paar Sachen aus dem Schrank. Ich spürte plötzlich, dass Sam mich beobachtete, aber es war meine Wohnung! Und wenn ich nackt herumlaufen wollte, tat ich das auch. Allerdings schienen es keine Blicke zu sein, weil es ihn störte, da mir schlagartig warm wurde. Es wurde mir sogar verdammt warm!

»Sam, aus«, zischte ich ihn an und der Wolf drehte den Kopf brav auf die andere Seite.

Ich schüttelte belustigt den Kopf. Der Typ war manchmal echt schräg.

In der Küche machte ich uns Frühstück und stützte danach Samuel, um vom Bett herunter zu kommen. Gemeinsam trabten wir in den Nebenraum. Für mich gab es eine Schüssel Haferflocken mit Erdbeeren, während ich Sam Spiegelei mit Speck zubereitet hatte. Ich konnte seinen Bauch knurren hören und musste lachen, als er schwanzwedelnd vor dem Teller saß.

»Guten Appetit, der Herr«, meinte ich grinsend und setzte mich selbst an den Tisch, um zu essen. Irgendwie, harmonisierte es zwischen uns besser, wenn wir nicht zu viel miteinander sprachen. Also, wenn ›Er‹ nicht so viel redete.

Während Sam genüsslich über den Teller leckte und die drei Eier verspeiste, zählte ich auf, wie der Tag heute laufen würde.

»Ich hab gleich zwei Vorlesungen. Danach treffe ich mich mit Lip in der Bibliothek und wir schauen, wie wir dich weiterhin optimal versorgen können. Ich kann nur erahnen, dass es ein Beckenbruch ist. Du kannst schließlich aufstehen, somit hoffe ich, dass die Wirbelsäule nicht betroffen ist. Allerdings kann ich das nur herausfinden, wenn wir dich röntgen. Da du aber Mika nicht dabei haben willst, für den das übrigens ein Klacks wäre, muss ich mir etwas einfallen lassen. Wir können dich nicht nur mit Schmerzmitteln zudröhnen«, tadelte ich ihn.

»Mal schauen, vielleicht hat Lip ja eine Idee«, faselte ich vor mich hin, als mein Ex zu knurren begann.

»Ernsthaft? Was passt dir an Lip nicht? Dass er dich hierher geschafft hat, nachdem Olli dich angefahren hat oder, dass ich ihn vögel?«, brachte ich so trocken heraus, sodass Sam sich verschluckte.

»Hast richtig gehört. Ich bin der aktive Part«, brummte ich nun und war von mir selbst genervt. Wieso rechtfertigte ich mich vor meinem wölfischen Exfreund?

Ich aß schneller, was für mich definitiv Bauchschmerzen bedeuten würde, griff daraufhin meine Unisachen und wollte gehen. An der Tür begann Sam, der es sich in der Zwischenzeit wieder auf seiner Decke bequem gemacht hatte, zu fiepen.

Seufzend ging ich zu ihm, strich dem Wolf über den Kopf und holte noch eine Schmerztablette aus der Küche. Wie immer in Wurst gerollt, bekam er diese und danach war glücklicherweise Ruhe.

***

»Hast du aus ihm schon ein Schoßhündchen gemacht?«, scherzte Lip und ich rollte mit den Augen. Dumme Angewohnheit.

»Er ist ein Wolf! Wie willst du aus einem Überlebenskünstler und Raubtier einen Hund machen, der an der Leine geht und Männchen macht?«, zog ich ihn auf.

»Ich meine ja nur, dass er bei dir schon recht zahm ist oder? Kein Auge würde ich zu bekommen, wenn ich so eine Bestie in meinen vier Wänden hätte«, gab er theatralisch von sich und knurrte mich spielerisch an.

»Psst! Wir sind hier in der Bibliothek. Hilf mir lieber, herauszufinden, wie wir ihm helfen können«, forderte ich und Lip biss sich verlegen auf die Lippe.

»Zuerst komm mal mit«, flüsterte er, schob das Buch aus meinen Händen und zog mich hinter sich her. Ich war verwirrt.

»Wo gehen wir hin?«, wollte ich wissen und sah mich skeptisch um.

»Ich hab da so einen Geheimtipp bekommen.« Er grinste breit, doch ich verstand nicht, was er meinte.

Am Ende der Bibliothek ging es um eine Ecke, wo die Brandschutzanlage hing. Daneben, fast nicht zu sehen, war das kleine Zimmerchen des Hausmeisters, in dem er sein Werkzeug und die Putzutensilien aufbewahrte.

»Ähm ... Was wird das?«, hatte ich kaum gefragt, da zog Lip die Tür auf und schob mich hinein. Von innen gab es tatsächlich einen Schlüssel, sodass man sich einschließen konnte.

»Was?«, quiekte ich, als man mich auch schon gegen die Wand drückte und Lips Zunge sich in meinen Mund schob.

Jetzt verstand ich, was das werden sollte.

»Was wenn jemand kommt?«, schmunzelte ich, nachdem Lip meinen Mund freigab.

»Selbst wenn, wird man vor einer verschlossenen Tür stehen und wieder gehen«, flüsterte er und begann an meiner Hose herum zu hantieren.

»Ich hab aber nix dabei!«, brummte ich, denn ich hatte nicht mit Sex in einer Putzkammer gerechnet.

»Dachte ich mir, deshalb war ich mal so frei«, raunte er und zog ein Gummi aus der Hosentasche.

Er hatte das Ganze hier geplant?

»Sei nicht so ein Schisser, Moritz!«, fauchte er mich an und meine Hose rutschte zu den Knien. Ich rieb mir angespannt die Stirn. Das war doch nicht ich! Nein, so war ich wirklich nicht ...

Meine Shorts folgten der Jeans und Lip kniete sich hinunter, um mit der Zunge über meine Eichel zu lecken.

»Genieß es«, hörte ich ihn noch sagen, ehe meine Pracht in seinen Mund genommen wurde. Er leckte, saugte und sorgte dafür, dass ich mich keuchend am Regal abstützen musste. Verdammt, das konnte er ziemlich gut! Ich schloss die Augen, stellte mir für einen kurzen Moment vor, es wäre Sams Mund und seine Lippen, die über meinen Schaft glitten.

›Sam?‹, quiekte ich in Gedanken und griff in Lips Haare.

»Kannst wohl nicht warten hm? Na gut«, hauchte dieser nun und ließ die Hose ebenfalls herunter rutschen.

Er streckte mir seinen Hintern entgegen. Noch immer total fertig von der Tatsache, dass ich gerade an jemand anderen gedacht hatte und beinahe deshalb zum Höhepunkt gekommen wäre, schob ich zwei Finger in Lip hinein.

»Nicht so zaghaft. Ich brauche es jetzt!«

Wie gewünscht, rollte ich mir das Kondom über und nahm ihn so hart, wie er es verlangte. Die Enge in ihm, ließ mich sehr schnell zum Höhepunkt kommen und auch Lip besudelte den Raum quasi mit seinem Sperma. Ziemlich außer Atem japste ich, ich würde solche Aktionen nicht brauchen, um in Fahrt zu kommen.

»Anscheinend schon, denn gestern ging ja nichts«, scherzte er und zog mich auf.

»Wieso? Musste ja nicht klappen. Hast dich doch gestern noch anders amüsiert.« Ich funkelte ihn im Halbdunkel an, denn mir war wohl bewusst, dass ich für ihn nur ein Snack für zwischendurch war.

Wütend knurrte er, ich würde gar nichts verstehen, zog sich auf einmal die Hose hoch, zeigte mir den Stinkefinger und ging. Ich starrte ihm verdutzt nach, von seinem Verhalten überrascht. Was war denn jetzt wieder verkehrt?

Ich tat es ihm gleich, zog mich an und marschierte unauffällig zurück zu den Büchern. Sollte er doch die beleidigte Leberwurst spielen!

Gedanklich war ich danach zwar nicht mehr ganz auf der Höhe, fand aber ein paar Ausschnitte zu Operationen bei Beckenbrüchen. Wirklich vielversprechend sah das Ganze allerdings nicht aus. Nach einer Operation, die ziemlich aufwendig wäre, musste das behandelte Tier teilweise sehr starke Schmerzmittel bekommen und fünf bis sechs Monate ruhiggestellt werden. Nur für die nötigen Geschäfte durfte sich der Hund bewegen. So lange würde ich nicht warten, bis es Sam besser ginge!

Ich zückte mein Handy und wählte Mikas Nummer, der den Anruf freundlich wie immer entgegennahm.

»Hallöchen Moe! Was gibt es? Was macht dein Patient?«, begann er, mich direkt zu löchern und ich betete, mich nicht zu verquatschen.

»Hey Chef. Folgendes ... Wie würdest du einen Beckenbruch behandeln, wenn du eine Operation absolut ausschließen musst?«, fragte ich vorsichtig und hörte mir daraufhin an, was Mika dazu meinte. Die Meinung eines Fachmannes war in Sams Fall sogar Gold wert.

»Na ja, die üblichen Methoden. Symptombehandlung, ruhig halten und verwöhnen. Wer weiß wie sehr sich das Tier quält. Nur denk dran, Moritz, wir haben im schlimmsten Fall die Möglichkeit es zu erlösen, anstatt sich das Tier weiter quälen zu lassen«, appellierte er an meine Vernunft, was mir Herzrasen bereitete.

Allein der Gedanke, Sam einzuschläfern, ließ mir die Tränen in die Augen schießen. Was war nur los? Diese blöden Emotionen!

Und Sam war kein Tier, das man gehen lassen konnte! Er war ein Wolf, der Alpha des Rudels. Aber das wusste Mika ja nicht.

»Nein! Das kommt nicht infrage. Ich probiere es weiter! Es wird ja bereits besser. Er kann teilweise allein aufstehen und laufen. Wir schaffen das schon«, schluchzte ich und Mika fragte, ob alles in Ordnung wäre.

»Moe, um was für eine Rasse handelt es sich denn? Ist es zufällig ein großer Hund?«, erkundigte er sich so gezielt, dass in mir Panik aufkam.

»Ich muss in die Vorlesung. Danke, Mika«, beendete ich hastig das Gespräch und strich mir erleichtert eine meiner Locken hinters Ohr.

10

Sam

Von der Tür aus starrte ich eine Weile in Richtung Bad. Es wurde allmählich Zeit, einen Versuch zu wagen. Ich hoffte nur, dass es nicht allzu schmerzhaft werden würde.

›Na, irgendwann muss ich es angehen‹, überlegte ich und begann die Wandlung.

Okay, der Schmerz war heftig! Ich keuchte, als ich nackt auf dem Boden lag und mich bemühte, einfach ruhig weiter zu atmen.

»Was für eine Scheiße! Dafür könnte ich diesen Vollidioten killen«, stöhnte ich.

Natürlich war mir klar, dass es im Grunde meine Schuld gewesen war, schließlich war ich ihm in den Wagen gelaufen. Der Kerl hatte nur zu viel getrunken, um ausweichen oder bremsen zu können. Und wer wusste schon, was passiert wäre, hätten mich stattdessen die Jäger erwischt.

Die Beine hinter mir herziehend arbeitete ich mich ins Badezimmer vor. Ich fühlte mich wie ein Krüppel, aber war dennoch zu stolz, bei Mika anzurufen. Er würde vermutlich geschockt sein, wenn er mich jetzt so sehen würde. Und da ich verhindern wollte, dass es Moe ebenso erging, musste ich mich waschen, rasieren und versuchen, einigermaßen vorzeigbar zu werden. Ich wollte ihm unbedingt für die Rettung danken.

»Okay, Samuel, atmen und nicht schreien«, redete ich mir gut zu und hievte mich auf den Rand der Badewanne.

Ich schrie nicht, doch der Schmerz trieb mir die Tränen in die Augen. Es dauerte etwas, bis ich an den Handspiegel herankam, den Moe wohl nutzte, um seinen Hinterkopf zu kontrollieren, ob noch Locken aus dem Zopf gerutscht waren, den er mittlerweile trug. Mir gefiel sein neuer Stil. Meiner dagegen war zum Davonlaufen und hätte so manchem das Fürchten lehren können. Meine menschliche Gestalt war zwar nicht schmutzig, aber dafür hatten meine Haare eine verbotene Länge und ich trug einen rot-blonden Vollbart. So durfte ich auf gar keinen Fall bleiben. Mit einer Schere, die ich aus dem Badschrank fischte, kürzte ich diesen, so gut es eben ging. Für die Haare brauchte ich professionelle Hilfe. Kitty zu erreichen würde allerdings schwer werden. Dazu benötigte ich Hilfe.

Vivienne!

Kaum, dass ich die Überreste meines Haar-Massakers entfernt und mich erneut ins Wohnzimmer gequält hatte, holte ich das Uralttelefon, das dort auf einem Regal stand, am Kabel herunter. Je mehr ich mich in Menschengestalt bewegte, umso mehr dachte ich an Mikas Heilkunst. Andererseits würde ich alles erdulden, nur um nicht von Moe fortzumüssen. Wäre ich gesund, könnte er mich wegen diesem schrägen gepiercten Knallkopf vor die Tür setzen. Ich seufzte.

Ehe ich mich erneut dagegen sträuben konnte, wählte ich Vivs Nummer und wartete darauf, dass sie sich meldete. Es dauerte etwas.

»Hey Moe! Alles in Ordnung? Wieso rufst du auf der alten Nummer an?«, klang Vivienne ziemlich außer Atem.

Ich lachte.

»Hi Viv. Entschuldige, aber dieses Memo muss ich überlesen haben.«

Meine Exfrau keuchte.

»Samuel!« Sie schrie meinen Namen geradezu und ich entfernte das Fossil von Hörer automatisch von meinem Ohr. Sie war dennoch weiterhin gut zu hören. »Du bist bei Moe ...?«

Ich brummte zustimmend, was sie noch nicht einmal mitzubekommen schien. Vor Aufregung geriet sie völlig aus der Fassung und ich bereute fast, sie angerufen zu haben. Sie redete auf mich ein und wollte wohl all die Geschehnisse seit meines Verschwindens erzählen, um mich auf den neuesten Stand zu bringen. Einen solchen Wortschwall war ich von ihr nicht gewohnt.

»Vivienne, stop!«, knurrte ich irgendwann. »Ich bin zwar bei Moe, aber ich bin nicht wieder zurück im Rudel. Dazu brauche ich noch Zeit.«

Sie stöhnte.

»Das kann nicht dein ernst sein, Samuel!«

Ich konnte mir bildlich vorstellen, wie sie den roten Haarschopf schüttelte. Anscheinend war die Aufgabe, Rudelführer zu sein, doch nicht so einfach, wie Viv gedacht hatte. Ich musste lächeln, als sie von Maxwell und den anderen Alphas berichtete. Man hatte ihr tatsächlich einen Wächter zugeteilt. Davor hatte ich mich Jahre lang drücken können, indem ich bewies, ebenfalls allein klar zu kommen. In meiner Alpha-Gestalt war kein anderer Wolf eine Gefahr für mich gewesen. So erhielt ich mir meine Freiheiten.

»Und dieser Kerl treibt mich mit seinen Umgangsformen in den Wahnsinn! So etwas Ungehobeltes habe ich noch nie erlebt ...«, fauchte sie und ich lachte.

»Liebes, wenn jemand einem Mann Manieren beibringen kann, dann bist du es.« Ich hörte ihr genervtes Schnauben und grinste.

Es tat doch gut, ihre Stimme zu hören.

»Nimm es mir bitte nicht übel, aber das habe ich bei dir ja auch nicht geschafft«, murrte sie und ich amüsierte mich köstlich.

Seit wann hatte Vivienne denn einen solchen Ton am Leib? Ich versprach ihr, dass ich spätestens in einer Woche mit Maxwell telefonieren würde, um den Wächter abziehen zu lassen. Vorher würde ich es wegen der Verletzung wohl nicht schaffen – das verschwieg ich ihr jedoch wohlweislich. Vermutlich wäre sie sonst direkt vor der Tür gestanden, so wie sie drauf war.

»Viv, könntest du mir einen Gefallen tun? Ich brauche Kitty. Würdest du für mich bei ihr anrufen und einen Termin bei Moe machen? Ich möchte hier ungern weg.«

»Oh, natürlich kann ich das. Ich rufe sie gleich an und melde mich danach wieder, okay?« Sie machte Anstalten aufzulegen, doch ich bat sie, am Telefon bleiben zu dürfen. Ich konnte nicht riskieren, dass Moe etwas von der Sache mitbekam. »Auch okay. Dann bis gleich.«

Damit schickte sie mich in die Warteschleife. Geduldig lauschte ich dem ständig von vorn beginnenden Gedudel und erwischte mich sogar beim Mitsummen. Wenn ich mich nicht bewegte, hielten sich die Schmerzen in Grenzen und ich freute mich darauf, bald vom Putz auf meinem Kopf befreit zu werden.

»Sam? Kitty ist nicht im Land. Sie kommt aber morgen zurück. Ich habe also direkt einen Termin für übermorgen ausgemacht. Sie meinte noch, sie würde sich sehr auf den Hausbesuch freuen.« Vivienne räusperte sich und ich tat es ihr gleich.

»Eine andere Zeit, Viv«, meinte ich dazu nur und sie schnaubte.

»Eine Friseuse.« Sie schüttelte gerade auf jeden Fall den Kopf und ich war peinlich berührt. Eine solche

Unterhaltung hatten wir nicht einmal während unserer Ehe geführt. Was hatte ich bitteschön alles verpasst?!

»Danke, Vivienne! Ich schulde dir was.«

»Vergiss es, schließlich habe ich dafür jetzt die Hälfte der Firma und deinen Ärger am Hals. Also werd' wieder klar im Kopf und komm bald zurück, ja?«, seufzte sie und legte auf, bevor ich etwas erwidern konnte.

Ich starrte verdattert den Hörer an.

›Ich muss echt lange weg gewesen sein.‹

***

Der Ausflug in Menschengestalt hatte mir nicht gutgetan. Die Wolfshüfte brannte wie Feuer und der Schmerz machte mich wahnsinnig. Wie sollte ich das nur innerhalb von einer Woche hinbekommen? Das würde auf gar keinen Fall klappen! Ich brauchte eine Tablette und das auf der Stelle!

Ich schleppte mich in Richtung Küche und versuchte, an die Tabletten auf der Arbeitsplatte zu gelangen. Das war gar nicht so einfach, denn Moritz hatte die Verpackung nach ganz hinten geschoben. Eine weitere Wandlung kam leider nicht infrage. Das würde meine Hüfte definitiv nicht mitmachen. Wie sollte ich es nur anstellen, diese verdammten Tabletten zu erreichen? Da ich bereits vor Schmerzen zitterte, beschloss ich, es darauf ankommen zu lassen, biss die Zähne zusammen und stellte mich auf die Hinterläufe. Ich fiepte, schnappte mir allerdings die Packung, ehe ich zu Boden segelte und hart aufschlug. Bibbernd hielt ich den Atem an, während ich so dalag. Es fühlte sich an, als hätte ich mir noch mehr gebrochen.

›Atmen‹, redete ich mir gedanklich zu, wurde jedoch nach und nach in eine Ohnmacht gezogen. Das war auch nicht übel. Ich sackte in mich zusammen.

»Scheiße, Sam, was machst du denn jetzt schon wieder für einen Blödsinn?« Moe kniete neben mir und hielt die Tabletten in Händen.

Mein Körper schrie um Hilfe und glücklicherweise verstand mein Liebster. Hastig zog er gleich zwei Pillen heraus und ich schluckte sie ohne Wasser oder Wurst herunter.

»Du scheinst schlimmer als gestern dran zu sein. Das übersteigt meine Kenntnisse. Es tut mir leid, Sam«, flüsterte Moe, während ich allmählich erneut wegdämmerte.

Die beiden Tabletten waren eine regelrechte Dröhnung. Nur wie durch Nebel bekam ich mit, wie Moe erst telefonierte, wobei ich kein Wort verstand, und danach zur Tür hastete.

›Was wird das?‹, ging es mir durch den Kopf.

Mir drang ein Duft in die Nase. Eine weitere Person war in der Wohnung. Mika! Moe hatte mir doch versprochen, mich nicht zu verraten ...

11

Mika kam in die Wohnung gestürmt und bedachte mich zunächst mit einem bösen Blick.

»Lass mich raten: Es war seine Idee, mich nicht zu rufen?«, knurrte er und stürmte direkt auf Sam zu, der benommen auf dem Boden lag und hechelte.

»Hat sich sein Zustand verschlimmert oder verbessert? Was hast du unternommen?«, fragte mich der Tierarzt aus und ich begann aufzuzählen.

»Hüfte ruhig gestellt, mit einem Handtuch angehoben, unterstützt beim Laufen und Schmerztabletten verabreicht. Was sollte ich den sonst auch machen, so ganz ohne Röntgenaufnahmen? Das Einzige, was ich operativ erledigt habe, war, die Schrotkugeln aus seinem Körper zu pulen, damit das Fieber sinkt und er keine Blutvergiftung bekommt!«, wurde ich nun lauter, da mich die Unterstellung, ich hätte Mika die Wahrheit vorenthalten, nervte.

Mein Chef nickte und sah sich die Wunden an, die ich vernäht und versorgt hatte.

»Gute Arbeit«, lächelte Mika daraufhin und schien kein Stück mehr wütend zu sein.

Dafür war ich es umso mehr.

»Du hättest mich trotzdem holen sollen. Wenn es ein Beckenbruch ist, bekommt er das ohne Operation von allein nicht hin oder sagen wir, es ist *fast* unmöglich! Durch die ständige Bewegung würde er sich immer wieder verletzen. Ich kümmere mich jetzt darum«, versuchte er, mich zu beruhigen, da ich Kreise in den Teppich lief.

Kaum dass sich der Heiler zu Sam gesellt hatte, begann dieser die Zähne zu fletschen.

»Mach dich nicht lächerlich! Moe hat mich geholt, weil er dich nicht ständig mit Tabletten abfüllen kann. Davon mal abgesehen, konnte ich es mir schon denken, als es darum ging, sich um einen dahergelaufenen Köter zu kümmern. Wenn du dich schon wochenlang, was sage ich, monatelang herumtreiben musst, mach uns nicht noch Arbeit damit«, zischte Mika vorwurfsvoll und legte die Hände auf.

Sam machte Anstalten nach dem Heiler zu schnappen, was dieser komplett ignorierte.

»Wenn du mich beißt, verspreche ich dir, in Narkose all deine Zähne zu ziehen. Also halt jetzt still!«, brummte er und winkte mich herüber, damit ich den Kopf des großen weißen Wolfs festhielt.

»Ja, Knochen zu heilen, ist nicht ganz schmerzlos«, schnaufte Mika und wirkte stetig müder.

Nach gut einer halben Stunde kniete er nicht mehr sondern saß, was ich bisher noch nie gesehen hatte.

»Alles in Ordnung?«, erkundigte ich mich besorgt, doch mein Chef und Lehrer winkte ab.

»Ja, ist okay. Ich könnte ein Glas Wasser oder so gebrauchen. Danach richten wir ihn auf und schauen, ob es funktioniert hat. Wenn er allein stehen kann, ohne umzufallen, ist schonmal ein kleiner Teil geschafft. Ein paar meiner Einsätze dann noch und er ist erneut der alte sture Esel«, brummte er.

Vorsichtig legte ich Sams Kopf wieder auf die Decke. Schnellen Schrittes machte ich mich auf den Weg in die Küche, um das gewünschte Wasser zu holen.

***

Zuerst war ich total panisch, als Mika per Nachricht wissen wollte, wie es Sam ging und ob es sehr kritisch wäre.

›Verdammt! Er hat es herausbekommen, obwohl ich es nicht wollte!‹

Da die Katze jetzt eh aus dem Sack war, schrieb ich ihm, dass ich das Gefühl hätte, es allein nicht hinzubekommen. Ich berichtete von dem Autounfall und Sams bereits zuvor erahntem schlechten Zustand.

›Bei dir zu Hause! Sofort!‹, bekam ich nur als Antwort und ich wusste, dass Sam mich dafür hassen würde.

Im Nachhinein schuldete ich meinem Chef großen Dank. Mir war die Aufgabe, den menschlichen Wolf gesund zu bekommen, über den Kopf gewachsen. So konnte ich zumindest sicher sein, dass es Sam schon bald besser gehen würde.

»Ich komme morgen in meiner Pause vorbei und mache weiter. Und Moe, lass ihn nicht aus den Augen! Im Notfall kettest du ihn an, bevor er abhaut.« Mika lachte und sah noch einmal an mir vorbei zu seinem Alpha, der auf dem Boden lag und schlief. »Erstaunlich, wie das Schicksal ihn immer wieder in deine Arme treibt!«

Er lächelte.

»Ja genau! Erstaunlich, wie das Schicksal mich immer wieder aufs neue fickt!« Genervt drehte ich mich von Mika weg und sah nun ebenfalls zu Sam. »Mir den Ex in Wolfsgestalt ans Bein zu binden und dafür zu sorgen, dass ich mich um ihn kümmere.«

»Ich glaube nicht, dass das Schicksal es sich mit dir vermiesen will. Vermutlich nur ein kleiner Wink mit dem Zaunpfahl. Alles fügt sich zusammen, was zusammen gehören soll.«

Mich berührte eine Hand an der Schulter zum Abschied und ich nickte. Mika war nicht nur mein Chef oder Lehrer. Nein, er war ein Freund und für mich ebenso Familie, da ich keine mehr hatte. Er und Sam standen sich sehr nah, sonst wäre er nicht derart wütend auf ihn gewesen.

Nachdem ich die Tür geschlossen hatte, setzte ich mich an den Schreibtisch und begann, etwas für die Uni vorzubereiten. Schließlich ging mein Leben weiter! Auch wenn Sam anscheinend für sich beschlossen hatte, frei von jeglicher Verantwortung zu sein, so wollte ich doch irgendwann fürs Rudel da sein. Was ihn nur dazu getrieben hatte, seine Familie aufzugeben?

Weshalb ich mich das fragte, war mir nicht ganz klar. Es konnte allerdings meiner Meinung nach nur eine Midlifecrisis sein, ausgelöst durch unsere Trennung. Oder bildete ich mir da zu viel ein?

Ein Brummen ließ mich aufhorchen. Wir hatten Samuel eben nur kurz aufgerichtet, wobei er noch im Dämmerzustand gewesen war und es gar nicht richtig erfasst hatte. Er stand, alleine und das, ohne umzukippen. Es war also gelungen, ihn ein wenig mobiler zu machen.

»Hey, Großer!«, lächelte ich ihn an, als er mir in die Augen sah.

Ein kurzes Schnauben mit einer Drehung von mir weg folgten und der Kopf sank zurück auf die Decke.

»Dein Ernst? Mika ist dein Freund und rettet dein Leben! Und das Einzige, was mal wieder in deinem Kopf kaputt ist, ist dein Ego? *Ich bin Sam. Ich will alles allein schaffen, egal ob ich einen gebrochenen Beckenknochen habe, oder Schrot im Arsch ... Ich bekomme das alles alleine hin!*«, äffte ich.

Erneutes Brummen seinerseits ließ mich beinahe ausflippen. Wütend ging ich in seine Richtung, kniete mich hin und riss ihn an den Ohren zu mir heran, damit er mich ansehen musste. Sams Miene zeigte Überraschung, aber er reagierte darüber hinaus nicht.

»Jetzt hör mir mal genau zu! Du bist abermals in mein Leben getreten. Verwundet, dreckig und am Ende! Ich habe dir einen Platz gegeben, um dich auszuruhen, dir Essen und Trinken gegeben, dich mit Medikamenten zugedröhnt, dir Schrot aus dem Körper geholt und über dich gewacht. So, wie du es mit mir gemacht hast vor einiger Zeit ... allerdings ohne Schrot im Hintern. Ich erwarte nicht, dass du mir dankst oder dich erkenntlich zeigst, bestehe jedoch darauf, dass du aufhörst, in deinem Selbstmitleid zu baden, und zurück zu den Menschen gehst, die dich lieben und brauchen. Das alles würde ich nicht machen, wenn du mir nicht noch wichtig wärst. Ich spüre unsere Verbindung sehr und ja, ich vermisse unsere Gespräche und, dass wir uns gern haben. Du bist mir ein guter Freund und Partner gewesen. Also komm endlich zurück Samuel. Mit deinem Alleingang ist jetzt Schluss!«

Der Wolf knurrte mich an und ich schüttelte nur den Kopf.

»Du kapierst es nicht. Dein Ego steht dir wirklich im Weg«, fluchte ich und ließ die Ohren los. »Machen Sie doch, was Sie wollen, Herr Johnsan. Da ist die Tür! Wenn Ihnen danach ist zu gehen und vom nächsten Auto erfasst zu werden, dann bitte! Wollen Sie aber stattdessen in Ruhe gesund werden, sind Sie herzlich dazu eingeladen, hier zu verweilen – dann jedoch nach meinen Regeln.«

Ich schnappte mir den Laptop und ging ins Schlafzimmer, wo ich die Tür lautstark zufallen ließ.

Mein Handy brummte, während ich an den letzten Kapiteln meiner Hausarbeit saß. Lip nervte und wollte vorbei kommen für ein Schäferstündchen. Dass ich ihm absagte, fand er nicht so toll, aber das war mir gerade ziemlich egal.

»Gehen wir übermorgen wenigstens tanzen?«, kam die nächste Frage und ich willigte schließlich ein, um meine Ruhe zu bekommen.

»Gott, wieso fühle ich mich dabei so mies?«, stöhnte ich, denn irgendwie hatte ich dabei ein schlechtes Gewissen. »Moe, geh die Fakten durch! Du bist von Sam getrennt, hast neue Leute kennengelernt und deinen Spaß. Auch im Bett zum Teil ...«, redete ich mit mir selbst und ließ mich seufzend ins Kissen sinken.

Wieso fühlt es sich dennoch so an, als würde ich Sam betrügen? Diese Verbindung zwischen uns machte mich fertig! Würde ich mich jemals in einen anderen verlieben, ohne dabei ständig an diesen Wolf zu denken?

Ich rollte mich auf die Seite und holte unter dem Bett meine Schatzkiste hervor. Es waren mittlerweile so viele Fotos darin, dass sie beinahe aus allen Nähten platzte. Bilder von mir und Viv, den Zwillingen und sogar eins mit Annabelle. Ich kicherte, denn sie zog das grimmigste Gesicht, das man machen konnte, da sie Bilder generell hasste. Das Hochzeitsfoto meiner Eltern, das Selfie, das ich damals spontan in der Eisdiele mit Isa, Kristin und Elly gemacht hatte, mein Flugticket nach Manhattan und das Bild von Sam und mir.

Schwer legten sich diese Erinnerungen auf mein Herz und ließen mich erneut seufzen. Schlussendlich drehte

ich mich auf die Seite und döste ein. Es war eine kompli-
zierte, aber auch schöne und einzigartige Zeit gewesen.

12

Sam

Ich starrte auf die Tür und spürte Moes Wut. Er hatte recht, dass ich mich kindisch verhielt. Eigentlich war ich dankbar für die Heilung, denn die Schmerzen schienen seitdem wie weggeblasen zu sein. Meine letzte Aktion hatte mich schlauer gemacht und ich achtete dieses Mal genau auf meine Bewegungen, als ich aufstand. Vorsichtig näherte ich mich dem Schlafzimmer, konnte mich allerdings nicht überwinden daran zu kratzen. Moritz brauchte vielleicht diese Wut auf mich, um mit uns abzuschließen. Er wollte diesen komischen Emo-Typ mit den vielen Piercings.

›Er hat dich schließlich mehrfach in die Schranken verwiesen‹, ermahnte ich mich, obwohl es mich fast zerriss bei dem Gedanken.

Noch ein paar Tage. Ich war fest entschlossen, die Zeit zu nutzen, mich mit Moe aussprechen, sodass wir in der Lage wären, einen Schlussstrich zu ziehen. Zumindest in meinen Kopf bekam ich diese Möglichkeit hinein, mein Herz hingegen streikte. Am liebsten hätte ich ihn angefleht, mir eine weitere Chance zu geben, doch die Vernunft siegte. Wie viele dieser Chancen wollte ich denn noch in Anspruch nehmen? Ich war nicht gut für Moe. Als Alpha hatte ich zu viele Gegner, war zu großen Gefahren ausgesetzt und zeitlich hatte ich ihm auch nicht viel zu bieten.

Ich vernahm ein Seufzen und langsam legte sich die Wut. Generell schienen die Gefühle im Nebenraum weniger zu werden was mir verriet, dass Moe eingeschlafen war. Fieberhaft überlegte ich, wie ich seine Träume in eine angenehme Richtung lenken konnte. Albträume tauchten meist nach unseren Streitereien oder Diskussionen auf, also schloss ich die Augen und konzentrierte mich. Das Schmetterlingshaus! Ich dachte an das Glück, das ich damals empfand und teilte diese Emotion mit ihm.

›Und jetzt hörst du mit Trübsalblasen auf! Die Zeit bei Moe ist kostbar. Gönne ihm ein paar schöne Erinnerungen und sei ein braver Hund‹, dachte ich und schmunzelte.

Nachdem ich mich nochmals gestreckt hatte, bewegte ich mich ins Badezimmer, um eine Art Bestandsaufnahme zu machen. Was konnte ich ihm gutes tun, ohne mich in einen Menschen zu verwandeln? Da wäre Mika sicherlich auch nicht sonderlich glücklich darüber, denn jeder Wechsel der Gestalten war anstrengend und würde die Knochen beanspruchen.

Der Wäschehaufen in einer der Ecken war beachtlich. Den würde ich als erstes in Angriff nehmen, danach könnte ich Staub wischen. Moe wäre der perfekte Kandidat für eine Haushaltshilfe, schaffte sich diese vermutlich jedoch deshalb nicht an, weil er ein ›einfacher Student‹ sein wollte. Dann würde ich den Job halt übernehmen. Mich juckte es irgendwie, ihm etwas Arbeit abzunehmen. Aber zuvor musste ich mich ausruhen! Ich tapste also zurück zur Decke, zog diese so aufs Sofa, dass ich es mir darauf bequem machen konnte und krabbelte vorsichtig nach oben. Es ziepte, doch der Schmerz blieb aus. Was für ein Glück!

***

Die Sonne kam durchs Küchenfenster und ich war auf einmal hellwach. Ein Blick auf die Uhr verriet mir, dass Moes Wecker in etwa einer halben Stunde klingeln würde. Ich musste mich also beeilen.

Vorsichtig kletterte ich von der Couch, zog die Decke hinter mir her und brachte sie in die Ecke, die er für mich vorgesehen hatte. Meine Beweglichkeit war erstaunlich gut, weshalb ich beschloss, es zu riskieren.

›Okay ... Mika wird schimpfen‹, ging es mir durch den Kopf, nachdem ich die Menschengestalt angenommen hatte.

Meine Hüfte ziepte extrem unangenehm und ich stützte mich direkt ab, um nicht ins Wanken zu geraten. Hastig hangelte ich mich in Richtung Küche. Haferflocken, eine Schüssel und ein paar Erdbeeren stellte ich bereit, setzte mich und machte diese für den Verzehr bereit. Wenn Moe seine Gewohnheiten noch nicht geändert hatte, aß er das jeden Morgen. Er war verrückt nach diesen roten Dingern!

Lächelnd steckte ich mir ebenfalls eine in den Mund. Sie schmeckten süß und hätten mit Sahne sicherlich noch besser gemundet. Sogleich erschienen Bilder in meinem Kopf und ich unterdrückte ein Husten, da ich mich verschluckte. Diese Erinnerungen hatte ich teilweise komplett verdrängt.

Der Wecker von Moe ertönte und ich entsorgte den Biomüll im dafür vorgesehenen Behälter. Schnell holte ich noch die Milch aus dem Kühlschrank, zog einen Löffel aus der Schublade und richtete alles schön an, ehe ich mich zum Heilen in die Wolfsgestalt begab und zu meiner Decke marschierte.

Hoffentlich gefiel Moe diese kleine Friedensgeste.

Müde stapfte er aus dem Schlafzimmer und direkt ins Bad. Ich rollte mich währenddessen zusammen und atmete ruhig. Das Ziepen war mittlerweile echt unangenehm. Vielleicht sollte ich Mika anrufen und ihn fragen, wie ich die Heilung weiter unterstützen konnte. Jede meiner Aktionen, die ich mit meinem Dickschädel beschloss, schienen wirklich nicht gut zu sein.

›Ich erwarte nicht, dass du mir dankst oder dich erkenntlich zeigst, bestehe jedoch darauf, dass du aufhörst, in deinem Selbstmitleid zu baden, und zurück zu den Menschen gehst, die dich lieben und brauchen. Das alles würde ich nicht machen, wenn du mir nicht noch wichtig wärst. Ich spüre unsere Verbindung sehr und ja, ich vermisse unsere Gespräche und, dass wir uns gern haben. Du bist mir ein guter Freund und Partner gewesen‹, ging ich Moes Ansprache nochmals durch und wedelte automatisch mit dem Schwanz.

Freunde! Das würde ich hoffentlich hinbekommen. So musste ich ihm nicht gleich Lebewohl sagen. Damit sollte ich doch irgendwie klar kommen, oder?

Ohne die Schmerzmittel fühlte ich mich schon optimistischer. Diese Drogen würde ich auf jeden Fall auf die Liste an Dingen setzen, die man vermeiden sollte. Mika musste mich unbedingt so schnell wie möglich hinbekommen. Zur Not kniff ich ihn, bis er mir den Gefallen tat!

Gespannt wartete ich darauf, dass Moe aus dem Bad kam. Es dauerte eine gefühlte Ewigkeit, doch dann schlurfte er heraus. Ich setzte mich auf, blickte ihn mit schiefgelegtem Kopf an, ließ mich erneut nieder, um mich an den Vorderpfoten gemächlich von der Decke zu ziehen, bis ich platt auf dem Boden lag.

»Was machst du denn da?«, lachte Moritz und ich ließ ein aufforderndes Kläffen hören, was ihn noch mehr amüsierte. »Drehst du jetzt durch?«

Ich brummte.

Statt in die Küche marschierte er zurück ins Schlafzimmer und ich rollte mich auf die Seite. Okay, musste ich halt noch ein bisschen mehr Geduld beweisen. Das würde ich schaffen.

»Ich bin heute den ganzen Tag an der Uni. Meinst du, du bist in der Stimmung, Mika heute Mittag die Tür zu öffnen?«, erkundigte Moe sich vom Schlafzimmer aus und ich heulte, das wie ein ›Ja‹ klang.

Ein weiteres Lachen erklang und Moritz erschien erneut im Türrahmen. Augenblicklich hob ich auf der Seite liegend den Kopf und blickte ihn schwanzwedelnd an.

»Idiot!«, war sein Kommentar dazu, aber ich spürte, dass ihn meine ausgelassene Art freute.

Endlich bog er in die Küche ab und ich wartete auf eine Reaktion. Moe starrte auf den Tisch, dann auf mich, danach zurück zu meiner Überraschung.

»Samuel Johnsan! Ist das echt dein Ernst?«

Er kam auf mich zu und ich zog automatisch das Genick ein. Hatte ich etwas falsch gemacht? Seine Miene war unergründlich, also fiepte ich kurz. Ehe ich mich jedoch aufrappeln konnte, kniete sich Moe zu mir hinab und umarmte mich. Ich war zunächst noch unsicher, doch seine Emotionen blieben entspannt und glücklich.

»Ist das eine Entschuldigung?«, fragte Moe flüsternd und ich brummte leise. »Angenommen.«

***

Moritz legte mir zum Frühstücken ein weiteres Steak auf einen Teller, über das ich herfiel und er tat sich an seinem Essen mit den Erdbeeren gütlich.

»Also keine Menschengestalt?«, murrte Moe und ich blickte auf meine Seite, um ihm klar zu machen, dass ich noch heilen musste. »Kein Argument! Für die Erdbeeren hast du es geschafft. Oder tut es jetzt wieder weh?«

Ich nickte und senkte das Haupt, um mein Bedauern auszudrücken.

»Okay, dann vielleicht später. Wir müssen echt über ein paar Dinge reden. Im Schrank hab ich ein paar Klamotten, die dir passen müssten«, redete er auf mich ein, während er die Sachen wegräumte und sich fertigmachte. »Mika hat mir übrigens was da gelassen, was ich dir geben soll.«

Er legte ein Handy auf den Wohnzimmertisch und ich erkannte, dass es meins war. Woher hatte Mika es? Ich starrte das Gerät eine Weile an. Moe ließ sich davon nicht beirren und packte sein Zeug für die Uni zusammen. Er war fest entschlossen, seinen Alltag einzuhalten, was ich gut fand. Er hatte sich wahrlich verändert und ging seinen Weg.

»Später habe ich Zeit. Also sei brav, lass Mika rein und dich weiter heilen. Dafür bestell ich heute Abend dann Pizza, okay?«

Ich kläffte. Allmählich machte mir diese Kommunikation Spaß. Einmal braver Hund – konnte er haben!

Moritz schüttelte belustigt den Kopf, kam zu mir, um mich hinter den Ohren zu kraulen und drückte mir zudem einen Kuss auf den Kopf, was mich freute.

»Bis später!«

Schwer bepackt rauschte er ab und ich blickte auf die Tür, die sich hinter ihm schloss. So fühlten sich Hunde also, die man zurückließ, um zur Arbeit zu gehen …

›Du bist kein Hund! Und jetzt an die Arbeit‹, rüttelte ich mich wach und wandte mich um.

Ich warf einen Blick ins Schlafzimmer. Das Bett war das reinste Chaos und die Schublade, die mir Moe zur Treppe umfunktioniert hatte, befand sich ebenfalls noch davor. Hier würde ich wohl anfangen, denn das bekam ich selbst in Wolfsgestalt hin.

Das Brett zerrte ich in Richtung Schrank und lehnte es dagegen, dann war die Schublade dran. Glücklicherweise hatte Moe die unterste der Kommode genommen, sodass ich sie mit ein bisschen Anheben mit der Pranke einfädeln konnte. Daraufhin suchte ich die Socken zusammen, die dort hineingehörten, wobei ich mich bemühte, diese nicht vollzusabbern. Hier war der Wolf etwas hinderlich, doch ich schaffte es.

Das Bett in Ordnung zu bringen, war dagegen ein Kinderspiel. Ein paar Stupser mit der Schnauze hier und dort, die Bettdecke durchschütteln und fertig war es. Natürlich hätte ich es in Menschengestalt ebenfalls besser hinbekommen, doch es zählte auch die Absicht.

›Okay und jetzt ausruhen‹, beschloss ich und schlenderte ins Wohnzimmer, wo ich mich auf der Couch niederließ und den Fernseher anschaltete.

Die Bedienung wurde eine Herausforderung, bis ich den Dreh mit der Kralle raus hatte. Damit ließen sich sogar die kleinen Knöpfe der Fernbedienung drücken. So zappte ich durch die Kanäle und freute mich, als ein Film kam, den ich gut kannte. Da würde es nichts ausmachen, wenn ich dabei einschlief.

13

Der Morgen hatte wirklich seltsam amüsant begonnen. Wenn ich es genauer betrachte, würde ich in der Klapse landen, wenn ich erzählte, dass ein Wolf mir Haferflocken mit Erdbeeren zubereitet und danach beinahe Männchen gemacht hatte. Die Vorlesungen waren wie so oft ziemlich öde. Alles wiederholte sich nur noch kurz vor den Prüfungen, und die meisten Studenten schienen dabei zu pennen. Ich war gespannt, wie viele ich davon im nächsten Semester wiedersehen würde. Vorlesung für Vorlesung und eine Gruppenarbeit ließ ich über mich ergehen, bis es am Nachmittag endlich ›Feierabend‹ hieß!

Ich sah in der Kantine vorbei und schnappte mir eine kleine Portion Nudeln mit Tomatensoße. Olli saß an einem Salat und Jenna machte sich darüber lautstark lustig.

»Was für ein Mann bist du eigentlich?«, kicherte sie und Olli verdrehte die Augen.

»Ein Mann, der auf seine Figur achtet! Würde dir auch nicht schaden, wenn ich mir deinen Teller so ansehe«, knurrte er, was natürlich wie so oft nach hinten losging.

»Willst du etwa sagen, ich bin fett?«, zischte sie, ergriff ihr Tablett und wechselte den Tisch.

»So war das doch gar nicht gemeint«, flüsterte er und versuchte erst gar nicht, sie vom Gegenteil zu überzeugen.

»So schaffst du es niemals bei ihr zu landen!«, begrüßte ich ihn und setzte mich dazu.

»Du hast gut reden ... Du hast schließlich Lip!«, meinte Olli feixend, was mich schnauben ließ.

»Das zwischen Lip und mir ist nichts Ernstes. Es ist lediglich eine körperliche Sache«, erklärte ich und Olli streckte mir die Zunge raus.

»Mann! Ich esse gerade! Ich will nix von eurem Liebesleben wissen«, brummte er, was nun mich zum Grinsen brachte.

Wir aßen gemeinsam, bis Olli eine Geste mit dem Kopf machte.

»Wenn man vom Teufel spricht«, raunte er nur und ich drehte mich in die Richtung, in die er gezeigt hatte.

Lip knutschte gerade mit einem aus seinem Jahrgang herum und schien noch mehr zu beabsichtigen. Irgendwie nervte es mich, dass er den Arsch jedem hinhielt, der nicht bei drei den Baum oben war. Allerdings hatte ich keinen Anspruch auf ihn – das war die Vereinbarung.

»Stört dich das gar nicht? Trotz eurer ›körperlichen Beziehung‹?«

Ich schüttelte den Kopf und aß auf. Dennoch musste ich rasch hier weg.

»Kommst du morgen mit auf die Fete? Lip meinte, es wäre irgendein Schuppen, wo gute Musik läuft«, schmatze Olli und ich nickte.

»Jep, hatte ich vor. Und du solltest dich bei Jenna entschuldigen, indem du ihr diesen Schokopudding bringst und ein paar nette Worte zu ihrer Figur sagst! Sonst gehst du morgen alleine hin«, ärgerte ich ihn und verabschiedete mich, nachdem ich ihm den Pudding hinübergeschoben hatte.

›Manchmal muss man der Liebe einfach eine Chance geben.‹

Bei den Worten schluckte ich und dachte daran, was Mika meinte. *Es fügt sich zusammen, was zusammen gehört.*

***

Von Lip hatte ich den restlichen Nachmittag über nichts mehr gehört. Olli versuchte sein Glück bei Jenna und bekam den Pudding bedauerlicherweise um die Ohren geschlagen. Das einzig Gute daran war, dass sie sich danach entschuldigte und versprach, ihn für diesen Ausraster zur Fete zu begleiten. Ich grinste – immerhin klappte etwas!

Ich bestellte online eine Familienpizza mit einer halben Seite Schinken und Ananas, die andere mit Salami. Nur zu gut war mir in Erinnerung geblieben, dass Sam diese Kombi am liebsten mochte. Sie würde am frühen Abend geliefert werden und wir konnten es uns gemütlich machen.

Mein Handy klingelte und ich las Mikas Namen auf dem Display.

»Hi! War der Patient artig?«, erkundigte ich mich belustigt, als Mika seufzte.

»Er hat mich gezwickt, weil wir nicht derselben Meinung waren. Seine Heilung geht aber gut voran. Allerdings muss er noch eine Weile so bleiben, bis es völlig durch ist. Ich habe ihm angeboten, mit zu uns zu kommen, aber er hat nur geknurrt.« Er lachte und ich rollte mit den Augen.

»Warum wohl? Weil er bei mir verwöhnt wird mit Steaks, Streicheleinheiten und Nichtstun!«

Mika war guter Dinge, dass es Sam bald besser gehen würde und er seinen Alltag wie gehabt aufnehmen konnte. Die nächsten Tage wollte er erneut vorbeischauen und einen weiteren heilenden Schub, durch dessen Körper jagen. Schon bald würde ich wieder allein in meinen vier Wänden sein.

Irgendwie stimmte mich dieser Gedanke traurig. Vielleicht bildete ich mir das auch nur ein! Es wäre besser für uns beide, wenn alles seinen geregelten Lauf nahm. Aber nicht heute Abend! Ich freute mich auf die Pizza, vielleicht zur Abwechslung mal einen meiner Filme und ein Gläschen Whiskey. Ich trank zwar nur sehr selten, aber wenn, gönnte ich mir mittlerweile etwas Besonderes. Wer konnte es mir verübeln, nach dem Tod meiner Eltern, die ganze Wolf und Rudel Sache und schließlich der Trennung von Sam? Ich wusste mittlerweile, wie kurz das Leben und schöne Zeiten sein konnten.

Gerade an der Wohnungstür angekommen, hörte ich drinnen reges Rascheln und Knurren. Was war da los? Hastig öffnete ich die Tür und rief:

»Sam?! Alles in Ordnung?«

Ich stockte, als ich sah, wie sich der Wolf auf dem Rücken über den Boden schubberte. Die Heilung setzte wohl ein und begann zu jucken. Herzhaft lachend stand ich da, denn der Wolf robbte sich quer durch die Wohnung und knurrte dabei. Es gelang ihm wohl nicht, den Juckreiz zu stoppen. Ich legte meine Tasche ab und marschierte auf ihn zu. Winselnd drehte er sich auf den Bauch und ich kniete mich zu ihm hinunter, um ihn zu kraulen. Einer der Hinterläufe reagierte auf diesen Reiz und klopfte stetig auf den Boden. Nachdem ich ihn intensiv gekratzt hatte, ließ er sich hechelnd auf die Seite fallen.

»Sag bloß, das hat dich angemacht«, schmunzelte ich und Sam drehte sich verlegen weg.

Ich konnte spüren, dass er diese Berührungen mehr als ›gut‹ empfunden hatte. Ich grinste, überging das Thema jedoch.

»Gleich müsste die Pizza kommen. Wie wäre es mal mit einem Film, der mir gefällt?«, feixte ich breit und Sam nickte kapitulierend.

Ich hatte das Gefühl, bei dem Wort ›Pizza‹ begann ihm das Wasser im Mund zusammen zu laufen. Wie aufs Stichwort klingelte es an der Tür. Der Pizzalieferservice war hier wirklich extrem pünktlich. Das kannte ich von Alberto nicht und musste mich erst einmal daran gewöhnen.

Schnell eilte ich in die Küche, holte zwei Teller und eine Serviette. Die Pizza musste man einfach heiß essen. Mit Schwung warf ich mich aufs Sofa, schaltete die Glotze ein und entschied mich für einen Werwolf-Horror-Streifen. Sam schnaubte zwar und verdrehte leicht die Augen, aber das ließ mich nur umso mehr grinsen. Als ich den Pizzakarton öffnete und er die Hawaii-Seite entdeckte, drehte er sich wie wild im Kreis.

»Ja, die ist für dich. Ich mag keine Ananas«, lachte ich und legte ihm ein großes Stück auf den Teller, der dann zu Boden wanderte.

»Eigentlich sollen Hunde ja keine Pizza fressen«, sprach ich ihm ins Gewissen, wobei ich davon ausging, dass es seiner Menschengestalt nicht schaden würde, erneut etwas zuzulegen. Sam brummte und aß das Stück nur noch schneller. Vielleicht aus Angst, ich könnte es ihm wegnehmen.

***

Der Film war nicht schlecht, allerdings zu viele romantische Zwischensequenzen für meinen Geschmack. In einer Szene sah Sam sogar vorwurfsvoll zu mir.

»Andrew, ich liebe dich! Aber ich habe auch Gefühle für John«, jammerte das Weib, die eigentlich nur von Bett zu Bett hüpfte.

»Spielst du etwa auf mich und Lip an?«, wollte ich belustigt wissen, da ich einen Schwall von Eifersucht vernahm. »Hör zu: Wir beide sind kein Paar mehr! Und mit Lip, das ist nur eine Freundschaft mit gewissen Zusätzen.«

Ich lächelte, als Sam knurrte.

»Damit wirst du leben müssen, Mister«, strich ich ihm über den Kopf und schnappte mir dann meinen Whiskey.

»Ich würde dir ja einen Schluck anbieten, aber mit den Tabletten im Kreislauf ist das wohl keine so weise Entscheidung! Aber ich hätte noch ein alkoholfreies Bier ...« Sam schüttelte sich und ließ mich wissen, dass alkoholfreies Bier absolut nicht infrage käme.

Der Abend an sich war sehr nett. Der Wolf hatte sich irgendwann mit auf das Sofa geschlichen, seinen Körper zwischen meine Beine gelegt und den Kopf auf meinen Bauch, während ich ihn hinter den Ohren kraulte.

»Wie früher, hm?«, sagte ich schmunzelnd und die Nase des Wolfs schmiegte sich noch mehr an mich.

»Wenn ich überlege, dass ich jetzt ein halbes Jahr ohne Haustier war. Vielleicht sollte ich mir doch einen kleinen Hund anschaffen oder so, wenn ich mit dem Studium durch bin. Benny und Simon sind mir auf Dauer zu anstrengend.« Ich lachte und spürte das tiefe Brummen auf meiner Brust.

Sam war anscheinend eingeschlafen. Das ruhige und gleichmäßige Brummen ließ mich ebenfalls müde werden. Mit Sam zwischen den Beinen war es schön weich und flauschig, weshalb meine Finger immer weiter durch sein Fell strichen, bis ich schließlich auch einschlief.

Ich träumte wirres Zeug! Dass ich mich zwischen Lip und Sam entscheiden müsste. Der eine ging sogar plötzlich auf den anderen los. Sam gewann, indem er die Zähne in Lips Hals bohrte, der auf dem Boden verblutete.

Ein Klatschen in meinem Gesicht ließ mich wach werden und ich realisierte, dass es eine riesige Pranke gewesen war. Meine Atmung war abgehetzt und ich hatte die Klamotten triefend nassgeschwitzt.

»Gott! Was für eine Scheiße«, stöhnte ich und rieb mir über die nasse Stirn.

Mein kompletter Haaransatz war feucht und einige Strähnen hatten sich aus dem Zopf gelöst.

***

Nach diesem Traum bekam ich kein Auge mehr zu. Ich schnappte mir also Sam und ging mit ihm hinüber zum Wald, damit er sich ein wenig die Beine vertreten konnte. Es war erst vier Uhr am Morgen und stockduster, sodass uns niemand sehen würde. Ich konnte ja selbst nicht einmal die Hand vor Augen sehen!

Das Stupsen einer Nase ließ mich erschrocken herumfahren, woraus Sam sich wohl einen Spaß machte. Immer wieder erschien er aus dem nichts.

»Dir scheint es ja langsam wirklich besser zu gehen! Mika hat gute Arbeit geleistet«, kicherte ich und ging in Richtung zu Hause, wohin mich der weiße Wolf verfolgte. Ständig stieß er mich an und wollte mit mir rangeln.

»Übernimm dich nicht! Ich habe keine Lust, dass du hinterher abermals ein Pflegefall bist«, ärgerte ich ihn und die Quittung war, dass er mich zwickte.

In der Wohnung wurde ich irgendwie nervös. Es war so vertraut zwischen uns und, ob es seine oder meine Gefühle waren, konnte ich auf einmal nicht mehr auseinanderhalten.

»Du, Sam ... Gehen wir beide mal einen Kaffee trinken, wenn du erneut ein Mensch bist? Vielleicht auch noch einmal auf ein Date?«, wollte ich unsicher und verlegen wissen.

Ich stockte. Was dachte ich mir nur dabei?

<h1 style="text-align:center">14</h1>

Ich hatte Moes Worte gehört, doch konnte ich sie nicht so recht glauben. Er wollte Kaffeetrinken gehen oder sogar ein Date? Ich stupste ihn abermals an und kläffte freudig, was ihn dazu veranlasste, gleich zu zischen, dass ich die Nachbarn aufwecken würde. Ich schnaubte, was ihn zumindest zum Lächeln brachte.

»Also abgemacht. Kaffeetrinken«, flüsterte er und ich versuchte mich daran, ›Männchen‹ zu machen. Er gluckste. »Spinner!«

Auf einmal gähnte er herzhaft und ich drückte ihn in Richtung Schlafzimmer. Moe sollte sich weiter ausruhen, denn der Tag würde sicherlich lang und voller Stunden an der Uni sein, zumindest seinem Plan an der Wand zu urteilen.

»Bett?«, fragte er und ich nickte.

Ohne Widerworte stapfte Moe darauf zu, blieb kurz vor stehen und überlegte. Ich blieb im Wohnzimmer, unschlüssig, was ich machen sollte. Mein Blick fiel auf die Couch, auf der ich recht gemütlich geschlafen hatte, dann zur Decke auf dem Boden, als ich einen Pfiff hörte.

»Na, komm schon rein!«

Ich machte ein paar Schritte auf die Schlafzimmertür zu und sah hinein. Moe lag bereits auf dem Bett, grinste und klopfte neben sich. Das ließ ich mir natürlich nicht zweimal sagen und raste auf ihn zu. Mit einem beherzten Satz, der leider doch ziepte und mich

Zusammenzucken ließ, landete ich schlussendlich auf der anderen Seite des Bettes.

Moritz hatte ein Keuchen von sich gegeben und schimpfte noch, ich sollte vorsichtig sein, aber nach kurzer Untersuchung und einem von mir aufgelegten Dackelblick war er beruhigt. Seine Finger fuhren wie gewohnt durch mein Fell. Es dauerte nicht lang, bis er erneut eingeschlafen war. Ich streckte mich neben ihm aus. Ein solches Leben könnte mich ebenfalls reizen.

***

»Nur noch fünf Minuten!«, murmelte Moe, als das Handy losplärrte und zog sich die Decke über den Kopf.

Ich amüsierte mich über dieses Verhalten, denn normalerweise war Moritz derjenige, der mit dem Aufstehen keinerlei Probleme hatte. Heute schien es anders zu sein. Er murrte, fluchte und nörgelte, als ich ihm irgendwann die Decke wegzog und mit der Nase anstupste.

»Aus!«, knurrte er und ich brummte zurück. »Ja, ich weiß. Ich komme zu spät. Aber es ist doch nur die Uni. Da ist jetzt eh nicht viel los!«

Erneut wollte er die Decke über sich ziehen, was ich verhinderte, indem ich mich drauflegte.

»Böser Hund!«, gab Moe von sich und machte eine Schnute. »Na gut ... Ich steh ja schon auf. Aber damit hast du es dir verscherzt. Heute Nacht schläfst du auf der Couch!«

Dafür zwickte ich ihn leicht und er lachte.

Nachdem er sich in Richtung Bad bewegt hatte, kümmerte ich mich um das Bett. Ich zupfte die Decke zurecht, bis alles ordentlich aussah, dann schob ich mit der Schnauze die Schranktür auf.

»Was wird das, wenn es fertig ist?«, erkundigte sich Moe, der auf einmal wieder in der Tür stand, ein Handtuch um die Hüfte geschwungen.

Ich stupste ein Hemd an, das auf einem Bügel hing und er schnaubte.

»Das zieh ich definitiv nicht an. Meine Klamottenwahl! Da hast du nix mitzureden. Und jetzt raus! Ich will mich anziehen«, setzte er mich kurzentschlossen vor die Tür und ich fügte mich artig.

Er war erwachsen. Wenn er mit seinen meist schwarzen T-Shirts herumrennen wollte, sollte er. Und es war Uni. Da störte sich vermutlich eh niemand an der Auswahl der Kleidung.

Etwa fünf Minuten später hatte Moe all seine Sachen an und den Kram fürs Studieren ebenfalls zusammen. Er sah sich zwischendurch irritiert um.

»Sag mal, hast du hier aufgeräumt und sauber gemacht?«, wollte er wissen und ich schnaubte, weil er es jetzt erst bemerkte. »Also als Haustier strengst du dich ja echt an. Dankeschön.«

Moe feixte und kraulte mir im Vorbeigehen die Ohren. Das war ein mageres Dankeschön, aber immerhin etwas.

»Oh ... nicht genug?« Er lachte, beugte sich nochmals zu mir herunter und drückte mir einen Kuss auf die Schnauze. »Aber nicht, dass das zur Gewohnheit wird!«

Ich brummte, freute mich dennoch tierisch.

***

Kitty würde in den nächsten Stunden hier auftauchen. Um sie nicht ganz zu schocken, räumte ich auf, kämpfte mich durch den Berg an Schmutzwäsche und startete die Waschmaschine. In zwei Stunden war diese soweit und ich konnte mich ans Aufhängen machen. Den dazu benötigten Wäscheständer hatte ich im Schrank im Schlafzimmer entdeckt. In Wolfsgestalt konnte ich es vergessen, diesen aufstellen zu wollen, denn bereits die ersten Versuche misslangen gründlich.

Ich war frustriert! Wenn Mika mich nicht mehrfach darauf hingewiesen hätte, dass eine Wandlung zu unterlassen wäre, hätte ich es erneut versucht. Für Kitty musste ich allerdings in Menschengestalt dasitzen, denn das Haareschneiden des Wolfsfells hatte Moe schon nach dem Baden und Einweichen erledigt.

›Wenigstens meinte Mika, dass ich zumindest bis heute Nachmittag warten soll. Bis dahin kann ich mich ja noch etwas ausruhen‹, dachte ich und machte es mir bequem.

Während ich auf die Waschmaschine wartete, zappte ich durch die Kanäle. Man hatte echt das Gefühl, das Fernsehen wollte die Zuschauer noch dümmer machen, als sie vermutlich eh schon waren. Manche Sendungen schrien förmlich nach ›Assi-TV‹ und ich wunderte mich, wie sich diese Formate halten konnten. Ich schaltete um auf einen Musiksender mit Oldies und schloss die Augen. Das war eine bessere Möglichkeit zu entspannen.

Irgendwann vernahm ich das Klicken der Waschmaschine und rappelte mich in meiner Wolfsgestalt auf. Bereit für die nächste Fuhre, schnappte ich mir den Wäschekorb, schob diesen vor die Maschine und öffnete die Tür. Ich fluchte innerlich, als nicht die geschleuderte Wäsche zum Vorschein kam, sondern mich ein mächtiger Schwall Wasser begrüßte und das Bad überschwemmte. Was sollte denn der Mist?!

Um innere Ruhe betend, warf ich die triefend nassen Sachen in den Korb und atmete tief durch. Da das dämliche Behältnis Löcher besaß, überflutete die

Wäsche weiter das Badezimmer. Ich zerrte genervt mehrere Handtücher in die seltsam milchige Brühe und den Wäschekorb kurz darauf in Richtung Küche. Das war der Moment, in dem ich ebenfalls mehrere Pfützen produzierte. Diesen Tag würde ich wohl mit sehr viel Putzen verbringen.

Die Zeit verging wie im Flug und irgendwann klingelte es an der Tür. Kitty! Sie war fünfzehn Minuten zu früh dran. Ich eilte in Moes Schlafzimmer, stürzte zum Kleiderschrank und an die Klamotten, die er für mich vorgesehen hatte. Es war eine Jogginghose und ein Shirt, das im Grunde nicht mein Stil war. Das musste dennoch reichen. Soweit ich sie kannte, würde es Kitty glücklicherweise nicht stören.

»Ja?«, ging ich an die Sprechanlage und sie flötete ihren Namen. »Erster Stock!«

Während sie die Stufen erklomm, machte ich mich an den Handtüchern im Bad zu schaffen. Die hektischen Bewegungen würde ich später sicherlich büßen, dem Ziehen in meiner Seite zu urteilen.

»Samuel?« Kitty stand im Wohnzimmer und sah sich suchend um.

»Im Badezimmer. Einfach geradeaus durch!«, knurrte ich und warf eins der ausgewrungenen Handtücher in die nächste Pfütze.

»Oh«, brachte die Haarkünstlerin nur heraus und kicherte. »Waschmaschine kaputt?«

»Vermutlich ein billiges Drecksding!«, brachte ich grollend heraus und Kitty lachte.

»Atmen, Sam. Komm, lass dir helfen. Nasse Böden und Haare vertragen sich nicht gut. Die kleben dann echt überall.« Ihre Miene zeigte Ekel und sie schüttelte sich, was mich spontan zum Grinsen brachte.

»Alles klar, ist notiert.«

Dieses Goldstück half mir beim Zusammenwischen und stellte sich dabei sehr geschickt an. Früher hätte ich sie wohl als recht einfache Person dargestellt, doch beim gemeinsamen Putzen kamen wir ins Gespräch. Sie hatte anscheinend zudem Köpfchen, eine Tatsache, die mich damals nie interessiert hätte. Meine Güte, was war ich für ein oberflächlicher Sack gewesen!

»Wie geht es eigentlich Avalarie? Sie hat sich schon ewig nicht mehr bei mir gemeldet«, erkundigte sich Kitty während sie meine Haare mit der Schere bearbeitete.

Ich überlegte, was ich ihr sagen sollte.

»Sie nimmt sich eine Auszeit.«

Ich hoffte zumindest, dass sie das tat. Die letzten Infos, die ich zu ihrem Verbleib erhalten hatte, waren überaus beunruhigend gewesen. Vivienne schien auf die Suche gegangen zu sein und hatte herausgefunden, dass meine Schwester außer Landes geflohen war. Dabei war sie nicht allein gewesen. Wer der Glückliche war, schien sie nicht zu wissen, doch wirkte die Flucht nicht erzwungen. Ava hatte nach Vivs Aussage ›zufrieden‹ ausgesehen.

»Oh. Ja, sie war die meiste Zeit ziemlich angespannt. Ich glaube, ihr machte es zu schaffen, immer die Strenge von euch beiden sein zu müssen«, plapperte Kitty auf mich ein und ich runzelte die Stirn. »Nicht falsch verstehen. Du bist schon eine recht dominante Persönlichkeit ... aber dich als Chef haben, wollte ich nicht. Ich würde dich vermutlich die ganze Zeit angraben und versuchen, dich um den Finger zu wickeln. Wäre nicht gut für meine zukünftige Ehe.«

Sie zeigte mir den Verlobungsring und ich beglückwünschte sie strahlend.

»Danke.« Sie lächelte und schnippelte weiter. »Ich konnte ja nicht die ganze Zeit auf *Mr. Perfect* warten. So habe ich mich auf die Suche nach einem Mann gemacht, der zumindest nicht das Gegenteil ist. Dabei habe ich Steven kennengelernt. Er ist Amerikaner. Seitdem bin ich fast nur noch in Flugzeugen unterwegs«, erzählte sie kichernd.

»Was man für die Liebe nicht so alles macht.«

Ich dachte an Moe und was ich gerade anstellte, um es mir mit ihm nicht zu vermiesen. Es war vermutlich ein schlechter Vergleich, denn schließlich bekam ich auch meine Streicheleinheiten. Ich schmunzelte.

»Und bei dir? Was macht die Liebe?«, erkundigte sich Kitty und ich unterdrückte ein Seufzen.

»Ist gerade schwierig. Aber ich hoffe, es wird wieder«, brummte ich und sie nickte.

»Du bist ein gutaussehender Kerl und kannst auch unheimlich charmant sein. Du machst das schon.« Sie zwinkerte mir zu. »So! Dein Haar ist in Form. Allerdings solltest du mehr darauf achten, denn es wirkt mitgenommen. Du scheinst ziemlich viel Stress gehabt zu haben.«

Ich nickte.

»Das wird sich in nächster Zeit auch ändern.«

»Prima. Und jetzt den Bart, ja? Wie wäre es mit einem feschen 3-Tage-Bart? Ich denke, das würde dir sehr gut stehen«, lockte Kitty und wedelte grinsend mit dem Rasierer vor meinem Gesicht herum.

»Ich begebe mich in deine künstlerischen Hände. Aber bitte lass es natürlich aussehen«, lachte ich und sie legte los.

***

»Danke für alles, Kitty«, meinte ich und gab ihr einen Kuss auf die Wange.

Sie strahlte mich an und wünschte mir noch einen schönen Tag.

»Ach, Sam! Keinen Ausdauersport heute mehr. Das wäre bestimmt nicht gut für deine Hüfte.« Sie zwinkerte mir zu, lachte im Flur über ihre Doppeldeutigkeit und verschwand.

Ich schloss hinter ihr die Tür und schüttelte den Kopf. Dieses Weibsbild war unheimlich nett, aber definitiv verrückt!

Da meine Hüfte unangenehm ziepte, verwandelte ich mich in den Wolf und zog mich auf die Couch zurück. Der Tag war echt anstrengend gewesen!

Moe

Ach, Sam! Keinen Ausdauersport heute mehr. Das wäre bestimmt nicht gut für deine Hüfte«, kicherte jemand im Flur, als ich die Treppen heraufkam. Ich sah noch, wie meine Wohnungstür zufiel und diese Friseurin von damals auf mich zulief.

»Oh! Hey, Kleiner! Dein neuer Stil gefällt mir«, lächelte sie mich an und ich runzelte die Stirn.

»Was machst du hier?«, fragte ich ziemlich direkt und sie schaute leicht verlegen, spielte dabei nervös an ihren Fingern herum. Ihr T-Shirt war nass, weshalb ich überlegte, wieso?

»Ach, ich hab Sam nur ein wenig Erleichterung verschafft. Der Kerl hatte es bitter nötig! Machs gut«, verabschiedete sie sich von mir.

Ich merkte, wie Wut in mir aufstieg.

Hatte der Bastard tatsächlich dieses Weibsstück in *meiner* Wohnung genommen? Hastig schloss ich die Tür auf und fand dahinter das reinste Chaos. Überall lagen Handtücher verteilt im Bad und Sam lief in Wolfsgestalt herum. Er schien die Spielwiese der beiden wohl wegräumen zu wollen. Als er mich wahrnahm, eilte er direkt schwanzwedelnd auf mich zu, hielt aber inne. Meine Gefühle gingen mit mir durch.

»Wie freundlich, dass ihr es wenigstens nicht in meinem Bett getrieben habt!«, zischte ich und schmiss meine Sachen in eine Ecke. Vor mir sitzend, bewegte Sam den Kopf irritiert hin und her.

»Brauchst gar keine Anstalten machen es zu leugnen! Mir ist dein Flittchen gerade im Flur entgegengekommen«, schnauzte ich ihn sofort an und war einfach außer mir.

Ich pflegte ihn, gab ihm zu Essen, Medikamente und streichelte ihn hinter den Ohren. Er durfte sogar in meinem Bett schlafen! Und kaum, dass es ihm besser ging, verwandelte er sich und wählte die Nummer dieses Miststücks?!

Sam fiepte, wollte meine Aufmerksamkeit auf sich lenken und begann dann den Kopf zu schütteln.

»Verstehe, das ist ein Missverständnis. Wem willst du das eigentlich weißmachen? Komm, wo ist denn der großartige Sam? Bei ihr konntest du dich ja schließlich auch in einen Mann verwandeln. Oder habt ihr es als Köter getrieben?«

Mein Mund faselte und faselte. Ich spürte, dass er ebenfalls sauer wurde, und hörte sein Knurren.

»Nein! Wenn ich heute Abend zurückkomme, bist du schön auf deiner Decke und hältst dich aus dem Schlafzimmer fern! Ab morgen kannst du bei Mika pennen. Wie konnte ich Dummkopf nur glauben, dass es zwischen uns anders sein könnte. Egal! Ich darf vögeln, wen ich will und du auch. Ende und Schluss«, ermahnte ich mich zur Ruhe und ging, mich im Schlafzimmer umziehen, schließlich wollte ich heute Abend mit meinen Freunden einen drauf machen.

Sam folgte mir zum Schlafzimmer und blieb vor dem Rahmen stehen, was mich dazu bewegte, ihm die Tür vor der Nase zuzuschlagen. Bellend saß er nun auf der anderen Seite, was ich so gut wie möglich ignorierte. Allein, um ihn eins auszuwischen, zog ich fürs Ausgehen genau die Sachen an, die er am Morgen für die Uni herausgesucht hatte. Er wollte mich nicht? Gut, dann würde er jetzt sehen, was ihm entging!

Ich zog das Hemd an, eine enge blaue Röhrenjeans und darauf meine weißen Lieblingssneaker. Gekonnt ignorierte ich ihn und stürmte ins Bad, um mir die Haare zu stylen. Heute blieben sie offen und fielen mir auf die Schultern. Mit ein bisschen Haarspray wurden sie noch in Form gebracht, etwas Parfum und schon konnte es losgehen. Jedes Mal, wenn ich an Sam vorbei marschierte, begann dieser zu knurren, stupste mich an oder verpasste mir eine mit der Pranke. Bevor ich zur Tür gelangte, traf er mich so, dass ich ins Stolpern kam.

»Verdammt nochmal, was willst du?«, fuhr ich ihn an und er deutete mit der Nase aufs Sofa.

»Nein, wir reden jetzt nicht! Mir ist nämlich nicht danach und schon einmal gar nicht mit einem Straßen-köter«, zischte ich, schnappte meinen Mantel, den Haus-türschlüssel und zog die Wohnungstür hinter mir zu.

Verdammter Samuel!

***

»Wow! Du siehst toll aus, Moritz«, schwärmte Jenna, was ihr Date mürrisch dreinblicken ließ.

»Danke. Aber Olli hat heute ebenfalls seinen ganzen Charme spielen lassen oder?«, schmunzelte ich und betrachtete den Allzeit-Rocker, der sich wirklich mal in Schale geschmissen hatte.

Schwarze Lederhose, weißes Hemd, mit einer verspielten silbernen Kette um den Hals. Jenna machte lediglich eine ›Mir egal‹-Geste und holte sich etwas zu trinken. Olli seufzte und drehte sich hilfesuchend an mich.

»Was soll ich bitteschön noch machen? Sie interessiert sich kein Bisschen für mich«, schmollte er und ich klopfte ihm auf die Schulter.

»Dann akzeptier′s und lass es gut sein. Da draußen gibt es so viele hübsche Mädels. Wahrscheinlich sind einige darunter, die ihr Herz nur zu gern an dich verschenken würden«, versuchte ich, ihm Mut zuzusprechen.

Olli nickte und hielt sogleich Ausschau nach potenziellen Herzdamen – Jenna schien es eh nicht zu interessieren. Ich hingegen wollte heute einfach nur tanzen! Tanzen, mich betrinken und weitertanzen! Mich im Kreis drehen bis ich würgte, Hauptsache, ich bekam diesen blöden Wolf aus dem Kopf. An der Theke bestellte ich mir einen Cocktail, trank diesen genüsslich und hielt Ausschau nach Lip. Irgendwann musste er hier doch aufschlagen.

»Hi. Magst du tanzen?«, fragte mich eine kleine, süße Rothaarige und ich nickte.

War ja letztlich nur tanzen. Wir legten eine heiße Sohle auf die Tanzfläche und hatten echt Spaß, zumindest, bis die Musik zu einem Schmusesong wechselte. Die Kleine grinste mich breit an. Bevor ich ihr diesen Tanz jedoch schenken konnte, klopfte mir jemand auf die Schulter.

»Darf ich um diesen Tanz bitten?«, fragte Lip mit heiserer und süßer Stimme zugleich.

Nickend entschuldigte ich mich bei meiner vorherigen Tanzpartnerin, die daraufhin verlegen das Weite suchte. Ich wandt mich in seine Arme und wir tanzten eng aneinander gekuschelt.

»Die Kleine stand auf dich«, hauchte er mir ins Ohr, sodass mir die Nackenhaare hochgingen.

»Jep. Wer tut das nicht?«, feixte ich, was Lip zum Lachen brachte.

»Kein Wunder, du siehst heute extrem heiß aus«, umgarnte er mich mit Komplimenten und ließ die Hände auf meine Hüfte rutschen.

»Gebe ich gern zurück. Seit wann so farbenfroh?«

Ich schmunzelte, denn Lip sah aus, als wäre er in einen Farbeimer gefallen. Für seine sonstigen Kleidungsstücke sehr ungewöhnlich, denn sein Motto war sonst, je schwärzer, desto besser.

»Meine Schwester meinte, ich solle mal was Neues ausprobieren, dann würde man mich nicht immer als Flittchen abstempeln«, seufzte er, wobei er jetzt so bunt gekleidet war wie Olivia Jones.

»Fehlt nur noch die Schminke«, kommentierte ich seinen Stil, als er zugab:

»Hör bloß auf! Ich bin gerade noch so entkommen, als meine Schwester den Schminkkoffer gesucht hat«, schnaubte er und drückte seine Stirn an meine. »Ich bin so froh, dass ich bei dir stets der sein kann, der ich bin«, sagte er und ich lächelte.

***

»Sicher, dass ich mit rein darf?«, lallte Lip, der mindestens genauso angetrunken war wie ich.

»Ich bitte darum.«

Ich begann, ihn im Hausflur zu küssen und sein Paradiesvogel-Hemd aufzuknöpfen. Das musste unbedingt weg!

»Denk an deine Nachbarin«, scherzte der Kerl und ich knurrte, mir wäre das gerade ziemlich egal.

Die Tür war kaum aufgeschlossen, da kam uns Sam entgegen, erblickte Lip und begann zu knurren.

»Aus, Sam! Sei still oder geh«, zischte ich und ließ die Tür provokativ offen.

»Ähm, meinst du, ich kann reinkommen ohne, dass er mich beißt?« Lip wirkte unsicher und auch ich konnte es nicht so genau einschätzen.

»Wenn er weiß, was gut für ihn ist, lässt er dich in Ruhe!«, brummte ich deshalb gezielt lauter und griff nach Lips Hand, um ihn hinter mir herzuziehen.

Aus der Ecke von Sam kam kein weiter Laut mehr und wir schlossen die Tür des Schlafzimmers. Lips Küsse wurden zärtlicher und zwischen meinen Beinen wuchs es.

»Ich will dich«, hauchte ich ihm ins Ohr und schubste ihn aufs Bett.

Lachend polterte er darauf und ich begann mich auszuziehen. Kaum, dass das Hemd auf dem Boden lag, hörte ich ihn fragen, was *das* wäre.

»Was?«, hörte ich mich selbst.

Sofort wurde ich unruhig, als ich sah, dass er das Bild von Sam und mir in der Hand hielt. Es war wohl aus meiner kleinen Schatzkiste gefallen.

»Mein Ex-Freund«, antwortete ich ehrlich und zog währenddessen die Socken aus, bevor ich mich auf ihn stürzte.

»Warte mal! Hier steht ›Sam‹ auf dem Foto. Du hast den Hund da draußen auch Sam genannt«, meinte er und irgendwie klang es vorwurfsvoll.

»Ja und? Ist das jetzt wichtig?«, zickte ich und wollte seinen Hals küssen.

Mit ordentlich Schwung, schob er mich von sich herunter und begann, mich wütend anzufunkeln. Was hatte ich denn jetzt gemacht?

»Dein Ex heißt Sam und du benennst einen Hund nach ihm? Du bist definitiv noch nicht über ihn hinweg.« Lips Schlussfolgerung ließ mich den Kopf schütteln.

»Das ist nicht wahr! Ich mochte den Namen einfach. Schau hier, das ist meine Schatzkiste. In der sind alle meine guten Erinnerungen«, erklärte ich und zog diese unterm Bett hervor.

Kaum, dass ich sie in den Händen hielt, schrie Lip mich auf einmal an, dass es ihn nicht interessierte und, ob ich krank im Kopf wäre.

»Bitte was?«, quiekte ich, als Lip aus dem Bett sprang und Anstalten machte zu gehen.

»Phillip, was soll das auf einmal?«, zischte ich und lief nur in Jeans hinter ihm her, immer noch die Kiste in der Hand.

Im Wohnzimmer blieb er stehen und das Gezeter ging weiter.

»Meinst du, mir ist dieses Scheiß Armband an deinem Handgelenk nie aufgefallen?«, fuhr er mich an und riss meine Hand an sich. »*In Liebe, Sam.* Wie oft ich das schon gelesen habe, wenn du mich gefickt hast und neben mir eingeschlafen bist! Dann hast du noch ein Foto von ihm und benennst den Köter nach deinem Ex? Wenn ich dir wichtig wäre, würde nur ich zählen«, begann er das Drama auszudehnen.

»Du bist mir wichtig«, gab ich beinahe verzweifelt von mir, wobei ich nicht glaubwürdig genug klang.

Ein reißendes Geräusch ließ mich auf mein Handgelenk starren und mir blieb einen Augenblick das Herz in der Brust stehen. Lip hatte am Lederarmband gezerrt, was nun zu Boden fiel.

»Nein!«, kam es mir über die Lippen, während er nach der Schatzkiste griff und diese mit Schmackes gegen die Wand pfefferte.

Auch wenn sie damals den Schlag an Nataschas Kopf gemeistert hatte, so verformte sie sich diesmal und der ganze Inhalt verteilte sich auf dem Boden. Sams Foto, was ich jetzt erst sah, dass er es noch hatte, wurde in zwei Teile zerrissen und Lip ließ es mit voller Genugtuung aus den Händen gleiten. Ich merkte, wie sich Tränen einen Weg an die Oberfläche bahnten, es in meiner Brust schmerzte. Wie konnte er nur so mit meiner Vergangenheit umgehen? Ein Knurren war aus Samuels Ecke zu vernehmen.

»Ja, heul nur herum! Wie soll ich mich denn fühlen? Ich bin in dich verliebt und du schmachtest weiterhin deinem Ex nach?!«, sagte er nun ruhiger und ging ein paar Schritte auf mich zu.

»Genau … Du bist so in mich verliebt, dass du dich von jedem nageln lässt. Ich liebe dich nicht, Lip. Geh einfach!« Meine Lippen zitterten, während ich alles aufsammelte.

»Oh nein, du nennst mich keine Schlampe«, brüllte er und hob die Hand zum Schlag.

Ich wartete auf die schallende Ohrfeige, doch ich wurde plötzlich zur Seite gestoßen. Sam kam knurrend und zähnefletschend vor Lip zum Stehen. Vor Panik zog er die Hand zu sich und taumelte einige Schritte zurück.

»Du solltest wirklich gehen«, wiederholte ich meine Bitte.

Er kam dieser auch direkt nach. Die Tür fiel laut hinter ihm ins Schloss. Traurig, müde und beschämt rappelte ich mich auf und verschwand im Bad. Wieso konnte ich Lip nicht lieben? Und wieso tat es so weh, dass er das Foto von Sam und das Armband kaputt gemacht hatte? Meine kostbare kleine Kiste mit den ganzen Erinnerungen! Schluchzend rieb ich mir durchs Gesicht und versuchte, mich zu beruhigen.

»Ruhig, Moritz. Einatmen. Ausatmen«, sagte ich zu mir selbst und kam dieser Aufforderung sogar nach. Mein Herz raste wie wild, meine Hände zitterten und Schweißperlen bildeten sich auf meiner Stirn. Wieso wollte sich mein Körper nicht beruhigen? Was war nur los?

Die Tür öffnete sich hinter mir und mein Blick richtete sich in den Spiegel.

»Sam?«, kam es krächzend aus meinem Mund und ich drehte mich herum.

Er stand nackt im Türrahmen. In Menschengestalt kam er auf mich zu, ergriff mein Gesicht und legte seine Lippen auf die meinen. Es war eine Explosion von Gefühlen. Viel zu lange hatte mein Herz anscheinend darauf gewartet, denn es sprang förmlich aus meiner Brust.

16

Ich hatte ihn nur trösten wollen, ihm sagen, dass sich das Armband reparieren lassen könnte, doch dann hatten sich unsere Lippen berührt. Mein Trieb schien allein auf diese Geste gewartet zu haben, denn er packte mich mit voller Wucht. Ich keuchte.

»Moe«, raunte ich und löste mich von ihm. Zuerst mussten wir dieses schreckliche Missverständnis aus der Welt schaffen. »Ich hatte nichts mit Kitty. Sie hat mir die Haare geschnitten, das war alles!«

Moritz' Miene zeigte deutlich, dass er sich nicht ganz sicher war, ob er mir glauben konnte. Er sagte jedoch nichts, sondern ließ mich erklären.

»Deine Waschmaschine hat den Geist aufgegeben. Ich hab die Luke geöffnet und damit das Bad geflutet. Sie hat mir beim Aufwischen geholfen und mir von ihrem Verlobten erzählt. Seit unserer Trennung war ich mit niemandem zusammen ...«

Weiter kam ich nicht, denn Moe zog mich zu einem weiteren Kuss zu sich heran, der ziemlich leidenschaftlich wurde.

»Ich«, begann ich erneut, doch Moritz knurrte.

»Halt einfach die Klappe, bevor ich es mir anders überlege!« Seine Hand war zu meinem Schwanz gewandert, der sich sogleich aufrichtete.

Wenn er es so wollte ... Ich sah jedoch nicht ein, einfach nur über ihn herzufallen.

»Okay«, stöhnte ich, strich ihm eine seiner lockigen Strähnen hinters Ohr und küsste ihn wieder, dieses Mal aber voller Gefühl.

Moe zitterte und ich nahm wahr, dass ihn all die Emotionen überforderten. Die Flut, die mich ebenso erfasste, verstärkte nur mein Verlangen nach ihm. Ich schob ihn küssend in Richtung Schlafzimmer.

»Oder ist dir die Couch lieber?«, fragte ich grinsend, was Moe zum Lachen brachte.

»Bett!«

Jetzt war er es, der mich dorthin drängte. Seine Hände erkundeten währenddessen meine menschliche Gestalt. An der Narbe über meinem Herzen blieb er hängen, sah mich unsicher an, doch ich brummte:

»Später reden!«

Ich warf ihn förmlich auf die Matratze, wobei ich sämtliche Schmerzen ausblendete, zerrte an der Jeans.

»Der Knopf«, ächzte er und ich beugte mich hinab, um ungeduldig daran zu nesteln.

Seine Finger kamen mir zuhilfe und lösten den Reißverschluss. Ich kämpfte daraufhin nochmals mit der Jeans.

»Nur noch Jogginghosen für dich. Die wehren sich weniger!«

Meine Worte bewirkten, dass sich die Stimmung löste, denn Moe entspannte sich. Er setzte sich auf, streifte sich die Boxershorts ab. Sein Glied war bereit zum Spielen und auch ich hatte bald keinerlei Geduld mehr. Allerdings gab es da noch eine Sache, die mich beschäftigte.

Moe hatte etwas von aktiven Part erzählt. Ich war unschlüssig, was das nun für uns bedeutete. Hieß das etwa, dass er ...? Als hätte er meine Gedanken erraten, lächelte Moritz und kam zu mir an den Bettrand. Er streichelte mich, ehe er den Kopf senkte, um mir einen Kuss auf mein bestes Stück zu geben.

»Ich will dich in mir spüren, wie damals«, flüsterte er und ich war erleichtert. Moe kicherte. »Keine Sorge, bisher habe ich mir nicht in den Kopf gesetzt, den Alpha zu besteigen.«

Ich zog ihn zu mir und nahm von seinem Mund Besitz, während ich mich mit meinem Liebsten auf die Matratze schob. Moe seufzte an meinen Lippen, denn unsere aufgestauten Emotionen erreichten einen neuen Höhepunkt.

»Gleitgel?«, knurrte ich und Moritz tastete auf dem Nachttisch umher.

Er bekam die Flasche nicht zu fassen, weshalb ich an ihm vorbei Griff und diese an mich nahm. Daneben raschelten die Kondome, was mich erneut innehalten ließ. Moe war kein One-Night-Stand für mich und ich hätte die störenden Dinger weggelassen, aber ich wusste nicht, wie er dazu stand.

»Ignorier sie«, meinte er bestimmt und entwendete mir das Gleitgel.

Kurz darauf streichelte ich ihn, liebkoste seinen Rücken und knabberte an Moes Hals, während er sich auf mich vorbereitete. Er keuchte, als ich ihm etwas fester in das zarte Fleisch biss. Ich wollte ihn für mich markieren, wie ich es schon früher getan hatte und Moe ließ es bereitwillig geschehen.

»Sam«, wimmerte er irgendwann und ich spürte, dass er es vor Erregung fast nicht mehr aushielt.

Ich war durch unsere Spielchen schon dermaßen scharf, dass ich mich ohne weiteres Zögern, aber dennoch langsam in ihn schob. Laut stöhnend tauchte ich in die heiße Enge ein und Moe begann, sich zu bewegen.

»Bleib so«, raunte er und ich hielt kniend hinter ihm still, während er den Takt übernahm.

Vorsichtig ließ er mich hinaus und dann wieder in sich hinein gleiten. Meine Welt stand kopf bei diesem Gefühl. Ich wollte die Hüfte weiter nach vorn schieben, doch Moritz´ Haltung hielt mich davon ab.

»Aus«, sagte er bestimmt. »Kein wilder ungezügelter Sex für dich. Denk an deine Verletzung.«

Die war mir genau in diesem Moment scheißegal! Mein Trieb wollte das Kommando übernehmen, doch Moritz dachte nicht daran dies zuzulassen. Er löste sich von mir, drückte mich in die Kissen, sodass ich auf dem Rücken vor ihm lag.

»Sei brav, sonst hören wir auf«, drohte er heiser und ich lachte.

»Echt jetzt?«

Er zwinkerte mir zu, setzte sich auf mich und ich drang erneut langsam in ihn ein. Es war der Himmel auf Erden!

Mein Geliebter übernahm abermals den Takt, küsste mich dabei neckend, geradezu spielerisch und trieb uns in die höchsten Höhen der Ekstase. Der Orgasmus, der uns schlussendlich ergriff, war heftig, sodass ich Moe festhalten musste, dass er nicht von mir fiel. Ich zog ihn an mich.

»Kam mir das nur so vor oder war es noch intensiver als früher«, brachte er matt heraus und kuschelte sich an mich.

»Es war intensiver«, stimmte ich zu und schloss die Augen, um diesen Moment auszukosten.

Moes Duft, seine warme Haut an der meinen und die Gefühle von zufriedener Müdigkeit, Entspannung und Liebe genoss ich in vollen Zügen. So lagen wir eine Weile da, küssten uns ab und an und waren einfach froh, dies erleben zu dürfen. Moes Finger strichen über die Narben, die ich mir in der Wildnis zugezogen hatte. Sorge machte sich in ihm breit.

»Die eine Verletzung scheint sehr knapp gewesen zu sein«, flüsterte er und ich nickte.

Moe anzulügen, kam für mich noch immer nicht infrage.

»Ich lag über eine Woche in meinem Versteck. Das war kurz nachdem wir uns getrennt hatten. Es gab eine unartige Phase, in der ich mich an einer Schafherde vergriffen habe. Es waren eigentlich nur zwei Schafe, aber der Bauer hat wohl Jäger auf mich angesetzt. Nun ja. Ich hab's überlebt.« Während ich erzählte, wuchs Moes Besorgnis, weshalb ich ihn streichelte. »Mir geht es gut.«

***

»Und was machen wir jetzt?«

Ich hatte mir das schwarze Shirt über den Kopf gezogen und beäugte Moritz fragend, der noch immer nackt auf dem Bett saß. Sein Selbstbewusstsein schien einen gewaltigen Schub gemacht zu haben, denn er versteckte sich nicht unter der Bettdecke, wie er es früher getan hätte.

»Ich dachte an Frühstück«, brummte ich, aber Moe verschränkte die Arme vor der Brust.

»Das habe ich nicht gemeint. Wie sehen wir diese Nacht? War es ein Ausrutscher? Wollen wir es nochmal miteinander versuchen? Oder ist es jetzt auch eine *Freundschaft plus*.«

Über diese Worte musste ich erst einmal in Ruhe nachdenken.

»Lass uns erst was essen. Mit leerem Magen kann ich nicht denken. Komm, ich mach dir auch deine heiß geliebten Erdbeeren zurecht«, lockte ich ihn und Moritz seufzte.

»Ich muss gleich zur Uni. Und heute Nachmittag bin ich bei Mika arbeiten.«

Er wirkte versucht, den Tag stattdessen lieber im Bett verbringen zu wollen, doch das kam nicht in die Tüte. Moe hatte mir bereits als Wolf klargemacht, dass sein Alltag wichtig war.

»Gut, dann machst du dich fertig, während ich das Frühstück vorbereite. Ich denke, ich werde Mika gleich einen kleinen Besuch abstatten und danach schauen, was von meinem früheren Leben noch übrig ist«, brummte ich.

Moritz´ Miene zeigte deutlich, dass er nicht glauben konnte, was ich da sagte.

»Was denn? War das nicht deine Bedingung? Ich sollte mich gefälligst zusammenreißen und zu meiner Familie zurückkehren«, sagte ich und er schüttelte fassungslos den Kopf.

»Hätte nicht gedacht, dass du mir zuhörst ...«

»Ich höre dir immer zu, Moritz«, meinte ich müde lächelnd. »Und nun raus aus den Federn. Du musst zur Uni!«

Ich zog an der Bettdecke, auf der er lag, bis er sich vor mir befand, beugte mich dann hinab und gab ihm einen Kuss.

»Und egal, was wir entscheiden sollten, in Bezug auf uns: *Ein Ausrutscher* war es auf keinen Fall.« Ich zwinkerte ihm zu und fühlte die Schmetterlinge in Moes Bauch. »Ich liebe dich, Moritz Landvogt.«

Er lächelte.

»Ich weiß.«

***

Nach dem Frühstück stylte sich Moe zurecht, suchte seine Sachen zusammen und machte sich auf zur Uni. Ich kümmerte mich um das Chaos in der Wohnung und schrieb einen Zettel mit Aufgaben, damit ich ja nichts vergaß. Die Waschmaschine musste repariert werden, der Kühlschrank aufgefüllt und das kaputte Armband sollte ebenfalls in die Reparatur. Ich suchte letzteres sehr intensiv, fand es jedoch nicht. Auf dem Wohnzimmerschrank lag es nicht mehr und auch im Schlafzimmer nicht.

›Sehr seltsam!‹

Da mein Becken wieder zu schmerzen begonnen hatte, schnappte ich mir das Handy, das er für mich dagelassen hatte und wählte Mikas Nummer.

»Guten Morgen. Lass mich raten: Da ist ein Unbelehrbarer am anderen Ende«, scherzte mein Freund und ich grinste.

»Teilweise Doc. Ich wollte fragen, ob du einen Termin für mich frei hast. Ich bräuchte deine liebenswürdige Pflege, ehe ich mich in die Firma aufmache.«

Mika war sofort bereit zu helfen und freute sich, dass ich endlich ›zur Vernunft‹ gekommen war. Er wollte bei mir zu Hause auf mich warten. Glücklicherweise hatte er ja noch den Schlüssel.

»Alles klar, dann bis gleich«, sagte ich und legte auf, um danach ein Taxi zu rufen.

Das würde noch ein paar Minuten benötigen, weshalb ich die Zeit nutzte und mein baldiges Erscheinen bei Vivienne per Textnachricht ankündigte. Sie schrieb zurück, dass sie sich auf mich freuen würde, was ich mit gemischten Gefühlen entgegen nahm. Klar freute ich mich darauf, die Wölfe wiederzusehen, aber auf der anderen Seite wollte ich mein Leben auf keinen Fall genau da anknüpfen, wo ich aufgehört hatte. Ich hatte mich verändert, hatte die Freiheit zu schätzen gelernt – darauf wollte ich nicht mehr verzichten.

Im Taxi nannte ich dem Fahrer die Adresse und er betrachtete mich argwöhnisch. Kein Wunder, denn mit dem verwaschenen Shirt und in der Jogginghose sah ich nicht so aus, als würde ich in das Viertel gehören, in das er mich fahren sollte. Schuhe trug ich auch nicht, was den Fahrer dazu brachte, zu fragen:

»Ausgeraubt worden?«

»Nein, ich habe einen Barfuß-Fetisch«, gab ich zurück, was ihm das Maul stopfte.

Er beobachtete mich allerdings stetig im Rückspiegel, als wäre ich ein komplett irrer Mensch, dem alles zuzutrauen war. Endlich am Haus angekommen, sah ich Mikas Wagen in der Einfahrt. Mein Freund kam strahlend auf das Taxi zu und umarmte mich kurz nach dem Aussteigen. Die Blicke des Fahrers fassten meinen Eindruck zusammen: Auch Mika wirkte, als hätte er einen an der Waffel. Wie konnte man nur so breit grinsen? Das musste doch weh tun ...

»Wärst du so nett? Meine Geldbörse ist drinnen.« Ich blickte Richtung Haus und Mika zückte grinsend seinen Geldbeutel, um zu bezahlen.

»Home sweet home«, verkündete er daraufhin, nachdem er die Haustür geöffnet hatte.

Da stand ich also. In meinem Zuhause.

17

Moe

In den Vorlesungen versuchte ich, so gut es eben ging aufzupassen und machte mir die eine oder andere Notiz. Lip war mir bisher nicht über den Weg gelaufen, wofür ich dankbar war. Meine Gedanken hingen in Dauerschleife, an der letzten Nacht. Die Küsse, das Streicheln, Sams Bart, der mich kitzelte und schließlich diese Überflutung an Gefühlen, als er in mich eingedrungen war. Ich hatte schon ganz vergessen, wie es gewesen war, der passive Part zu sein.

Ich traf mich wie so oft mit den anderen in der Kantine der Uni. Olli fiel mir erst auf den zweiten Blick auf, denn auf seinem Schoss saß tatsächlich Jenna und küsste ihn leidenschaftlich. Ich gesellte mich dazu und schmunzelte.

»Wann hab ich denn das verpasst?«, grüßte ich die beiden, die direkt verlegen rot anliefen.

»Sagen wir mal so: Es gibt noch Wunder«, grinste Jenna und Olli murmelte etwas von wegen, dass sie ›wunderschön‹ wäre. Ich aß meinen Apfel und unterhielt mich ein wenig mit den beiden, während ich den Blick regelmäßig durch die Halle schweifen ließ.

»Du und Lip, ihr seid gestern auch noch durch die Gegend gezogen?«, wollte Jenna wissen und ich schüttelte den Kopf.

»Nur zu mir und da ist es dann irgendwie eskaliert«, seufzte ich.

Ich mochte ihn leider noch immer sehr.

»Deswegen zieht er schon den ganzen Tag ein Gesicht, wie sieben Tage Regenwetter«, kommentierte Olli dies und tastete an Jenna vorbei nach seiner Cola.

»Wann hast du ihn gesehen?«, fragte Jenna, ehe er in Richtung Ausgang zeigte.

»Er steht da seit einer Weile. Vielleicht traut er sich nicht herüber?«

Ich drehte mich in die Richtung, in die Olli gezeigt hatte und schnaubte, als Lip tatsächlich dort stand. Das Handy gezückt, tippte ich flott ein ›Sei nicht albern, komm schon her!‹, und schickte es ihm. Allerdings hatte ich den Eindruck, er kam wütender zu uns, als wir erhofft hatten.

»Lösch gefälligst meine Nummer! Und wenn ihr euch auf seine Seite schlagt, geht davon aus, dass ich euch aus der Band schmeiße«, zischte er und Jenna begann zu lachen.

»Wenn das so ist: Machs gut Lip«, grinste sie und rutschte von Olli herunter.

»Was?«, quietschte Lip und Olli zog entschuldigend die Schultern hoch.

»Wir entscheiden uns nicht für eine Seite. Wir reden mit demjenigen, den wir gern haben. Bisher seid ihr es beide, wobei du dich gerade selbst ins Aus pfefferst«, erklärte Olli, was sein Gegenüber beinahe ausflippen ließ.

»Ihr habt ja keine Ahnung, was er mir angetan hat!«, schrie Lip nun und machte dadurch die ganze Kantine auf uns aufmerksam.

»Was habe ich dir denn angetan?« Ich spürte, dass ich unsicher wurde, da ich ihn niemals hatte verletzen wollen.

Wutentbrannt machte sich Lip auf in Richtung Ausgang. Ich hechtete ihm nach und bekam ihn gerade noch am Arm zu fassen.

»Hey, hör zu! Du bist mir wichtig ... Ich wollte dir nicht wehtun. Können wir nicht weiterhin Freunde sein?«, versuchte ich mein Bestes.

Es war nicht gelogen, dass er mir wichtig war, auch außerhalb des Bettes.

»Entscheide dich, Moritz! Zukunft mit mir, oder der Vergangenheit hinterherheulen«, knurrte er und hielt mir das Lederarmband, das ich damals von Sam erhalten hatte, unter die Nase.

Es war anscheinend repariert worden und Lip stellte mich damit nun vor die Wahl: Sam oder er.

»Ich weiß nicht. Ich ...«

Der stechende Schmerz in meinem Gesicht und der Fall zu Boden, machten mir klar, dass ich wohl zu lange überlegt hatte. Im Hintergrund hörte ich Olli, der entsetzt aufschrie und auf mich zu rannte, während Jenna Lip aufs Übelste beschimpfte. Mit geballten Fäusten stand er vor mir. Der Schlag hatte definitiv gesessen, denn seine Hand blutete. Meine Lippe brannte. Scheiße, oder war das mein Blut an seiner Faust?

Mit Tränen in den Augen schmiss er mir das Armband entgegen und meinte:

»Du hast dich entschieden!«

Dann verließ er die Kantine. Alles was ich tat, war auf dem Boden zu sitzen und ihm beim Gehen hinterher zu sehen.

***

Nachdem meine Lippe mit vier Stichen genäht worden war und diese anschwoll, wie nach einer Botox-Behandlung, machte ich mich auf zu Mikas Praxis. Natürlich wäre es einfacher gewesen, wenn er mal eben seine heilende Magie gewirkt hätte. Nur wie erklärte ich das morgen in der Uni? Schließlich gab es genug Zeugen und Olli hatte ich mich sogar ins Krankenhaus begleitet.

»Wie siehst du denn aus?«, quietschte Marie direkt, kam um die Theke herum.

Sie griff direkt nach meinem Gesicht. Meine Haltung war dadurch alles andere als gesund, da die Frau gut drei Köpfe kleiner war.

»Hab das bekommen, was ich verdiene.« Ich lächelte schief und schob ihre Hände beiseite. »Wie kann ich helfen?«, wollte ich wissen und war bereits dabei, den Kittel anzuziehen, als Mika hinter mir knurrte:

»Gar nicht!«

»Gar nicht?«, wiederholte ich seine Worte und er schüttelte den Kopf.

»Geh dich zu Hause ausruhen. Mit einer solchen Verletzung in der Umgebung von Tieren zu sein, ist nicht gut. Es kann sich entzünden, wenn du nicht aufpasst. Oder soll ich helfen?«, fragte er gezielt, aber ich schüttelte den Kopf.

»Spar dir die Kräfte! Das heilt von allein«, zwinkerte ich ihm zu und er grinste.

»Kannst dich ja von Sam pflegen lassen, schließlich hast du ja auch ihn lang genug ertragen.« Er lachte und mir fiel die Kinnlade fast zu Boden.

»Woher ...? Hat er was gesagt?«, brummte ich direkt, doch Mika deutete nur auf seine Nase. »Sam roch eben schon ziemlich intensiv nach dir und du jetzt nach ihm. Ich bin nicht dumm. Eins und Eins ergibt nun einmal zwei«, schmunzelte er und klopfte mir auf die Schulter. »Ich sagte ja: *Es fügt sich zusammen, was zusammen gehört.* Schön, dass du ihn zurück ins Rudel geholt hast«, dankte er mir.

Dabei hatte ich doch gar nichts getan. Na ja, meinen Hintern hingehalten und ihm ein bisschen ins Gewissen geredet, ja! Aber Ersteres war mehr aus Eigennutz gewesen.

Da ich somit quasi für heute befreit war, ging ich nach Hause, wo überraschenderweise Simon vor der Tür stand.

»Was machst du denn hier?«, knuffte den Zwilling während dieser Worte gegen den Oberarm.

»Ach, ich war in der Nähe und dachte, ich komme mal vorbei«, gab er verlegen von sich und ich merkte, dass dies nicht alles war.

»Komm rein«, bat ich ihn in die Wohnung, als er plötzlich neben mir stehen blieb und die Nase kraus zog.

»Den Geruch kenne ich doch! Alter! Wieso riechst du nach Sam? Und wann wurdest du in einen Boxkampf verwickelt?« Er begann zu strahlen und ich seufzte:

»Lange Geschichte, mein Freund!«

***

»Oh Mann! Schade das mit Lip. Auch, wenn der Kerl echt strange war, mochte ich ihn doch irgendwie«, kommentierte Simon, nachdem ich ihm die letzten Tage auf dem silbernen Tablett präsentiert hatte.

Ich nickte.

»Und das mit Sam und dir? Seid ihr wieder ...? Na, du weißt schon ... ein Paar?«

Wenn ich ihm darauf doch bloß eine Antwort hätte geben können. Darüber hatte ich mir schon den ganzen Tag das Hirn zermartert.

»Ich weiß es nicht. Die Nacht mit ihm war so intensiv und der absolute Wahnsinn, allerdings habe ich Angst, dass er in alte Muster verfällt. Ich bin eigenständiger geworden, wahre trotzdem euer Geheimnis und bin für euch genauso Familie, wie ihr es für mich seid. Dennoch möchte ich nicht wie der kleine Junge von vor einem halben Jahr behandelt werden, verstehst du, was ich meine?«, hoffte ich auf Verständnis, was ich aber nicht bekam.

»Nein! Entweder es ist Liebe oder es ist keine! Mach Nägel mit Köpfen. Wenn du mit ihm zusammen sein willst, sei dir sicher, dass es das Richtige ist. So ein halbherziges Ding wie mit Lip passt nicht zu dir.«

Unschlüssig sah ich Simon an und ließ mir dessen Worte durch den Kopf gehen. Wo er Recht hatte ... Der Zwilling machte sich nach einer Dose Limo auf, da er mit seinem Bruder verabredet war. Dankend umarmte ich ihn dafür, dass er mir sein Ohr geliehen hatte, und sah ihm im Treppenhaus nach. Zurück in der Wohnung setzte ich mich aufs Sofa und betrachtete das Lederarmband, das nun repariert zurück in meinem Besitz war.

Was wollte ich nur?

Sam tauchte ungeplant in meinem Leben auf, dabei hatte ich mich damals mehr als deutlich von ihm verabschiedet. Ich dachte, über diese Beziehung hinweg zu sein, doch von Tag zu Tag wurde es zwischen uns wieder intensiver. Er war mir so nah, dass ich mich seit Langem begehrt fühlte und auch, weil ich wusste, er konnte mir nichts vormachen. Dass diese Friseurin hier gewesen war, hatte mich zur Weißglut getrieben. So eifersüchtig kannte ich mich sonst gar nicht. Zumindest nicht, wenn es um Lip ging. Der hätte sich einmal quer durch die Stadt vögeln können – und wäre dazu bestimmt auch imstande gewesen.

Mein Gesicht schmerzte, als ich versuchte, einen Schluck Wasser zu trinken. In der Küche holte ich mir daher ein Kühlpack und hielt es mir, in einem dünnen Küchentuch eingewickelt, an die Lippe. Dass so viel ›Schmackes‹ hinter seinem Schlag steckte, hätte ich im Leben nicht geahnt.

Eine Nachricht ließ mein Handy vibrieren, was ich jetzt erst bewusst wahrnahm.

›Ist mit dir alles in Ordnung?‹, hatte Sam mir bereits vor Stunden, also zu dem Zeitpunkt geschrieben, als Lip mir eine reinschlug. Ich seufzte und las weiter.

›Was ist passiert?‹ Diese Nachricht kam etwa dreißig Minuten später.

›Geht es dir gut? Ich habe deine Schmerzen gespürt!‹

›Verdammt, Moritz, antworte mir!‹ Das war vor einer halben Stunde gewesen. So ein Mist!

›Ich komme vorbei!‹, war dann die letzte Nachricht.

Ich fluchte. Da waren wir wieder an dem Punkt, wie zuvor. Genau das wollte ich nicht mehr!

18

Seit mittags saß ich auf heißen Kohlen, denn Moe antwortete nicht. Nach mehreren Stunden hatte ich endgültig die Schnauze voll und beschloss, zu ihm zu fahren. Ich saß bereits im Wagen und wollte auf die Straße einbiegen, als ich aufgehalten wurde.

Das Vibrieren meines Handys und Moes Name brachte mir erst Erleichterung, dann einen gewalitigen Dämpfer.

›Samuel, nein! Ich sehe nicht ein, dass du mich wieder bevormundest. Entweder, wir schaffen es, vernünftig miteinander zu reden, oder du musst dich weiter von mir fernhalten!‹, schrieb er zurück und ich fluchte.

Sollte ich tatsächlich nichts tun, wenn ich doch spürte, dass es ihm nicht gut ging? Was verlangte er da? Das war doch Irrsinn!

›Ich habe mir Sorgen gemacht‹, schrieb ich zurück und wartete, wobei ich den Motor laufen ließ.

›Das ist auch okay, aber mir geht es einigermaßen gut.‹

Einigermaßen gut ...? Das klang nicht gerade beruhigend. Was war geschehen? Wieso der Schmerz? War er etwa angegriffen worden? Vielleicht dieses miese kleine Früchtchen?

›Atmen, Sam ... Wenn du ihn einengst, endet alles wie damals. Er hat Recht, dass er erwachsen ist. Leider wird das eine ziemlich harte Lektion‹, dachte ich und antwortete nur ein knappes ›Okay, ich verstehe.‹.

Ich zwang mich dazu, den Motor abzustellen, wobei ich ihn eher abwürgte, weil ich die Kupplung vergaß. Erneut atmete ich tief durch, betete um Geduld. Es würde mehr als nur eine ziemlich harte Lektion werden, da war ich mir jetzt schon sicher!

›Was machst du gerade?‹, schrieb Moe und ich runzelte die Stirn.

›Sitze im Wagen und hab den Motor abgewürgt‹, tippte ich zurück und wartete, wie seine Reaktion ausfallen würde.

Es folgte ein Lach-Smiley.

›Du warst also echt auf dem Weg zu mir?‹

›Eigentlich hatte ich etwas anderes vorher geplant gehabt, aber du hast mich eiskalt erwischt‹, textete ich wahrheitsgemäß und wunderte mich nicht, als ein: ›Was denn?‹ zurückkam.

Der Plan war ursprünglich gewesen, einkaufen zu fahren und Moritz mit den Tüten und eventuell einem gekochten Abendessen zu überraschen. Ich wollte mich für die Pflege und die letzte Nacht bedanken. Allein der Gedanke daran, bescherte mir erneut Schmetterlinge im Bauch.

›Hast du Hunger?‹, erkundigte ich mich stattdessen, denn irgendwie hatte ich den Verdacht, es würde Moe zu aufdringlich vorkommen. Vielleicht war ja ein Treffen an einem neutralen Ort besser.

›Etwas … Aber ich hätte mehr Lust auf einen Tee.‹

Meine Güte, was für ein Herumgeeiere! Kurzentschlossen wählte ich seine Nummer und wartete darauf, dass er dran ging.

»Hey«, hörte er sich heiser an.

»Dürfte ich dich zum Kaffeetrinken beziehungsweise Teetrinken einladen?«, fragte ich unsicher und hielt den Atem an.

›Bitte lass ihn nicht sagen, dass ich zu forsch rangehe‹, betete ich innerlich und hörte Moritz′ Lachen.

»Hol Luft! Okay, treffen wir uns bei *Emma*. Das ist am Campus. Meinst du, du bekommst den Motor nochmal an?«, erkundigte sich Moe und ich entgegnete, dass ich zur Not auch ein Taxi nehmen würde. Doch ich war guter Dinge. So schnell würde der Audi wohl nicht den Geist aufgeben. »Prima. Dann bis gleich.«

Emma war ein kleines Café, in dem sich hauptsächlich Studenten aufhielten. Ich fühlte mich etwas deplatziert, doch das breite Grinsen in Moes Gesicht ließ mich alles andere vergessen. Was mir allerdings sofort auffiel, war die dicke Lippe.

›Ganz ruhig. Er hasst Szenen, also reiß dich am Riemen!‹

»Ich habe schon bestellt«, begrüßte er mich und klopfte auf den Stuhl neben sich.

»So? Was bekomme ich denn?« Ich lachte und nachdem Moritz es verriet, war ich erstaunt.

Er wusste noch genau, dass ich schwarzen Kaffee bevorzugte. Dazu hatte er zwei Stück Schokoladenkuchen bestellt.

»Ich denke, der sollte dir schmecken. Emma backt ihn jeden Morgen frisch. Er ist hier der absolute Renner«, erzählte Moe und ich nickte.

»Na, da bin ich ja mal gespannt.«

Ich blickte mich um und spürte, wie ich immer unsicherer wurde. Ein paar der Studenten sahen zu uns herüber und einer grüßte Moritz, der ihm zunickte und den Gruß erwiderte. Mich taxierte der Kerl, als würde ich in fremdem Revier wildern.

»Das war Martin. Er ist einer unserer Sportler, allerdings nicht gerade der Überflieger in Sachen Lernen. Wir besuchen ein paar Vorlesungen zusammen und er hat zwischendurch gefragt, ob ich ihm Nachhilfe geben könnte. Sind drei oder vier Stunden in der Woche, die wir gemeinsam lernen. Ist ne lustige Truppe von fünf Leuten«, erklärte Moe.

»Du machst dir also Freunde.« Es war eine einfache Feststellung, aber er runzelte leicht die Stirn.

»Nicht wirklich. Es gibt immer etwas, was mich stört. Die meisten sind eher Bekannte.«

Ich schwieg, denn ich wusste nicht, was ich entgegnen sollte. Reden war für mich eigenartig geworden, genau wie dieser Körper. Meine Wolfsgestalt war so viel unproblematischer gewesen und ich hatte mit wesentlich weniger Problemen zu kämpfen gehabt.

»Was ist los?«, fragte Moe auf einmal und ich spürte seine Hand auf meiner.

»Vermutlich eine Art Kulturschock. Entschuldige, ich bin gleich wieder da«, raunte ich und stand ruckartig auf.

Ich wusste selbst nicht, was mich da ritt, aber ich musste aus diesem Café. Hastig schnappte ich mir meine Jacke und marschierte zum Ausgang. Mir kam es so vor, als würden die Wände auf mich zukommen, was absoluter Wahnsinn war – das war überhaupt nicht möglich! Was spielte mir mein Gehirn da für Streiche? Mein Herz raste und ich nahm die Panik wahr, die mich ergriff.

Kaum auf der Straße nahm diese Emotion zum Glück etwas ab. Doch konnte ich nicht still stehen bleiben, sondern tigerte auf und ab. Es war ein Gefühl, als müsste ich dringend flüchten. War jemand hinter mir her?

»Hey Mann, alles okay?«, quatschte mich ein Typ an und ich nickte nur, während ich weiterlief.

Mein Ziel war der nahegelegene Park des Campus. Ich brauchte das Grün, um Ruhe zu finden. Wankend lief ich auf eine Bank zu und ließ mich darauf nieder.

›Verflucht, was stimmt nicht mit dir?‹, fuhr ich mich selbst an, schnappte mehrmals nach Luft und versuchte, nicht zu hyperventilieren.

Mir drehte sich alles und ich hätte mich am liebsten in meine andere Gestalt zurückgezogen.

»Sam«, hörte ich irgendwann hinter mir und Moritz kam auf mich zu. »Was hast du?«

Ich schüttelte nur den Kopf, war außer Stande, etwas zu sagen.

***

»Alles wird gut. Mach schön weiter: Einatmen. Kurz warten ... Ausatmen. Warten ... Einatmen.« Moe hatte sich neben mich gesetzt, meine Hand auf sein Herz gelegt und redete leise auf mich ein.

Allmählich ebbte dieses beklemmende Gefühl ab und meine Gedanken klärten sich. Ich blickte Moritz an, der mich anlächelte.

»Keine Sorge, das war nur eine kleine Panikattacke. Als Wolf kamst du wohl nicht viel unter Leute«, meinte er.

Meine Hand lag noch immer auf Moes Brust und ich spürte den Herzschlag. Er war stark und gleichmäßig. Ich hatte mich während der Attacke daran geklammert, als wäre es meine Rettungsleine.

»Der Tag war etwas viel«, gab ich beinahe kleinlaut zu.

Die Augen meines Liebsten betrachteten mich, aber ich sah darin keine Verachtung oder Enttäuschung, dass ich so schwach war und mein Leben nicht in den Griff bekam. Er blickte mich einfach nur an.

»Möchtest du mir davon erzählen?« Er hatte diese Worte geflüstert, griff plötzlich neben sich und hielt mir einen Pappbecher unter die Nase. »Bei einem Kaffee?«

Ich verzog schwach die Lippen. Es war anders gewesen, zurück in die Firma zu kommen. Natürlich hatten sich alle gefreut, waren auf mich zugestürmt, mir um den Hals gefallen oder hatten mich andersartig willkommen geheißen. Ich war dabei hingegen wie in Trance gewesen.

»Ein halbes Jahr habe ich nicht einmal gesprochen und dann auf einmal wieder in diese Rolle gedrückt zu werden ... Sagen wir, es war schwierig«, raunte ich und Moe nickte.

»Kenne ich. Das hatte ich vorhin mit dir.« Er legte den Kopf schief und grinste. »Da hilft nur eins: Reden! Was stört dich an deinem alten Leben und wie hättest du es gern?«

Er nippte an seinem Tee und auch ich nahm einen Schluck vom Kaffee, den er mir gereicht hatte. Das heiße Getränk tat gut und ich hielt es in beiden Händen, um mich etwas aufzuwärmen. Mittlerweile war es dunkel geworden und ziemlich kalt. Der Winter würde nicht mehr lange brauchen, um über das Land zu ziehen. So, wie es bisher aussah, stand ein strenger Winter mit Schnee und Eis an.

»Und?«, hakte Moe irgendwann nach.

Ich zuckte mit den Schultern. Es war nicht so einfach, das zu beschreiben. Im Grunde gab es nur eins, das ich wirklich wollte und das war er. Konnte ich ihm das sagen?

»Ich weiß nicht, ob ich bereit bin, erneut der Alpha des Rudels zu sein. Bisher hat es mich zu viel gekostet.« Die Worte kamen recht erstickt über meine Lippen und ich schluckte mehrmals.

Die Emotionen überwältigten mich abermals und ich nahm nur noch wahr, dass Moritz meine Hand ergriff.

»Ist okay«, flüsterte er. »Ich bin hier.«

Ich wollte ihn küssen, an mich ziehen und ihm nah sein. Die Zerrissenheit in mir machte mich fertig, doch Moe schaffte es, mir Halt zu geben.

»Du hast mir gefehlt«, hauchte er mir ins Ohr und sein Körper kuschelte sich an mich.

»Du mir auch«, murmelte ich, schloss die Augen und genoss es.

***

»So, aber jetzt probierst du endlich den Schokoladenkuchen! Der ist echt der Hit!« Moe ließ feixend die Hand in die Tüte tauchen, die er mitgebracht hatte und drückte mir ein Stückchen Kuchen an den Mund.

Mir blieb nichts anderes übrig, als die Lippen auseinander zu bewegen, den süßen Kuchen zu essen und mich dabei nicht zu verschlucken. Ich hustete am Ende doch, was Moritz dazu brachte, meinen Rücken zu tätscheln.

»Nicht abkratzen! Das wäre jetzt echt ungünstig«, scherzte er und auch ich konnte darüber lachen.

Hier in der Dunkelheit zu sitzen und mit Moe zu reden, war beruhigend und fühlte sich richtig an. Er erzählte vom Studium, den Leuten, denen er bisher begegnet war und von der Arbeit bei Mika. Dabei strahlte er pure Lebensfreude aus. Wer hätte gedacht, dass ihm das Studieren dermaßen Spaß machen würde. Seine Eltern wären sicherlich unheimlich stolz auf ihn.

Diese Feststellung stach mir direkt ins Herz, aber Moe überging es. Er strich mir stattdessen über den Bart.

»Bleibt der jetzt so?«

»Wieso? Gefällt er dir nicht?«, erkundigte ich mich, was ihn dazu brachte, mich genauer unter die Lupe zu nehmen.

»Ich denke, er steht dir. Aber er lässt dich ernster wirken. Andererseits ist das ja vielleicht mittlerweile dein Ding. Wobei mir der Sam fehlt, der Blödsinn gemacht hat. Meinst du, der schaut mal wieder vorbei?« Er zwinkerte mir zu.

»Blödsinn?«

Ich griff ebenfalls in die Papiertüte, nahm ein Stückchen Kuchen, an dem etwas Sahne klebte und drückte es Moe rasch ins Gesicht. Der schnappte nach Luft, starrte mich erst entgeistert an, ehe er plötzlich losprustete.

»Das hast du jetzt nicht wirklich getan!«

Ich lachte, denn er sah lustig aus mit der Schokoladensahne auf der Nasenspitze.

»Du wolltest es so«, knurrte ich.

Ich beugte mich vor und leckte ihm die Süßigkeit von der Nase.

»Du verrückter Knallkopf!«, platzte es aus Moritz heraus und ehe ich mich versah, lag ich auf dem Boden, er auf mir und ich bekam ebenfalls jede Menge Sahne ab.

19

Es war mir egal, ob die Leute uns komische Blicke zuwarfen oder tuschelten. Für die sahen wir wie zwei Irre aus, die auf dem Boden herum kullerten und sich mit Essen beschmierten. Außer Puste blieb ich nach dem Gerangel auf Sam sitzen und triumphierte wegen meines Sieges.

»Gut, ich gebe auf!« Er legte die Hände an meine Hüfte. »Wird kalt hier auf dem Boden«, brummte der Alpha und machte Anstalten aufzustehen.

Ich wollte jedoch genau diesen Moment, in dem mein Kopf und das Herz nur ihm galten, nicht enden lassen. Schnell beugte ich mich hinunter und küsste ihn. Bis zum Hals schlug mein Herz und die Gefühle fuhren Achterbahn. Als sich unsere Lippen lösten, grinste Sam breit, soweit ich es im Schatten der Laternen beobachten konnte. Ein Tropfen fiel auf seine Stirn, was mich nach oben schauen ließ. Regen?

Vom Himmel rieselten riesige Schneeflocken, die nach und nach alles um uns herum weiß färbten.

»Das ist wohl unser Stichwort zu gehen«, flüsterte Sam und ich nickte.

Wir, vor allem er, würde sich den Tod holen auf dem eiskalten Boden. Nachdem ich von ihm herunter gestiegen war, reichte ich ihm die Hand, um ihm auf die Beine zu helfen. Seine Bewegungen waren sehr vorsichtig und in Schonhaltung. Das Becken war wohl doch noch nicht so verheilt, wie es sein sollte.

»Hör auf, dir deshalb einen Kopf zu machen! Ich werd schon wieder«, hörte ich ihn sagen, als er nach meiner Hand griff.

»Okay«, meinte ich heiser.

Wir räumten noch eben den Müll weg. Die Schneeflocken wurden in der Zwischenzeit sogar noch größer.

»Ich kenne da einen Ort mit Kamin und einer weichen, kuscheligen Decke davor«, hauchte er mir ins Ohr und ich nickte, diesmal um einiges verlegener.

***

Wie selbstverständlich stieg ich in sein Auto und ließ mich zu ihm nach Hause bringen. Als Sam die Tür aufschloss, kamen sofort die Erinnerungen hoch, wie ich hier täglich Zeit verbracht hatte. Automatisch zog ich an der Garderobe meine Schuhe aus und ging ins Wohnzimmer. Nichts, aber auch rein gar nichts, hatte sich hier verändert – bis auf eine dicke Staubschicht, die sich angesammelt hatte.

»Sam, wie lange bist du nicht zu Hause gewesen?«, fragte ich, doch er antwortete nicht.

Neben mir klickte es mehrfach und ich vermutete, dass er den Kamin anzündete. Das zarte Knistern und warmes Licht erfüllten den Raum. Ich blieb vor unserem letzten gemeinsamen Bild stehen. Meine Haare waren zu diesem Zeitpunkt noch kurz gewesen und ich hatte mich huckepack auf Sams Rücken geschmissen. Er trug mich immer, als würde ich kein einziges Gramm wiegen.

»Moe?«, hörte ich es leise und drehte mich herum. Auf der Decke vor dem Sofa, zum Kamin gerichtet, klopfte er neben sich.

Ich lächelte, fühlte mich aber irgendwie verloren.

»Doch nicht in Ordnung?«, fragte er und ich schüttelte den Kopf.

»Irgendwie merkwürdig. Ich hab hier gewohnt und war glücklich bei dir. Wieso habe ich das alles aufgegeben?«, grübelte ich und ließ mich neben ihn nieder, um meine Füße in Richtung Kamin zu strecken.

»Weil es dich erdrückt hat. Es war zu viel. Alles was geschehen ist können wir leider nicht rückgängig machen«, seufzte er und strich mir mit den Fingern über den Nacken.

»Dir ist es auch zu viel geworden und du bist ebenfalls abgehauen, Sam«, flüsterte ich, als wäre es ein Geheimnis.

Seine Stirn drückte sich gegen meine und die Finger des Alphas begannen mit meinem Haar zu spielen.

»Mir gefällt, wie du es mittlerweile trägst.« Er lächelte und ich kam seinen Lippen so nah, dass kein Blatt mehr dazwischen gepasst hätte.

Wir küssten uns und langsam sank ich auf den Rücken, während mir Sam die Haare aus dem Gesicht strich. Seine Finger zitterten, als ob ihm kalt wäre, dabei wurde es gerade erst richtig angenehm warm.

»Du sagtest, du bist dir nicht sicher, was das zwischen uns ist. Daher möchte ich dich jetzt ganz direkt fragen: Bekomme ich eine zweite Chance?«, raunte er mit Bedacht in mein Ohr und legte die Hand auf meinen Wangenknochen.

»Hast du sie denn verdient?«, versuchte ich, ihn zu ärgern.

Samuel schüttelte lachend den Kopf.

»Wahrscheinlich nicht! Dennoch würde ich mich bemühen, es diesmal besser zu machen! Ich vermisse, wie du dich anhörst ... Wie du riechst und wie deine Lippen schmecken. Mein Körper ist kaum zu halten vor Erregung, wenn ich dich in meiner Nähe weiß. Ich habe nie aufgehört dich zu lieben«, gestand er mir und suchte erneut meine Lippen mit den seinen.

Ich schmiegte mich noch näher an Sam und ließ die Hände an seinem Körper entlang wandern.

»Lass es uns als 2.0 Beta Version betrachten. Die *Alpha* ist gescheitert, jetzt beheben wir die Fehler.« Ich schmunzelte über meinen Scherz, doch Sam schien kein Wort zu verstehen. Stirnrunzelnd sah er mich an und ich schnaubte. »Ja, du Blödmann!«

Aus dem eben noch so skeptischen Blick, wurde ein sanftes Lächeln. Sein Mund wanderte an meinem Hals entlang und übersäte diesen mit heißen Küssen. Er ließ die Hände unter den Pullover gleiten und schob diesen bedächtig hoch. Ich wusste, worauf es hinauslaufen würde und wollte es so sehr!

Ich liebte das Gefühl, wenn mich seine großen Hände packten und an sich zogen. Das wusste er, weshalb er genüsslich mit dieser Lust spielte. Wir waren kaum ausgezogen, da begannen wir uns zu streicheln, bis wir beide zum ersten Höhepunkt kamen. So viel Zeit war verstrichen, dass wir jetzt mehr als genug davon hatten. Die Einsamkeit sollte ein Ende haben und wir waren regelrecht ausgehungert nacheinander.

Der Kopf meines Liebsten senkte sich hinab zu meinen Lenden, küsste den Beckenknochen und Sam griff nach dem Glied. Seine Lippen legten sich um die Eichel und leckten darüber. Ich bekam eine Gänsehaut, legte die Finger auf seinen Kopf und genoss das zärtliche Saugen und leichte Knabbern an meinem Schaft. Breitbeinig fiel ich nach hinten, genoss die süße Versuchung und gab mich ihm völlig hin.

Es war anders als sonst. Ich war nicht mehr der schüchterne Junge, der noch dazu lernen musste, sondern der Mann, der es genoss, zu seiner Liebe und den Gefühlen zu stehen. Ehe ich zum Höhepunkt kam, drängte Sam zwei Finger in mich, die er vorher angeleckt hatte und machte es mir noch schwerer, mich zu beherrschen.

»Sam«, stöhnte ich und er verstand, was ich wollte und brauchte. Ihn!

Wie immer schob er sich behutsam in mein Inneres und bewegte zuerst langsam und mit Bedacht die Hüften, bis er Blut geleckt hatte. Seine Stöße wurden allmählich härter, tiefer und die Finger griffen beherzigt an mein Becken. Er wollte es hart und ich würde es aushalten, ehe ich mit ihm zusammen zum Höhepunkt kam.

Mit einem Ruck riss mich Sam auf seinen Oberschenkel, drückte mich mit dem Rücken gegen die Sitzfläche des Sofas und stieß weiter in mich hinein. Ich konnte mich so zurücklehnen, während er mich kniend weiter nahm. Stöhnend vergruben sich meine Finger in seiner Schulter, während ich einen extremen, mich überrollenden Orgasmus hatte und auch Sam in mir zuckte. Er ließ den Kopf nach vorn auf meine Brust fallen. Außer Atem knetete er trotzdem meinen Hintern, als wäre er bei weitem nicht fertig.

»Ich will nochmal«, keuchte er und ich musste lachen.

»Du bist in mir drin und erwartest direkt die nächste Runde? Mach ruhig, aber du bist nicht der Jüngste«, scherzte ich, als er abermals in mich hinein stieß.

Er wurde tatsächlich wieder hart, was mich wahnsinnig machte!

»Dafür sorgst ganz allein du, Moritz«, meinte er keuchend und leckte mir über die Brustwarzen.

Er begehrte mich mit Haut und Haaren, das konnte ich deutlich spüren. Auf allen vieren ließ ich mich kurz darauf ein weiteres Mal nehmen und von Neuem überrollte uns die Lust, bis wir keine Kraft mehr hatten.

Erschöpft lagen wir danach nackt und ineinander verschlungen von einer dünnen Decke bedeckt vorm Kamin, der uns warm hielt, und sahen aus der Terrassentür, wo der Schnee liegen blieb.

»Wärst du irgendwann zurückgekommen?«, fragte ich ihn gedankenverloren.

Er vergrub das Gesicht an meinem Hals und rieb die Nase daran.

»Nur für dich!«

20

Ach, könnte in diesem Augenblick nur die Zeit stillstehen. Ich lag zwar recht unbequem auf dem harten Boden, aber die Gesellschaft machte alles wett.

»Meinst du, dass du akzeptieren kannst, dass ich kein kleiner Junge mehr bin?«, wollte Moe irgendwann wissen und ich brummte.

»Ich arbeite daran, okay?« Ich senkte den Kopf und vergrub das Gesicht dieses Mal in seinem Nacken.

Den Geruch liebte ich besonders, da er genau an dieser Stelle einfach nur nach Moritz roch, zudem kitzelten mich seine Locken.

»Okay«, hauchte er und ich schloss zufrieden die Augen.

Ich war so müde. Der Tag hatte sich als anstrengender herausgestellt, als am Morgen geplant und damit meinte ich nicht die Stunden mit Moe vor dem Kamin. Emotional war ich ziemlich am Ende und schöpfte genau jetzt die Kraft für die nächsten Tage. Ich musste mich zurechtfinden, dem Alltag entgegentreten und hoffentlich schaffte ich es, ohne es mir erneut mit Moritz zu verscherzen. Ich liebte ihn so sehr, doch er hatte recht, dass ich ihn manchmal einengte. Es war stets zu seinem Schutz gewesen, aber ich musste nun doch einsehen, dass es ihn von mir weggetrieben hatte.

»Nicht zu viel nachdenken«, murmelte Moe nun leise und streichelte über den Arm. »Komm, lass uns rüber ins Bett wandern. Ich will nicht, dass der alte Mann zu

seinem schlimmen Becken auch noch einen Hexen-
schuss bekommt.«

Ich zwickte ihn in die Seite und er lachte.

***

»Ich mache heute ausnahmsweise frei und du wirst
das auch tun«, beschloss Moritz am nächsten Morgen
und ich blickte ihn irritiert an. »Du brauchst meine
Gesellschaft, um wieder in die Spur zu kommen, und
ich denke, ein oder zwei Tage ohne Uni wären auch
nicht schlecht. Na, was sagst du?«

Er stand bereits komplett angezogen und gestylt vor
dem Bett und grinste von einem Ohr zum anderen.

»Sind das nicht wieder *alte Muster*?«, erkundigte ich
mich, aber Moe winkte ab.

»Quark! Und jetzt zieh dich an! Wir gehen eine Runde
Richtung Supermarkt spazieren. Du hast nichts mehr im
Haus, was man frühstücken könnte und ich habe einen
Bärenhunger!«

Er zog mir die Decke weg und ich schüttelte den
Kopf. Der Kerl hatte sich tatsächlich in einigen Dingen
verändert.

»Okay«, gab ich kapitulierend von mir und rollte
mich zum Bettrand.

»Ach ja: Und bei Mika schauen wir auch vorbei. Du
bewegst dich eckig.«

Auch hier brummte ich zustimmend, denn allmählich
gingen mir die Schmerzen auf den Geist.

Während ich mich fertigmachte, hörte ich Moritz in
der Küche, dann im Wohnzimmer hantieren. Auf dem
Weg in Richtung Schlafzimmer erkannte ich, dass er sich
mit einem Staubwedel bewaffnet hatte.

»Du warst echt lange nicht mehr hier!«, rief er zu mir
herüber und ich brummte zustimmend.

Es wurde wohl Zeit, dass ich die Putzkolonne anwies, sich um alles zu kümmern. Das hatte man normalerweise einmal die Woche erledigt, doch nun sah es so aus, als wären sie monatelang nicht hier gewesen.

»Fertig?«, fragte Moe, nachdem ich endlich aus dem Schlafzimmer kam.

»Noch einen Pullover und wir können. Mir ist kalt!«, knurrte ich und er grinste.

»Kein Wunder. An dir ist echt nichts mehr dran. Wir sollten ›dich füttern‹ in unser Sexprogramm mit aufnehmen, denn sonst fällst du uns noch komplett zusammen.«

Es stimmte, dass ich einiges abgespeckt hatte und Moe mittlerweile in Sachen Schlanksein den Rang abgelaufen hatte. Er hatte sich verändert, war irgendwie sportlicher und etwas breiter geworden. Die Schultern besonders ...

»Hast du angefangen, Sport zu treiben?«, wollte ich wissen und er lächelte.

»Wie man es nimmt. Pferde, Kühe und große Doggen im Zaum zu halten, dass Mika sie untersuchen kann, ist ja eine Art sportliche Betätigung. Aber ich mache kein Krafttraining, falls du das meinst.« Er kam auf mich zu und küsste mich. »Und in Sachen ›treiben‹, können wir das Thema später nochmals etwas vertiefen, was meinst du?«

Ich lachte bellend auf. Ja, er hatte sich definitiv verändert! Seine Schüchternheit war manchmal geradezu wie weggeblasen.

»Ich hätte auch nichts gegen jetzt«, antwortete ich, aber Moe schüttelte den Kopf.

»Hunger! Und du musst ebenso etwas essen.« Er marschierte zum Kleiderschrank und kam mit einem Pullover zurück, den er mir kurzentschlossen über den

Kopf zog. »So! Damit steckst du schön warm. Und jetzt lass uns gehen.«

Gemeinsam stapften wir durch den Schnee in Richtung Supermarkt. Der Wind pfiff und allein hätte ich gleich wieder umgedreht, doch an Moritz' Seite empfand ich es wie ein Abenteuer. Er warf einige Blicke umher und deutete mal hierhin, mal dorthin, um mir Veränderungen zu zeigen, die in der Straße vonstatten gegangen waren.

»Alles ist immerzu im Wandel«, raunte er und ich nickte. »Das ist gut. Man sollte immer schauen, dass man sich weiterentwickelt.«

Seine Hand wanderte in die Jackentasche und schob sich in meine. Es war eine Geste, die mir das Herz erwärmte.

Weiterentwickeln ... Wie sollte ich das anstellen? Wobei: Hatte ich das nicht schon getan? Ich wusste seit einiger Zeit genau, was ich wollte und was nicht, nur an der Umsetzung haperte es noch.

»Hast du Viv eigentlich gestern getroffen?«, erkundigte sich Moe und ich schüttelte den Kopf.

»Nein, sie war geschäftlich unterwegs. Ich hatte gehofft, sie heute irgendwann sehen zu können. Am Telefon klang sie irgendwie erleichtert, dass ich unter die Räder gekommen bin.« Ich grinste bei dem Gedanken an das letzte Telefonat. Da ich sie nicht in der Firma angetroffen hatte, rief ich sie an und ihre Freude war riesig, dass ich mich von meinem Büro aus meldete.

»Wir sollten Olli vielleicht noch dafür danken«, kicherte Moe neben mir und rückte näher an mich heran.

Ja, eventuell sollte ich das. Diese ganzen merkwürdigen Umstände hatten mich zu Moritz zurückgebracht.

***

»Nun komm schon! Ich hab Hunger!«, protestierte Moe und verlagerte stetig das Gewicht von einem Bein auf das andere.

»Nur noch die Fleischabteilung, dann können wir auch schon gehen. Wie wäre es heute Mittag mit Steaks?« Ich grinste meinen Liebsten an, der zu feixen begann.

»Klar! Ich besorge noch schnell grüne Bohnen und ein paar Kartoffeln. Darauf hab ich richtig Bock«, meinte er und verschwand in einem der Gänge, ehe ich etwas erwidern konnte.

›Und weg ist er‹, dachte ich und lächelte.

Mein Blick fiel auf den Einkaufswagen, der total überfüllt war. Das alles nach Hause zu schleppen, würde eine Herausforderung werden. Zum Glück waren wir zu zweit und zur Not gab es ja noch die Möglichkeit, dass ich nach Hause lief, um den Wagen zu holen.

Nachdem ich das Fleisch ausgesucht hatte – mein Hunger ging hier wohl sehr mit mir durch, denn ich kaufte mehr als ein Kilogramm Bratenfleisch und nochmals sechs dicke Steaks – ging ich langsam Richtung Kasse. Moe wartete dort bereits und half mir beim Beladen des Bands.

»Wir sollten nicht mehr hungrig einkaufen gehen. Mit dem Zeug könnten wir eine ganze Kompanie verköstigen.« Er lachte und schnappte sich gleich vier Einkaufstüten, um danach die Sachen darin zu verfrachten.

»Ja, das war etwas unüberlegt. Aber ich hatte ja wirklich überhaupt nichts mehr im Haus. Das scheint der Putzdienst gleich vernichtet zu haben«, brummte ich und suchte meine Karte heraus, während sich Moe ein Duell mit der Frau an der Kasse lieferte.

Er schnappte sich eine Tasche nach der anderen, um die Einkäufe verschwinden zu lassen, und die Kassiererin schob unermüdlich weiter Sachen über den Scanner.

»Meine Güte! Wer soll das denn am Ende alles essen?« Ich starrte auf die vier prall gefüllten Stofftaschen und Moe gluckste.

»Na, wir. Haben ja ein paar Tage Zeit. Und es fehlen noch Brötchen! Ich bin kurz beim Bäcker. Moment.« Er lief mit zwei der Einkaufstüten los und ich beeilte mich, den Geldbeutel wegzustecken und ihm zu folgen

Das Gewicht der Beutel zog meine Arme in die Länge und ich bemerkte mal wieder, wie schmächtig ich für meine Verhältnisse geworden war.

»Sag mal, willst du heute nur noch Brötchen essen?« Moritz hielt eine riesige Tüte in Händen, als er auf mich zukam.

»Abwarten«, sagte er und ich runzelte die Stirn.

Was meinte er?

»Samuel!« Eine geradezu strahlende Gestalt stand vor dem Supermarkt und näherte sich uns. Vivienne wirkte wunderschön und selbstsicher, als sie auf uns zustürmte und mich in die Arme schloss.

»Vorsichtig! Mach ihn mir nicht kaputt«, lachte Moe und auch Viv kicherte.

»Würde mir doch nicht einmal im Traum einfallen. Ich hoffe ja, dass er bald meinen Erlöser spielt und mich aus den Fängen der Alphas errettet.« Sie scherzte, aber mir wurde es spontan ganz anders.

Sogleich schob sich Moe an mich heran und packte mich am Rücken, dass ich nicht ins Wanken kam.

»Oje. Ich glaub, da bin ich wohl mit der Tür ins Haus gefallen. TJ!«, rief sie in Richtung des Wagens und ein Mann stieg aus, um sich eilig auf uns zuzubewegen.

»Würdest du bitte die Taschen in den Kofferraum stellen. Wir fahren Moe und Sam nach Hause.«

Der Mann, denn Viv ›TJ‹ genannt hatte, war wohl der neue Wächter. Er hatte dunkelbraunes Haar, das den typischen kurzen Schnitt der Wächter trug. Kitty hätte es einen Militär-Undercut genannt. Seine Muskeln sprachen dafür, dass er hart trainierte, wobei sie nicht so ausgeformt waren, dass es für Gewichte sprach. Vermutlich Kampfkunst.

»In Ordnung«, brummte er und nahm Moe die Taschen ab, die dieser mir zuvor entzogen hatte.

Ich stand weiterhin neben Vivienne und atmete nur. Diese eigenartigen Panikattacken gingen mir auf den Geist und ließen mich äußerst schwach wirken. Dagegen musste ich schleunigst etwas unternehmen!

»Gut, dass Mika auch gleich da ist. Dann kann er dich untersuchen«, meinte Viv und ich sah sie fragend an.

Sie runzelte die Stirn und warf Moritz einen Blick zu, der nur mit den Schultern zuckte.

»Ich fand, eine Überraschung wäre toll.«

Eine Überraschung?!

»Oh nein ... Bitte nicht noch mehr Überraschungen. Was habt ihr vor?«, knurrte ich und wollte mich von den beiden lösen, sie hielten mich allerdings zwischen sich gefangen.

»Nur ein Frühstück«, erklärte Vivienne lächelnd und bewegte sich behutsam unter meinem Gewicht in Richtung Wagen. »Nichts Großes ... Nur die engsten Rudelmitglieder. Mika, Annabelle, die Zwillinge und wir.«

»Und TJ.« Moe kicherte, was Viv dazu brachte, die Nase zu rümpfen.

»Ja, den werde ich wohl nicht so schnell los. Einer von Maxwells Schikanen. Und er kann eine richtige Nervensäge sein, kann ich euch versichern!« Vivienne schnaubte und mein Liebster kicherte erneut, während

TJ nur mit den Augen rollte und auf dem Fahrersitz Platz nahm.

»Aber heiß sieht er schon aus«, gab Moe zu bedenken, was mich zum Knurren brachte. »Sam ... doch nicht für mich. Ich stehe auf blonde Sturköpfe.«

Meine Exfrau lachte glockenhell auf und schüttelte den Kopf.

»Es ist schön, dass ihr beide wieder zusammen seid. Ich hab das vermisst.«

21

Moe

Irgendwie war es ein merkwürdiges Gefühl, dass alles wieder wie früher war. Viv, die wie eh und je herzensgut und von allem begeistert war, Mika der mir eine Predigt hielt zum Thema Selbstverteidigung, die Zwillinge, die Sam gleichzeitig um den Hals fielen und ihn somit zu Boden beförderten und Annabelle, die ihn einen kurzen Moment allein sprechen wollte.

Mein Liebster lachte, lachte von ganzem Herzen! Er konnte mir nicht erzählen, dass er diese Menschen nicht vermisst hatte. Zwischenzeitlich spürte ich eine kleine Panikattacke, als wäre alles zu viel. Ich konnte aber gut lokalisieren, dass dies nicht meine Gefühle waren, da ich mich gerade in der Nähe der Zwillinge super fühlte.

»Darf ich ihn mir kurz klauen? Ich hab da etwas, wobei ich Hilfe brauche«, warf ich in die Runde und schnappte mir Sams Hand, um ihn hinter mir her in die Küche zu ziehen.

»Danke«, schnaubte er und versuchte, einen Moment Ruhe zu haben.

»Kein Problem. Wann hat es mit diesen Ängsten eigentlich angefangen?«, fragte ich und Sam zuckte mit den Schultern.

»Eventuell, als ich so lang allein im Versteck hockte, in der Hoffnung, dass der Jäger mich nicht findet. Ich glaube, ich habe eine Sozialphobie.« Er seufzte und zog mich an sich. »Aber das bekomme ich hin! Uns zuliebe! Ich werde meinen Platz wieder finden. Jetzt, da ich ebenfalls weiß, dass es meiner Schwester gutgeht und du bei mir bist«, raunte er lächelnd und ich wurde hellhörig.

»Deine Schwester?«, merkte ich, dass ich direkt angespannter wurde.

Mir kamen die Bilder von ihm und ihr in den Sinn und ich schüttelte mich.

»Hey ... Vergangenheits-Sam ok?«, brummte er und zog mich erneut an sich.

Ich nickte und gab schließlich nach.

»Ihr geht es gut. Avalarie hat wohl jemanden kennengelernt und ist mit ihm auf der Pirsch. Sie wird mit Sicherheit ihre Rechte an der Firma an mich abtreten. Wie wäre es, wenn wir dich dafür mit ins Boot holen?«, wollte er wissen und ich drückte mich von ihm weg.

»Ich möchte Tierarzt werden!«, zischte ich.

Sam lachte.

»Schon klar. Aber so als stiller Teilhaber?« Er grinste und ich schüttelte energisch den Kopf. Nein! Das war keine Option.

»Und was, wenn wir uns trennen sollten? Dann bin ich an die Firma gebunden! Lass mal. Viv macht ihre Sache doch prima und sie kommt mit den Leuten klar. Sie an deiner Seite wäre doch gut für dich.«

Sam knurrte.

»*Gut für mich* bist du!«

»Mag ja sein. Aber nicht im geschäftlichen Sinne. Körperlich und für die Seele vielleicht ... Aber in der Wirtschaft bin ich sicherlich eine Katastrophe.« Ich schmunzelte und zeigte in Richtung Esszimmer. »Wir sollten übrigens langsam zurückgehen.«

***

»Das mit deiner Lippe geht mir richtig gegen den Strich! Ich könnte nur mit meinem kleinen Finger dafür sorgen, dass es heilt.«

»Nicht nötig. Das heilt auch von allein«, beruhigte ich Mika, der ständig in Versuchung geriet, seine Gabe an mir auszutoben.

»Mika, nun lass die Griffel von ihm. Wenn er nicht will, selbst Schuld«, knurrte Sam ihn an und der Heiler gab sich beleidigt.

»Immerhin konnte ich eben Sam noch ein wenig helfen. Aber wenn es bei dir schlimmer wird, Moritz, lässt du mich ran!« Kaum ausgesprochen, hörte er selbst wie es klang und rieb sich verlegen die Stirn. »So war das nicht gemeint.«, murmelte er und Sam lachte.

»Wäre auch besser für dich!«

Simon und Benny erzählten, dass sie beide eine Perle kennengelernt hatten. Was für ein Zufall, beide gleichzeitig vergeben zu wissen.

»Nur blöd, dass keiner seine Freundin mit nach Hause bringen kann. Daher überlegen wir, uns ein Haus zu kaufen, sodass jeder seine eigene Bude hat«, erzählte Simon und ich stellte mir vor, wie die Zwillinge ein ganzes Haus zumüllten. Kein schönes Bild, das ich im Kopf hatte.

Grinsend biss ich in mein Brötchen, während wir ausmachten, mal gemeinsam nach Immobilien zu schauen.

»Was ist denn mit Lip? Jetzt, da du wieder mit dem Chef zusammen bist?«, meinte Benny irgendwann kauend und ich zuckte mit den Schultern.

»Keine Ahnung. Er hat mir die Entscheidung gelassen. Ihn oder die Vergangenheit. Da wusste er allerdings nicht, dass Sam bereits in meinem Leben herumwuselte. Ich habe gezögert, was für ihn als

Antwort reichte und, um mir eine zu donnern«, sagte ich und deutete dabei auf die dicke Lippe.

»Respekt! Hätte ich ihm nicht zugetraut«, gab Simon lustigerweise voller Anerkennung von sich und betrachtete erneut die Lippe. »Weiß Sam, dass ihr miteinander im Bett ward?«

Ich sah die Zwillinge genervt an.

»Wir haben eine Verbindung, schon vergessen? Er konnte meine Emotionen beim Sex vermutlich spüren. Ich denke nicht, dass es an ihm vorbei gegangen ist.«

»Oh«, kam es von beiden zeitgleich und Sam tauchte hinter mir auf und brummte.

»Ja, das habe ich durchaus mitbekommen. Aber das hier ist ein Neuanfang. Hört auf, Moritz Unsinn in den Kopf zu pflanzen!«, ermahnte er die Zwillinge streng und ich musste über dieses Vatergehabe lachen.

»Ist ja schon gut. Treffen wir uns die Tage? Vielleicht nach deinem Termin bei Yvi?«, wollte Benny wissen, ehe sie sich zum Gehen aufmachten.

»Jep. Ich komm dann herum! Ich schreib vorher«, antwortete ich und Sam sah mich fragend an.

»Wer ist Yvi?«

»Du weißt schon ... *Frau Doktor Nowak-Sommer*! Die nette Dame, die Therapeutin, die mich nach dem Tod meiner Eltern betreut hat und nach meinem dummen Versuch ... Na, du weißt schon«, wedelte ich mit den Händen, um das Thema abzuwürgen.

Ich räumte den Tisch ab und Sam unterstützte mich dabei. Seine Miene hatte etwas Nachdenkliches.

»Geht es dir denn nicht gut?« Er wirkte unsicher.

»Doch. Wieso? Weil ich zu ihr in die Sprechstunden gehe? Yvi ist mittlerweile eine Freundin geworden und seit sie das Baby hat, ganz froh, arbeiten zu dürfen. Und mir tut es gut. Wir haben stark an meinem Selbstbewusstsein gearbeitet, wie du sicherlich bemerkt haben solltest.« Ich grinste, als sich seine Arme um mich schlangen.

»Ja. Du bist nicht mehr so wie früher. Du bist besser«, flüsterte er mir ins Ohr und begann meinen Hals zu küssen.

»Ähm ... Entschuldigung! Wir wollen nur eben ›Tschüss‹ sagen.« Viv lächelte uns an und auch TJ, der neben ihr stand, grinste breit. Erwischt!

Sam seufzte und brachte die Besucher zur Tür. Ich konnte mir schon denken, dass er noch das eine oder andere mit Viv zwischen Tür und Angeln besprechen musste. Da würde ich mich wohl oder übel gedulden müssen.

In meiner Hosentasche vibrierte es und ich laß ›Lip‹ auf dem Display.

»Hey, können wir reden?« Er war anscheinend noch sehr müde, was mich bei der Uhrzeit nicht wunderte. Sein Anruf hingegen kam mir seltsam vor.

»Natürlich ... Es tut mir leid, wie das zwischen uns gelaufen ist«, erklärte ich, als Lip plötzlich zu Schniefen begann.

»Das spielt jetzt eh keine Rolle mehr. Ich glaube, ich sterbe«, wimmerte er und ich war schlagartig alarmiert.

»Was meinst du? Quatsch! Du wirst dir einen anderen Kerl suchen, dich verlieben und gefälligst glücklich werden! In zehn Jahren denkst du, was für ein Arsch ich war«, ermutigte ich ihn.

»Nein«, erneut schluchzte er. »Ich hab mich auf den falschen Kerl eingelassen. Er ... Er hat mich gebissen. Hier ist überall Blut, Moritz. Ich habe Angst.«

Ich spürte, wie sich mein Magen zusammenzog und mir schossen Tränen in die Augen. Blut? Das konnte doch nicht sein.

»Wo bist du?«, flüsterte ich, das Schluchzen wurde jedoch leiser.

Mein Herz begann zu rasen.

»Moe?« Sam stand im Türrahmen. Er war wohl zurückgekommen, als er merkte, wie aufgebracht ich auf einmal war.

»Lip, wo bist du?!«, flehte ich jetzt beinahe, sodass er mir sagte, wo er sich zuletzt aufhielt.

»Ich bin so müde«, murmelte er stattdessen und das Gespräch brach ab.

»Nein ... Nein!«, brüllte ich und stürmte an Sam vorbei ins Arbeitszimmer und an dessen Laptop.

Ich hoffte, Lip irgendwie orten zu können. Und wir brauchten Mika!

Sam wirkte auf mich ein, doch ich konnte jetzt nicht reden und schon gar nicht diskutieren, ob irgendeine Aktion Sinn machte oder nicht. Seine Hände griffen nach mir und schüttelten wie wild meinen Oberkörper.

»Moe!«, forderte er nun und unter Tränen bat ich ihn, Mika anzurufen, während ich Lips Telefon ortete.

Wir hatten uns vor Monaten bei einer App angemeldet, damit jeder vom anderen wusste, dass der andere sicher daheim angekommen war. Dies würde gerade jetzt Gold wert sein.

»Hab ihn!«, brüllte ich und schickte Mika den Standort.

»Wie soll Mika es ihm erklären, wenn er geheilt wurde?«, brummte Sam und ich fauchte ihn an, dass, sollten wir warten, Mika ihm nichts mehr erklären musste. Lip würde bis dahin womöglich tot sein.

»Er sagte, er wurde gebissen und überall wäre Blut! Was fällt dir dazu ein, Sam?«, fuhr ich ihn an und stieß den Alpha zur Seite.

In meinem Kopf lief ein ähnlicher Film ab, wie nach dem Tod meiner Eltern. Lip durfte es nicht auch noch erwischen.

»Gebissen?«, fragte Viv, die mit TJ ebenfalls zurückgekommen war.

»Von was?«, meinte ihr Wächter und ich brüllte, dass
ich keine Ahnung hatte und wir deshalb dahin mussten.

Sam kam mir glücklicherweise schon mit den Auto-
schlüsseln entgegen und fragte nach der Adresse. In
Windeseile versuchten wir, dorthin zu gelangen. Es war
eine Ecke des Industriegebiets, in dem die Fabriken
bereits zum Verkauf leer standen. Manchmal war Lip
dort zu irgendwelchen Partys gegangen. Sie waren
angeblich ›spooky‹. Mich hatten diese komischen
Veranstaltungen nie interessiert. Anscheinend hatte ich
Glück gehabt.

Viv und TJ hatten es sich nicht nehmen lassen, uns zu
begleiten.

»Da kann sich TJ nützlich machen«, waren Vivs Worte
gewesen, ehe sie in den zweiten Wagen stiegen.

Kaum, dass Sams Wagen anhielt, sprang ich heraus,
zückte mein Handy und suchte weiter nach Lip.

»Phillip?«, rief ich und auch die anderen, bis auf Sam,
riefen nach ihm.

Der Alpha setzte hingegen seine Nase ein. Er wusste
schließlich, wie mein Ex roch, und nahm sehr schnell die
Fährte auf.

»Da hinten. Hinter den Tonnen«, knurrte Samuel und
ich stürzte auf die Stelle zu.

»Warte, Moe!«, schrie er mir noch nach, doch meine
Füße wollten nicht zum Stehen kommen.

Ich musste wissen, dass es Lip gut ging.

Mein Ex-Freund lag keuchend hinter der Tonne und
hielt sich den Bauch. Sein Hals war blutverschmiert, die
Augen weit aufgerissen und er ächzte vor Schmerzen.

»Ich bin hier! Ich bin hier!«, versuchte ich, ihn auf
mich aufmerksam zu machen, aber er wirkte abwesend,

als würde er durch mich hindurch sehen. Oder vielleicht fixierte er auch etwas mit den Augen.

»Moritz, geh ganz langsam von ihm weg«, bat mich Sam auf einmal leise.

Ich ignorierte es, meinte, er sollte sich seine Eifersucht gerade für diesen Moment sonst wohin stecken!

Lip brauchte mich.

»Wo bist du verletzt?«, konzentrierte ich mich auf ihn und bemühte mich, Sam auszublenden.

Phillip griff an seinen Hals, wo sich zwei tiefe Einstiche zeigten, die nicht mehr zu bluten schienen.

»Es sollte nur ein kleines Rollenspiel-Abenteuer werden ... Bis er mich gebissen hat! Er meinte, ich würde es bald verstehen. Es tat so weh, Moe. Ich hab ihn in die Schulter gebissen, ehe er mich gegen die Wand geschleudert hat. Er war so stark.« Lip schluchzte und ich legte die Finger auf seine Stirn, um zu prüfen, ob er Fieber hatte. Seine Worte klangen irgendwie irre.

»Alles wird gut! Wir haben jemanden angerufen, der dir helfen kann«, versicherte ich, als er unvermittelt mein Handgelenk ergriff.

»Lip?«, keuchte ich, da er eine tierische Kraft aufbrachte und es schmerzte.

Ich sah in sein Gesicht. Der Blick wirkte leer und er faselte etwas davon, er hätte solchen Durst. Eine böse Vorahnung machte sich in mir breit.

»Moritz!« Sam schrie und TJ eilte auf uns zu.

Ein stechender Schmerz durchzuckte mein Handgelenk. Ich erstarrte. Lip hatte es an seinen Mund gerissen und ... waren das Fangzähne?! Ich schrie, wollte mich losreißen, aber ich entkam seinem schraubstockartigen Griff nicht.

TJ holte aus und schlug Lip mit solcher Kraft ins Gesicht, dass dieser von mir abließ und bewusstlos zur Seite fiel.

»Lip«, ächzte ich und funkelte den Wächter sofort böse an.

»Wird der Blutsauger überleben!«, brummte der Wächter.

»Was?«, quiekte ich und sah zu meinem Handgelenk, das nun dieselben Einstiche aufwies, wie Lips Hals.

Sam griff unter mich, hob meinen Körper hoch und trug mich vom Geschehen weg, während TJ meinen Ex wie ein Geschenk mit Kabelbindern verschnürte.

Ich hätte Moe von Anfang an die ganze Wahrheit von unserer Welt erzählen sollen, doch ich hatte nie den passenden Zeitpunkt erwischt. Jetzt war er es im Grunde auch nicht, aber da die Katze mittlerweile aus dem Sack war, musste es sein.

»Okay, ich will augenblicklich wissen, was hier los ist!«, verlangte er und funkelte mich wütend an. »Was meint TJ mit ›Blutsauger‹?«

Ich seufzte.

»Er meinte damit ›Vampire‹.«

Moritz wurde blass, starrte auf seinen Arm, dann zu Lip hinüber, der bewusstlos und verschnürt dalag.

»Das kann nicht sein! Es gibt keine Vampire ... Dracula ist Fiktion!«, brachte Moe heraus und schluckte mehrmals, ehe er sich an mich drückte.

»Nein, sind sie leider nicht. Natürlich sind sie genauso wenig Monster, wie die Wölfe. Ein paar schwarze Schafe gibt es wohl überall. Aber sie sind für das Rudel gefährlich und deshalb haben wir früh gelernt, wie wir uns schützen können.« Ich strich meinem Liebsten über den Kopf, der zu bibbern begonnen hatte. Der Schock hing ihm in den Knochen. »Keine Sorge, Lip wird es überstehen. Ich habe schon jemanden angerufen, der sich seiner annehmen wird.«

»Wen?« Moe sah mich prüfend an und ich lächelte.

»Robert.«

Sofort schüttelte mein Geliebter den Kopf, was ich nicht verstand. Was hatte er gegen den Chefermittler Robert Allerton?

»Auf gar keinen Fall!«, protestierte er und ich nahm wahr, dass es eine alte Wunde aufriss.

»Wieso? Was ist los?«

»Er hatte mir versichert, dass alles gut werden würde! Nichts ist gut geworden. Adrian ist seitdem wie vom Erdboden verschluckt!« Moe knurrte diese Worte geradezu und löste sich von mir.

Mein Herz schlug mir plötzlich bis zum Hals. Adrian? Was hatte der denn mit der Sache zu tun? Und wieso hatte Moe sich für ihn eingesetzt?

»Ach, das hattest du ja nicht mehr mitbekommen. Da warst du schon weg.« Seine Miene zeigte Bedauern, ehe er hastig fortfuhr. »Adrian hatte sich nochmals bei mir gemeldet, kurz nach dem Tod meiner Eltern. Er versicherte mir, er hätte mit der Sache nichts zu tun und ich willigte ein, mich mit ihm zu treffen«, erzählte Moritz leise, doch es minderte meine Panik nicht.

»Atmen!«, befahl er mir, kam erneut auf mich zu und ich schnappte nach Luft.

»Du hast dich aber nicht mit ihm getroffen, oder? Moe ...«

»Doch, das habe ich. Allerdings war sein Rudel vor ihm im Haus. Es waren die beiden, die sich Maze und Natascha nannten. Sie wollten mich dazu benutzen, Adrian eine Falle zu stellen. Die beiden wollten ihn umbringen«, redete Moritz weiter, hielt mich fest und sorgte dafür, dass ich nicht wankte. »Er kam dazu und hat wirklich alles getan, um mich zu retten. Maze hat er erledigt und Natascha ist aus einem Fenster gesegelt, ehe er zusammenbrach. Danach sind Robert und ein paar Männer aufgetaucht. Sie haben Adrian mitgenommen. Angeblich sollte er sich für den Tod der Menschen verantworten, die sein Rudel auf dem Gewissen hat. Das ist so unfair! Und ich will auf gar keinen Fall, dass Lip zu diesen Leuten kommt.«

Ich strich ihm über den Rücken, mehr um mich selbst zu beruhigen. Er hatte in solcher Gefahr geschwebt und ich war komplett ahnungslos gewesen. Was für ein Glück, dass sich Adrian dazu entschlossen hatte, ihn zu beschützen. Das würde ich ihm nie vergessen, auch wenn er mein Rivale war.

»Lip ist kein Wolf. Ihn werden sie gut behandeln und ihm helfen«, versicherte ich Moe, obwohl meine Gedanken gerade Amok liefen.

Adrian. Dessen Rudel. Ich musste unbedingt mit Robert darüber reden. Was hatte ich nur alles verpasst, während ich nicht da gewesen war.

***

»Moe!« Eine weibliche Stimme hinter uns ließ mich über meine Schulter hinweg schauen.

Eine blonde Frau kam auf uns zu, gefolgt von Robert Allerton und einem weiteren Vampir. Mein Liebster riss die Augen auf und starrte die Blondine an.

»Dr. Terrin?«

Diese nickte strahlend und wandte sich dann an den Dritten im Bunde.

»Ich erkläre Moritz alles, kümmerst du dich bitte um dessen Freund?«

Der dunkelhaarige Mann nickte lächelnd und wandte sich an Mika, der sich über Lip gebeugt hatte, um ihm zumindest ein wenig die Schmerzen zu nehmen. Eine komplette Heilung hatte ich ihm verboten, da er sonst zu viel Kraft gehabt hätte.

»Hallo Kollege! Ich denke, ich kann hier übernehmen«, begrüßte er unseren Heiler und reichte ihm die Hand, wobei Mika erleichtert aufatmete.

»Danke. Er ist stabil, aber mitten in der Wandlung. Ich schätze, er braucht ab jetzt Blutkonserven, nicht wahr?«, sagte mein Freund und der Vampir-Heiler bestätigte es.

›Wenn sie gleich anfangen, zu fachsimpeln, ist die surreale Situation perfekt‹, ging es mir durch den Kopf.

Moe und ich blickten wie gebannt zu den beiden hinüber, zumindest bis sich ›Frau Doktor‹ räusperte.

»Ich schätze mal, da ist die nächste Bombe geplatzt, oder?« Sie legte den blonden Haarschopf schief und blickte mich prüfend an. »Oder hat Sam es dir bereits gesagt?«

Moritz schüttelte langsam den Kopf.

»Wir sind eigentlich nicht anders. Genetisch gesehen sind wir den Wölfen sogar recht ähnlich, haben nur andere körperliche Beschaffenheiten. Alles sehr wissenschaftlich. Was deinen Freund anbelangt, sollten wir ihn vorerst mitnehmen. Er muss ein Auserwählter gewesen sein, also jemand mit einer ganz besonderen Gabe, weshalb er gewandelt wird. Allein ist das fast nicht zu schaffen. Die ersten Tage sind schwierig, doch mit ein bisschen Hilfe kommt er schnell wieder auf die Beine«, versicherte sie Moe gutgelaunt.

»Aber ... Wie können Sie ein Vampir sein? Sie sind Ärztin!« Moes fassungslos geäußerten Worte brachten die Blondine zum Lachen.

»Na, Yvi doch auch. Und nur, weil ich mich zusätzlich ab und an von etwas Blut ernähren muss, heißt das nicht, dass ich anders bin. Du kennst uns schon länger, Moritz, kanntest diesen Aspekt unseres Lebens nur nicht.«

Ihm fiel die Kinnlade herunter, starrte Dr. Terrin fassungslos an.

»Yvi auch?«

Die Blondine zwinkerte ihm zu.

»Außerdem Yvor, Isabel und nun auch Jonas. Hattest du jemals das Gefühl, dass wir *anders* sind?« Sie zwinkerte mir nun ebenfalls zu und ich hatte keine Ahnung, wie ich darauf reagieren sollte.

Die Vampirfrau schien mit Wölfen keinerlei Probleme zu haben. Roberts Umfeld war erstaunlich.

»Ich schätze, Normalsterbliche sehen meist nur das, was sie sehen wollen«, knurrte eine mir bekannte Stimme und Chefermittler Robert Allerton gesellte sich zu uns.

Moritz verschränkte sofort die Arme vor der Brust.

»Hi.«

»Hallo Moe, lange nicht gesehen. Das ist gut, denn das heißt, du hältst dich aus Schwierigkeiten raus«, meinte Robert und mein Schatz funkelte ihn böse an.

»Wo wir schon bei Schwierigkeiten sind? Was ist mit Adrian?«

Moritz war definitiv auf Ärger aus, was den Chefermittler glücklicherweise kalt ließ, sogar zu amüsieren schien.

»Der hat sich unserer Obhut leider entzogen«, meinte er und ein leichtes Lächeln spielte um seine Lippen. »Ein Ratsmitglied war ganz schön sauer deswegen, aber was soll man machen? Er hatte selbst ein paar Leute auf den Wolf angesetzt und die haben es wohl verbockt. Ich hoffe, er befindet sich mittlerweile irgendwo in der Karibik und in netter Gesellschaft.«

Damit wandte er sich kurz dem Heiler zu, wechselte ein paar Worte mit ihm und kehrte schlussendlich zu uns zurück. Währenddessen löste sich Moes negative Haltung in Nichts auf. Zurück blieb die Sorge um ›Lip‹.

»Deinem Freund wird es wirklich bald besser gehen. Ich werde ihn mit nach Hause nehmen. Evelyn liebt

Streuner glücklicherweise und wird ihn aufpäppeln. Meinst du, du kannst mir in dieser Sache noch einmal vertrauen?«, fragte er Moritz, der erst einen Moment auf der Innenseite seiner Wange herumkaute, dann jedoch positiv reagierte.

»Eine Bedingung. Er nimmt sein Handy mit und meldet sich in den nächsten Stunden bei mir. Und ich weiß ganz genau, wie Lip schreibt ...«

Ich war fassungslos, dass sich Moe traute, so mit dem Leiter der Ermittler-Zentrale umzuspringen. Dieser lachte jedoch darüber und nickte nur.

»Damit kommen wir klar.« Er lief an mir vorbei, klopfte noch kurz auf meine Schulter und raunte: »Und du: Willkommen zurück! Es gibt einiges zu besprechen, wenn du auf der Höhe bist. Ich denke, wir können ein Abkommen erreichen, solltest du daran Interesse haben.«

Ich traute meinen Ohren kaum. Ein Abkommen? Was genau meinte er? Leider blieb mir nicht die Chance, ihn danach zu fragen, denn die Ärztin und der Heiler schnappten Lip und dessen Handy, verfrachteten ihn in den Wagen und die Vampire verschwanden.

***

»Okay, ich bin neidisch. Diese Vampirgene haben es in sich!« Mika stand auf einmal neben mir und ich sah ihn verständnislos an. »Der Typ hat mir nur die Hand geschüttelt und mich von meiner Erschöpfung kuriert. Ich schätze mal, der könnte dich auch auf einmal Heilen. Da kann man nur neidisch werden.«

»Wenn es dich beruhigt: Ich bin wesentlich lieber dein Patient.« Ich rempelte Mika an, der bellend auflachte.

Er schritt auf Moe zu, der mittlerweile unschlüssig an mir lehnte und auf die Stelle starrte, an der Lip gelegen hatte. Mit einer Berührung der Hand ließ unser Heiler die Bissspuren verschwinden, wofür sich Moritz leise bedankte.

»Kein Thema. Wir sehen uns dann morgen?«

Moe nickte müde.

»Komm, lass uns ebenfalls nach Hause gehen«, murmelte er und ich überlegte.

»In welches Zuhause?«

Er biss auf seiner Wange herum und seufzte.

»Fahren wir zu dir. Heute«, meinte er und ich stimmte zu.

Vermutlich würde er über alles reden wollen und ich nahm mir fest vor, ihm nichts zu verschweigen. Diese ganze Rücksicht hatte uns ins Beziehungsaus gestürzt und ich würde nicht noch einmal zulassen, dass dies geschah.

Im Wagen blieb Moe seltsam still. Er grübelte über alles Mögliche nach und ich bekam allmählich Angst. Was, wenn er einen Rückzieher machte? Ich konnte nicht nochmal ohne ihn leben!

»Sam ... Atme! Ich denke nur nach. Wenn du jedes Mal, wenn es in unserer Umgebung schwierig wird, eine Panikattacke bekommst, schaffen wir es niemals, ein normales Leben zu führen«, brummte er irgendwann. »Du hast mich wieder am Hals – find dich damit ab!«

Ich strahlte ihn an. Mein Herz hüpfte vor Freude bei seinen Worten und ich fasste erneut Mut. Vielleicht würde doch alles gut werden.

»Eine Sache noch: Bitte sag mir, dass es keine Hexenmeister und keine Elfen gibt!«

Ich lachte.

»Nein, es gibt keine Elfen. Hexenmeister habe ich auch noch keine getroffen ...«, sagte ich und Moe seufzte erleichtert.

»Gut. Orks? Trolle? Einhörner? Zentauren?«

Ich prustete los. Anscheinend würde die Liste bis nach Hause noch länger werden.

23

Moe

Die Autofahrt kam mir so unbeschreiblich lang vor. Mir fielen alle möglichen Fabelwesen und Legenden ein, die Sam allerdings immer nur zum Lachen brachte.

»Schön, dass du es für so lustig hältst, aber mein Weltbild wird ständig auf den Kopf gestellt! Wieso betrifft es immer Menschen, die ich liebe?«, murmelte ich nachdenklich, bevor Sam knurrte.

»Du *liebst* Lip?«, kam es gepresst über seine Lippen und ich schüttelte sofort den Kopf.

»Das war doch nur so gesagt. Aber ich habe ihn sehr gern. Er hat mir durch eine ziemlich schwere Zeit geholfen ... mehr als Freund.«

Sam gab sich mit der Antwort zufrieden, denn ich spürte, wie er ruhiger wurde. Dieses eifersüchtige Alphamännchen!

»Was mich mehr schockt, als die Tatsache, dass es Vampire gibt, ist, dass sie permanent um mich herum kreisen! Wieso habe ich das nicht bemerkt?«, fragte ich mich.

Mein Handy vibrierte. Es war eine Textnachricht von Yvi. Sie erkundigte sich, wie es mir ginge und, ob wir miteinander sprechen sollten, als Freunde! Ich antwortete, dass dies nicht nötig war und wir uns in der nächsten Sitzung eh sehen würden. Mir war gerade einfach nicht mehr nach Reden, zumindest nicht mit anderen, als meinem Wolf.

Bei Sam zu Hause konnte ich mich ein wenig entspannen. Er war bei mir und ich hoffte auf einen baldigen Anruf oder eine Nachricht von Lip. Mein Alpha schien genauso nachdenklich, wie verschwiegen zu sein, weshalb ich ihn vorerst gewähren ließ. Mika hatte mich zwar geheilt und von der Bisswunde war nichts mehr zu sehen, dennoch pikte die Stelle am Handgelenk und sorgte dafür, dass mir alles von eben erneut durch den Kopf ging.

Wie sollte Phillip das alles seiner Mutter erklären? Oder überhaupt wem? Wahrscheinlich würde er auch so verschwiegen leben müssen, wie die Wölfe.

Ich rieb mir die Schläfen, denn irgendwie war es doch zu viel für mein Hirn.

»Etwas Essen?« Sam hatte sich an den Türrahmen gelehnt und beobachtete mich.

»Ich schreib nur eben eine Nachricht zu Ende und komme dann«, bemühte ich mich um ein Lächeln und er nickte.

Während ich die Nachricht tippte, kam Sam zurück und sah mich misstrauisch an.

»Wieso glaube ich, dass du Adrian schreibst?«

Er hatte wohl gelernt, Gedanken zu lesen, oder spürte, dass ich dabei nicht erwischt werden wollte. Seufzend bejahte ich es und machte mich auf ein Donnerwetter gefasst.

»Danke ihm von mir, dass er dich gerettet hat, als ich es nicht konnte«, entgegnete er allerdings nur und schlurfte zurück in die Küche.

Ich sah ihm verwirrt hinterher.

***

Während des Essens ging tatsächlich ein Anruf ein. Lip war am anderen Ende des Hörers und mir fiel ein Stein vom Herzen.

»Wie fühlst du dich?«

»Beschissen! Mir ist andauernd schlecht und ich kotze mir die Seele aus dem Leib. Wobei, wenn ich jetzt wirklich ein Vampir bin, habe ich keine Seele mehr«, hörte ich ihn kichern und auch ich musste grinsen. »Habe ich dich schwer verletzt? Melissa meinte, ich hätte dich gebissen. Wirst du ebenfalls einer wie ich?«, kam es eher verängstigt von ihm.

»Nein, keine Sorge. Du behältst als einziger von uns das Privileg, ein Blutsauger zu sein. Vielleicht nennst du deine Band demnächst ›die Fürsten der Unterwelt‹.« Ich feixte und Lip scherzte gleichfalls herum.

»Es tut mir leid, Moe. Ich habe dich enttäuscht, verletzt und dir einfach Unrecht getan. Deswegen habe ich dich angerufen, als ich dachte, ich müsse sterben. Ich wollte mich entschuldigen und nicht abkratzen, ohne dich ein letztes Mal zu hören.« Mir kamen bei seinen Worten beinahe die Tränen und ich bemühte mich, den Kloß im Hals zu verdrängen. »Ich liebe dich. Ich liebe dich so sehr, dass ich blind vor Eifersucht war. Der Kerl, der bei dir war, war Sam richtig?«

Ich nickte, was er natürlich nicht sehen konnte und bejahte es schließlich.

»Eure Auren passen gut zueinander. Aber irgendwas schließt da den Kreis noch nicht«, atmete er plötzlich schneller und stöhnte leise.

»Lip?«

»Schon gut! Die Krämpfe setzen nur wieder ein. Melissa ist gleich mit neuen Blutkonserven hier. Für den Fall der Fälle hat sie Mark hier gelassen. Der wird mir gleich helfen, wenn er pinkeln war. Hoffentlich wäscht er sich die Pfoten, bevor er mich anpackt.« Lip klang belustigt und verabschiedete sich von mir. »Leb wohl mein Freund«, waren seine letzten Worte, bevor er auflegte.

Nun war es doch passiert, dass ich anfing zu weinen wie ein kleines Kind. Sam, der in meiner Nähe geblieben war, zog mich in die Arme. Er flüsterte in mein Haar, es täte ihm leid, und ließ mich eine Runde an seiner starken Schulter heulen. Wieso war alles nur immer so kompliziert?

Ich traute Robert absolut nicht über dem Weg. Egal, wie positiv Sam von ihm auch sprach – für mich stand fest, ich hasste diesen Blutsauger!

Nach und nach kamen meine Gedanken zur Ruhe. Wussten auch Benny und Simon von den Vampiren?

»Hör auf zu grübeln«, bat mich Sam, der hinter mir auf der Couch lag und mich noch näher an sich heranzog.

»Ich kann nicht«, gab ich zu und er strich mir durchs Haar.

»Ich kann mir vorstellen, dass alles verwirrend ist. Aber ich gebe dir mein Wort: Robert und Evelyn werden sich um deinen Freund kümmern!«

Stöhnend von der ganzen Anstrengung im Kopf, drehte ich mich um und kam auf Sam zu liegen.

»Wieso bist du dir da so sicher?«

»Er hätte mein Rudel und mich oft auffliegen lassen können und wenn es nach den alten Vampiren ginge, würden wir wie Köter einer nach dem anderen eingeschläfert werden«, raunte mein Liebster mit brüchiger Stimme.

»Dann müssten die erst an mir vorbei«, knurrte ich und begann, Sam zu küssen.

»So so! Du passt jetzt auf mich auf?«, grinste er breit und ich nickte.

»Nicht nur auf dich! Simon, Benny, Annabelle, Josef, Franz, Lisa ...« Weiter konnte ich nicht mehr aufzählen, weil Sam mich herumriss und mich unter sich begrub. Ich lachte, denn der biss mir spielerisch in den Hals.

»Ich hab verstanden: Das ganze Rudel!« Samuel strahlte und ich schnaufte.

»Nein, nicht nur das Rudel. Ich würde auch Adrian retten. Und auch, wenn ich nicht mit ihr klarkomme und sie mich hasst, deine Schwester würde ich ebenfalls beschützen«, machte ich deutlich, dass mir jeder einzelne Werwolf mit guten Absichten wichtig war.

Bei Ava ging es jedoch ums Prinzip: Sie war Sams Schwester – Familie hielt zusammen!

***

Ziemlich ungezügelt saugte Sam an meiner Zuckerstange und ließ mich zum ersten Höhepunkt kommen. Er war wie ein Tier über mich hergefallen nach meiner Rede und besorgte es mir mit den Händen und dem Mund. Das war bereits das zweite Mal, dass ich zum Höhepunkt gekommen war, ohne ihn in mir zu spüren oder an ihm herumspielen zu dürfen.

»Willst du denn nicht?«, stöhnte ich, als er erneut loslegte, mich zu liebkosen.

Sein Penis war hart, pulsierte und zuckte, sobald ich ihn ein bisschen berührte.

»Wie ist es eigentlich, von dir genommen zu werden, Moritz?«, flüsterte er und ich wurde sogleich verlegen.

»Das kann ich dir nicht beantworten. Da müsstest du Lip fragen!« Das brachte Sam aber nur zum Grollen.

»Würdest du es an mir ausprobieren?«, kam es unsicher über seine Lippen.

»Ähm ... Ich bin mir nicht sicher, ob es zu uns passt in dieser Konstellation. Ich ... Nein, ich will dich nicht nehmen«, beschloss ich, was ihn lachen ließ.

»Wieso nicht?«, ärgerte er mich und setzte sich ausnahmsweise auf meine Hüften.

»Weil ich das nicht will!«, schmunzelte ich, denn ich konnte mir den Alpha definitiv nicht in der passiven Rolle vorstellen.

»Was ist, wenn ich einfach nur mal wissen möchte, wie du dich fühlst, wenn du genommen wirst?«, argumentierte er, was mich die Stirn runzeln ließ.

War das jetzt etwa echt sein Ernst?

»Du wirst mich nie wieder nehmen, wenn du merkst, dass es weh tut! Wobei es schon ein ziemlich geiler Schmerz ist«, gab ich zu und Sam rieb den Hintern an meiner Männlichkeit.

Ich richtete mich auf und zog ihn an den Ohren zu mir heran.

»Ich habe ›nein‹ gesagt, Samuel. Also entweder du nimmst mich jetzt oder das ganze Spielen hier ist zu Ende«, murrte ich und Sam lachte laut bellend los.

»Wie das Herrchen wünscht!«

Er schob sich in mich hinein, weil ich schon mehr als bereit für ihn war und ließ mich förmlich von innen verglühen. Seine Stöße waren tief und der Rhythmus trieb mich in den Wahnsinn.

So konnte es bleiben! Ich wollte gar nichts daran ändern, denn ich liebte es, wenn er mich komplett ausfüllte und mich liebte.

»Ich liebe dich«, hauchte er in mein Ohr und ich küsste ihn so leidenschaftlich, dass ich ein weiteres Mal zum Höhepunkt kam.

Im Hintergrund vibrierte mein Handy, während Sam in mir kam und ich bemüht war, mich auf ihn zu konzentrieren. Wer schrieb mir denn mitten in der Nacht? War etwas mit Lip? Oder doch mit Adrian?

24

Sam

Ich war ziemlich erledigt, nachdem ich in Moe zum Orgasmus kam. Mir war bewusst, dass er meine Liebesbekundung bisher kein einziges Mal erwidert hatte. Vermutlich war es zu früh. Seit unserer gemeinsamen Zeit, die schon damals hauptsächlich aus Sex bestanden hatte, war einiges passiert.

»Und? Ist es Lip?«, erkundigte ich mich, als Moritz das Handy zu sich heranzog und einen Blick darauf warf.

Mein Liebster schüttelte den Kopf und zeigte mir den Namen auf dem Display: Adrian.

»Er schreibt, dass er sich freut, dass wir das zwischen uns klären konnten. Deinen Dank hat er wohl richtig gedeutet«, meinte Moe und ich zog ihn wieder näher an mich heran.

»Ich hoffe, er ist tatsächlich nicht mehr im Land. Obwohl er dich gerettet hat, wäre ich nicht sonderlich scharf darauf, ihn zu treffen.«

Nun seufzte Moritz genervt.

»Er hat deinen Vater nicht umgebracht!«

Ich musste zugeben, dass es in mir mittlerweile ebenso Zweifel gab.

»Ava?«, hakte ich dennoch nach, denn das Thema hatten wir ja schon vor unserer Trennung gehabt.

»Ich gehe von einem Unfall aus. Sie mochte mich nicht sonderlich, doch ich halte sie nicht für eine kaltblütige Mörderin. Eine Schlampe schon eher.« Moe klang verbittert, versuchte, sich zu beherrschen.

Ich rieb mir das Gesicht und fluchte. Ein Streit war das Letzte, was ich wollte. Das schien auch Moritz zu spüren, weshalb er den Kopf auf meinen Brustkorb legte.

»Adrian wird eine Weile nicht mehr herkommen. Er hat mich nur wissen lassen, dass es ihm gutgeht. Anscheinend hat er eine Frau kennengelernt.« Er lächelte. »Ich hoffe, sie ist gut zu ihm. Er hat nach allem ein bisschen Glück verdient.«

So lagen wir eine Weile da, in der sich keiner von uns traute, etwas zu sagen. Die Emotionen schienen sich stets rasch zwischen uns hochzuschaukeln.

»Und wie geht es nun zwischen uns weiter?«, fragte ich, da mich ein ungutes Gefühl einfach nicht losließ.

Moritz hatte sich zwar gegen Lip und für mich entschieden, doch das sagte noch lange nicht, dass es für uns ein ›und wenn sie nicht gestorben sind …‹, gab.

»Morgen muss ich zu Mika und zur Uni. Nimm es mir nicht übel, aber dieses Haus ist nichts mehr für mich. Meine Wohnung ist zwar wesentlich kleiner, aber sie ist nah an der Uni«, stellte Moe klar und ich nickte.

»Also bist du für getrennte Wohnungen?«

Ich schluckte. Mir gefiel nicht, in welche Richtung diese Unterhaltung ging. Wenn er darauf bestand, würden wir uns nur wenig sehen können. Durch die Firma hätte ich nicht die nötige Zeit, um sofort zu springen, wenn Moe es wollte.

»Oder wie wäre es mit Hälfte der Woche bei dir, die andere bei mir? Zumindest, bis wir eine Lösung gefunden haben«, schlug Moritz vor und ich nickte erleichtert.

»Damit kann ich leben.«

***

»Ein neuer Tag im Paradies«, murmelte ich und nahm hinter dem Schreibtisch Platz.

Mein Herz schlug nervös und ich hasste das Gefühl in der Magengegend. Vivienne, die sich anscheinend von TJ weggeschlichen hatte, setzte sich mir gegenüber und schlug die Beine übereinander.

»Erzähl, was ist los«, forderte sie, aber ich zuckte mit den Schultern.

»Was soll sein?« Meine Stimme klang rau und langsam stieg Panik in mir auf.

»Samuel! Ich kenne dich genau. Du hattest gestern eine Panikattacke und gerade siehst du so aus, als würde zur nächsten nicht viel fehlen. Was ist los?« Viv beugte sich zu mir und blickte mich prüfend an.

»Leichte Eingewöhnungsschwierigkeiten«, meinte ich, aber damit gab sie sich nicht zufrieden.

»Wir wollen uns heute mit Maxwell und den anderen Alphas treffen. Bist du bereit dafür oder muss ich mir Sorgen machen?« Ihre Art war erstaunlich dominant, etwas, das ich von ihr nicht gewohnt war.

»Ich bin der Alpha! Ich schaff das!«, fuhr ich sie an und sie nickte zufrieden.

Hatte sie mich da etwa gerade manipuliert? Vivienne? Echt jetzt?

»Gut. Dann werde ich alles vorbereiten. Du hast Besuch.« Stolz erhob sich meine Exfrau und lächelte mir zu. »Ich bin unheimlich froh, dass du zurück bist, Samuel.«

Ich winkte ab und Vivienne verließ den Raum. Stattdessen kam Robert Allerton herein, der auf mich zu eilte und mir die Hand reichte.

»Nun, was führt dich hierher? Willst du mich aufklären, welcher Vampir kleine Jungs verwandelt?«, fragte ich und der Chefermittler runzelte die Stirn.

Er setzte sich nicht, tigerte stattdessen im Raum auf und ab. Ich verstand diese seltsame Nervosität nicht.

»Phillip konnte den Typ nicht beschreiben. Er hat einen Filmriss.«

Das war schade, aber glücklicherweise nicht mein Problem. Ich beobachtete Robert, der mir Furchen in den Teppich lief und wartete ab, was er sonst noch zu sagen hatte. Dieser redete jedoch nicht.

»So sehr ich deine Gesellschaft auch genieße, gibt es einen bestimmten Grund, wieso du mich sehen wolltest?«, riss mir bald darauf der Geduldsfaden.

Der Chefermittler rieb sich über den kurzen dunklen Haarschopf.

»Evelyn will die Wölfe und Vampire vereinen.«

Ich starrte ihn fassungslos an.

»Bitte was?«, keuchte ich und Robert nickte.

»Du hast richtig gehört. Die Rätin Evelyn Terrin will ein Bündnis zwischen den Rassen«, brummte er und ich lachte bellend auf, obwohl sich eine Panikwelle in mir bereitmachte.

»Ist sie verrückt? Wie hat sie sich das vorgestellt?« Meine Finger krallten sich in die Tischplatte und ich schüttelte den Kopf.

Ich würde auf keinen Fall riskieren, dass die Wölfe in meinem Rudel in Gefahr gerieten. Ein Bündnis klang nach einer List, die Mitglieder ausfindig zu machen.

»Evelyn und Yvor bekommen immer mehr Zuspruch, vor allem nach den letzten Vorkommnissen außerhalb der Stadt. Im Grunde ist es nur noch Markus, der etwas gegen euch Fellnasen hat«, erklärte Robert.

Ich kannte diesen Markus nicht und wollte ihn auch nicht kennenlernen. Ein Bündnis. Moment – was für

Vorkommnisse? Vielleicht neue Angriffe auf Normalsterbliche? Allmählich schnürte es mir die Luft ab. Ich brauchte Sauerstoff!

»Hey, Mann, alles in Ordnung?«

»Wieso fragt ihr mich das alle? Ich ... Bitte entschuldige mich kurz, Robert.«

Ich stürmte aus dem Büro und durch den Flur. Keine Ahnung, wohin ich gehen sollte.

»Samuel!«, rief jemand, doch ich achtete nicht darauf.

So schnell ich konnte, rannte ich in Richtung Archiv. Ich hoffte, dort ein bisschen Ruhe zu finden. Der Keller, in dem die Server und Regale für die Akten standen, war menschenleer und ich verkroch mich in die hinterste Ecke. Krampfhaft konzentrierte ich mich aufs Atmen und redete mir gut zu. So durfte man mich auf keinen Fall sehen, denn einen Alpha machte dessen Stärke aus. Was war nur mit mir los?

»So wird das nichts, Sam.« Robert stand plötzlich neben mir und runzelte die Stirn. »Du wirkst nicht wie sonst, also rede. Was ist los?«

Er kniete sich neben mich, um meinen Puls zu fühlen. Er fluchte. Ich ließ den Kopf hängen, hasste mich selbst für diese Schwäche, doch der Chefermittler zückte nur das Handy und wählte eine Nummer.

»Yvi? Ich bin's. Ich habe hier einen Notfall. *Parfum Johnsan*. Lass dir am besten direkt den Keller zeigen.« Er wartete eine Antwort ab. »Danke, wir warten.«

Der Chefermittler legte auf und nahm neben mir auf dem Boden Platz. Hilfe würde kommen.

***

Entspannt fuhr ich in Richtung von Moes Zuhause. Dank Dr. Yvonne Nowak-Sommer hatte ich ein gelassen und recht angenehmes Meeting mit den restlichen Alphas gehabt. Viv war etwas irritiert gewesen, doch meiner Meinung nach hatte ich mich gut geschlagen.

»Samuel, wie wäre es, wenn Sie Moritz zu seinem nächsten Termin begleiten würden? Das könnte Moe sehr helfen«, waren Yvis Worte ruhig, aber dennoch bestimmt gewesen und ich nickte einfach nur. Keine Ahnung, wieso ich dies getan hatte.

»Hey«, begrüßte mich Moritz an der Tür und ich küsste ihn leidenschaftlich. Er prustete los. »Du hast mich wohl vermisst.«

»Unheimlich«, brummte ich und drängte ihn in die Wohnung. »Und nachdem ich dich bekocht habe, werde ich dir zeigen, wie sehr.«

»Mein armer Hintern.« Er lachte.

Ich verkniff mir den Kommentar, dass ich auch nichts dagegen hätte, es mal andersherum zu probieren. Anscheinend war das etwas, was Moe derzeit nicht hören wollte.

Während ich in der Küche das Essen vorbereitete, erzählte Moritz von seinem Tag. Er schien an der Uni echt beliebt zu sein und auch erfolgreich. Ich fand das wunderbar. Endlich wurde sein cleveres Hirn geschätzt.

»Und wie war dein Tag?«, wollte er im Gegenzug von mir wissen, was ich jedoch abwinkte.

»Der übliche Firmenkram.«

Moe biss auf der Innenseite seiner Wange herum und fixierte mich. Er seufzte.

»Du warst zwischendrin echt durch. Was ist los mit dir?«

»Nichts. Es dauert vermutlich nur etwas, bis ich mich eingelebt habe.« Das war im Grunde keine Lüge, denn das glaubte ich tatsächlich.

»Ach, das habe ich dir ja noch gar nicht erzählt. Der Prof. hat mich gefragt, ob ich nicht Lust auf ein

Auslandsjahr hätte. Er meinte, das würde er komplett organisieren.« Moe würgte mich ab, ehe ich etwas dazu sagen konnte. »Ich habe abgelehnt. Die nächste Zeit gehe ich nirgendwohin.«

Mein Magen verkrampfte sich, denn mal wieder hatte ich das Gefühl, Moritz' Glück im Weg zu stehen. Moe wusste zum Glück, wie er mich aufmuntern konnte und strich mir sanft über den Rücken, dann kraulte er mir den Nacken. Ich brummte. Diese Zärtlichkeit genoss ich in jeder Form.

»Mein braver weißer Wolf macht sich zu viele Sorgen. Das ist eine nette Eigenschaft, aber wird dich derzeit nicht weiter bringen. Du musst lockerer werden ...« Er lächelte, griff an mir vorbei und schaltete den Herd ab. »Das Essen muss warten.«

Mein Liebster zog mich mit sich ins Schlafzimmer und wies an, ich solle mich ausziehen. Ich tat brav, was er wollte. Moritz schlüpfte ebenfalls aus den Klamotten, bis auf die Boxershorts, und schnappte sich eine kleine Flasche.

»Aufs Bett mit dir und auf den Bauch legen«, befahl er.

Komplett nackt warf ich mich bäuchlings auf die Matratze. Moe kam zu mir und beträufelte meinen Rücken mit dem Massageöl, das angenehm roch und etwas auf der Haut kribbelte. Das Gefühl war göttlich und ich liebte es schon jetzt!

»Entspann dich. Wer weiß, was noch alles kommt.«

Seine Finger verrieben das Öl, massierten die verspannten Schultern und wanderten langsam tiefer. Ich lag nur da und genoss diese immer erotischer werdenden Zärtlichkeiten. Der Moment ließ auch Moe nicht kalt, denn ich konnte sein bestes Stück spüren, das unter dem Stoff der Boxershorts mehr als bereit war.

»Du willst es wirklich ausprobieren«, raunte er heiser, da ich etwas den Hintern angehoben hatte, um mich an ihm zu reiben.

Das war aufregend. Seine Hand strich über die Pobacken und das Öl erwärmte diese Stelle. Ich stöhnte leise. Seine Finger spreizten mich etwas, sodass auch Öl dazwischen laufen konnte. Mein Körper spannte sich an und ich zitterte vor Lust.

»Dreh dich auf den Rücken. Ich will dir dabei in die Augen schauen können«, flüsterte Moritz und ging kurz darauf zwischen meinen Beinen in Position, um einen mit Öl bedeckten Finger in mich zu schieben.

Die Emotionen waren seltsam, doch ebenfalls berauschend. Ich stöhnte lauter, bewegte mich.

»Gefällt dir das?« Moe beugte sich zu mir, küsste mich leidenschaftlich, während sein Finger tiefer in mich glitt, dann wieder hinaus.

Meine Welt stand kopf.

25

Moe

Zum Glück hatten wir diese Verbindung miteinander, sodass ich genau deuten konnte, wann es ihm gefiel und wann ich zu schnell war. Es fühlte sich merkwürdig an, in dieser Beziehung der Aktive zu sein.

»Ich halt das nicht mehr lange aus«, stöhnte er unter mir.

Ich wurde nervös, unsicher und wollte ihm nicht weh tun. Sam streckte sich mir entgegen und seine Hände legten sich auf meine Wangen.

»Moe, ich will dich! Also hör auf zu grübeln«, brummte er ungehalten, was mich feixen ließ.

»Sag nicht, ich hätte dir nicht die Chance gegeben es dir anders zu überlegen«, meinte ich noch, bevor ich mich langsam in ihn hineinschob.

Mein Schwanz zuckte, denn er war so unfassbar eng und heiß. Sam biss sich mit den Zähnen auf die Lippe und atmete tief ein. Er konzentrierte sich zu sehr auf das Negative. Ich überlegte. Wie hatte er es damals bei mir gemacht? Grinsend biss ich ihm in den Hals, lenkte meinen Geliebten für einen Moment ab und gelangte noch tiefer in ihn, was Sam erneut zum Stöhnen brachte.

»Ich bin ganz drin«, versicherte ich.

»Ja, du hast nicht gerade wenig, wie ich jetzt feststellen muss«, sagte er heiser und ich küsste ihn.

»Sagt der Richtige ... Mal an dir hinunter geschaut? Das halte ich schließlich auch aus«, zwinkerte ich ihm zu und er bewegte sich etwas.

Dass ich ihn jetzt nicht so rannehmen würde, wie er mich, war klar, schließlich war es sein erstes Mal. Ich und mein Schließmuskel waren da schon etwas geübter durch unsere gemeinsame Zeit.

Meine Hände wanderten zu Sams Glied und ich streichelte ihn sanft, passend zu meinen Bewegungen in ihm. Es fühlte sich nicht so an wie mit Lip. Das hier war heißer, enger und vor allem hatte ich ein intensives Kribbeln im Bauch. Nach wenigen Stößen zog mich Sam an sich, krallte die Finger in meinen Rücken und stöhnte laut zu seinem Orgasmus, während ich eher still in ihm kam. Ich blieb auf Sam liegen, küsste ihn, lauschte dessen Herzschlag und spürte, wie er sich nach und nach entspannte.

»Kann ich?«, fragte ich leise und er sah mich skeptisch an.

»Wenn es raus genauso weh tut wie rein, dann nein!« Er lachte und ich schüttelte grinsend den Kopf.

»Kindskopf!«

Mein Umfang war nach dem Orgasmus um einiges geschrumpft. Langsam zog ich mich aus ihm, was ihn die Luft anhalten ließ. Ich feixte dabei, denn es war fast so, wie bei unserem ersten Mal, als ich in dieser Rolle war.

***

»Lass uns essen. Ich bin kurz vorm Verhungern«, jammerte Sam, der in die Küche zurückgeeilt war, als hätte er einen Stock im Hintern, und nun zu Ende kochte.

Ich nickte, überlegte noch, ob ich fragen sollte, ob es seinem Allerwertesten gut ginge, aber allein der Gedanke ließ mich rot anlaufen.

»Was ist los?«, fragte er, als er mir die Teller zuschob und sich selbst vorsichtig auf den Stuhl platzierte.

»Sehr schlimm?«, kam stattdessen meine Gegenfrage und er schüttelte hastig den Kopf.

»Ungewohnt.«

Ich wusste genau, was er damit meinte.

»Bist du mir böse, wenn ich sage, dass ich unsere Rollenverteilung vorher besser fand?«, flüsterte ich.

Sam schüttelte abermals den Kopf und meinte, er hätte lediglich Erfahrung sammeln wollen. Ich verkniff mir das Grinsen.

»Nun weiß ich zumindest, wie du dich fühlst. Darauf sollte ich ein wenig Rücksicht nehmen.« Nun doch lachend streichelte ich ihm über den Bart und verneinte.

»Keine Sorge. Wenn du es mit mir machst, geht es mir gut.«

Ich beugte mich zu ihm, gab meinem Wolf einen Kuss auf die Stirn und stand noch einmal auf, um ein kaltes Bier und eine Cola aus dem Kühlschrank zu holen. Dankend nahm Sam das kühle Blonde entgegen und ich startete einen zweiten Versuch zu fragen, was heute in der Firma los gewesen war.

»Ich fand es schon merkwürdig, das gerade Robert dich hierher bringt. Euch zusammen zu sehen, war ein sehr eigenwilliges Bild für mich. Ein Vampirermittler und ein Alpha-Wolf ...«

Mit vollem Mund wartete ich auf eine Erklärung, doch Sam brummte nur:

»Chefermittler.«

»Was?«, brachte ich so halb heraus, was Sam zum Schmunzeln brachte.

»Robert ist Chefermittler. Er ist quasi ein hohes Tier und kooperiert mit dem Vampir-Rat. Was aber auch daran liegen könnte, da seine Liebste ein Ratsmitglied ist. Der Mann deiner Therapeutin ja auch.«

Das hatte ich mittlerweile mitbekommen. Dass Yvi ebenfalls eine Vampirin war, fand aber dennoch irgendwie ›strange‹.

»Sie hat heute übrigens bei meiner Panikattacke geholfen und mir angeboten, ich solle dich zur nächsten Sitzung begleiten. Wäre das in Ordnung?«

Ich sah Sam an und überlegte für einen kurzen Moment. Eigentlich war ich mir sicher, dass er die Therapie nötiger hatte.

»Klar. Vielleicht kann sie dir ein paar Tipps geben, wie du die Beklemmung in den Griff bekommst. Und ich würde ganz gern einiges über Vampire wissen. Was hat eigentlich heute deine Unruhe ausgelöst?« Ich betrachte Sam neugierig, der seufzte.

»Müssen wir jetzt über alles reden?«, flüsterte er und ich lachte.

»Nein, müssen wir nicht. Trotzdem solltest du auf dich aufpassen! Flucht ist der falsche Weg und löst das Problem nicht.«

Ich küsste ihn und wir aßen danach gemeinsam zu Ende, machten es uns später auf dem Sofa gemütlich und kuschelten ein wenig zu entspannender Musik. Sam genoss die Streicheleinheiten neben mir sehr. Leider nickte er immer mal wieder ein und wurde danach plötzlich mit Herzrasen wach.

»Alles gut! Ich bin hier«, hauchte ich ihm ins Ohr und er ließ sich erneut in meine Arme sinken.

Was mit ihm geschehen war, in der Zeit, in der er weg gewesen war, wollte er mir nicht im Detail erzählen. Er sprach immer nur von Dummheiten, Verletzungen und Verstecken.

»Kannst du dir denn morgen Nachmittag freinehmen? Also, wenn ich zu Yvi muss? Danach wollte ich noch einen kurzen Abstecher zum Grab meiner Eltern machen. Du kannst dann ja bei dir bleiben und ich fahre allein zurück«, schlug ich vor, da es einfacher ohne viel Hin und Her wäre.

»Heißt, ich soll morgen mutterseelenallein zu Hause bleiben?«, brummte er auf meiner Brust und ich bejahte.

»Das viele Pendeln ist doch auch anstrengend zu deiner Arbeit! Meinst du nicht?«

Sam schüttelte den Kopf, drückte sich fester an mich und meinte, dass ihm das zur Zeit total egal wäre. Hauptsache, er könnte in meiner Nähe sein. Im schlimmsten Fall würde er das Haus verkaufen und als streunender Köter bei mir wohnen. Allein diese Vorstellung brachte mich erneut zum Lachen. Sam als Haustier mit jeder Menge Kohle auf dem Konto.

»Welcher Hund hat schon eine eigene Firma, einen wunderschönen Audi und so viel Kohle, dass er sich eine ganze Gourmet-Hundefutterfabrik kaufen könnte?«, spann ich vor mich hin, ehe Sam mit dem Zeigefinger auf sich deutete.

»Ich«, war die Antwort kurz und knapp.

***

»Schön, dass ihr es beide einrichten konntet«, begrüßte uns Yvi herzlich und ich marschierte schon einmal wie gewohnt zu ihrem Baby, um diesem ›Hallo‹ zu sagen.

Felizitas, oder, wie ich sie nannte, Lizzy war häufiger mit in der Praxis, weil ihr Mann zur Zeit alle Hände voll zu tun hatte. Yvi grinste, als sie die Kleine aus dem Bettchen nahm.

»Möchtest du sie halten, Moe?«

Ich nickte wie wild, denn sie war so ein süßes kleines Ding. Sofort, als ich sie in Armen hielt, begann ich mit meinen Fragen.

»Hat sie denn auch schon kleine Fangzähne?« Ich untersuchte sogleich neugierig Lizzys Kiefer danach.

»Nein, das kommt mit der Zeit. Ich merke schon, wir fangen direkt mit dem Thema an«, meinte sie lächelnd und beobachtete, wie ich mich mit Lizzy auf einen der Sessel im Besprechungsraum niederließ.

Sam schwieg zunächst und folgte mir. Er setzte sich neben uns und behielt mich und das Baby im Auge.

»Sam, möchtest du etwas trinken?«, fragte Yvi ihn und berührte den Alpha kurzerhand an der Schulter.

Ein Gefühl von Ruhe überkam somit auch mich.

»Wie machst du das?« Ich sah sie erstaunt an und meine Freundin wurde verlegen.

»Es ist meine Gabe. Ich kann Gefühle reflektieren, spüren und ändern. Unruhe und Ängste können durch mich verringert werden und die richtigen Emotionen reproduziert. Extrem hilfreich, wenn hier Menschen sitzen, die sich umbringen wollen, weil sie voller Zweifel stecken. Ich schubse sie in die gesündere Richtung für ein langes und friedliches Leben.« Sie strahlte und schob mir wie gewohnt die Schokobonbons herüber, ehe sie Sam ein Glas Wasser einschenkte.

Mein Liebster schwieg noch immer, was ich nicht verstehen konnte.

»Ihr seid also wieder ein Paar?«, wollte sie danach wissen und ich nickte.

»Jep. Wir versuchen es noch einmal. Diesmal in der besseren Version von uns beiden.« Ich grinste und legte Lizzy auf meine Brust, die wach geworden war und mein T-Shirt vollsabberte.

Yvi sprang sofort auf und reichte mir ein Spucktuch.

»Wie findest du das, Sam?«, richtete sich nun erstaunlicherweise an ihn.

Wurde das hier etwa eine Art Paartherapie?

26

Sam

Ich blickte die Therapeutin an und wusste nicht, was ich antworten sollte.

»Du bist für den Neustart?«, half mir Yvi nach und ich nickte rasch. »Wie war eure Trennung? Gibt es da noch Dinge, die ihr nie besprochen habt? Bei einem Neuanfang sollte kein Konflikt mehr offen sein.«

»Was meinst du damit?« Moe sah die Therapeutin fragend an, während sie mich unter die Lupe zu nehmen schien.

»Ich glaube nicht, dass dir Sam von seiner Verlustangst erzählt hat. Er scheint zu glauben, du könntest ihn erneut verlassen, wenn er nicht so funktioniert, wie du es willst.«

Dr. Yvonne Nowak-Sommer war eine sehr gefährliche Frau, denn sie traf mitten ins Schwarze. Moritz starrte mich ebenfalls an und ich heftete den Blick zu Boden.

»Ich werde dich nicht verlassen«, raunte mein Liebster, doch ich reagierte nicht.

Yvi seufzte.

»Samuel, du müsstest schon mit uns reden. Ich spüre zwar, dass du Moe nicht glaubst, aber ich weiß nicht, wieso. Das könnt ihr nur im Dialog erreichen.«

Statt zu antworten, stand ich auf und lief im Raum umher. Moe wollte mich aufhalten, doch Yvi schüttelte den Kopf.

»Nein, lass ihn ruhig. Wölfe sind eher in der Bewegung in der Lage, Entscheidungen zu treffen.« Sie rutschte mit dem Sessel etwas zur Seite, um mir mehr Freiraum zu gönnen.

»Ich werde dich nicht verlassen«, wiederholte Moritz.

»Ist ja nicht so, als hättest du mir das nicht schon einmal gesagt.« Es war wie ein Knurren, das aus meiner Kehle kam. Ich stockte. Hatte ich das eben tatsächlich gesagt?

»Du hast Recht. Der Tod meiner Eltern war doch etwas zu viel für mich. Es dauerte über drei Monate, bis ich einigermaßen damit klar kam.« Moe schluckte.

»Und was sagt mir, dass ich dir nicht demnächst wieder zu viel werde? Ich bin nicht gerade eine einfache Persönlichkeit, das weiß ich nur zu gut.«

Yvi wollte mich berühren, doch ich entzog mich ihr. Ohne es beabsichtigt zu haben, waren wir am Kern meines Problems angekommen. Ich hatte schreckliche Angst, dass ich erneut in diesem Loch landete.

»Sam«, meinte Frau Doktor leise und schaffte es doch, meine Hand zu streifen.

Sogleich wurde ich entspannter.

»Ich weiß, dass es nicht leicht werden wird. Und glaub mir, ich habe auch Angst.« Moritz kam auf mich zu und schloss mich in die Arme, während das Baby auf der Couch erneut eingeschlafen war.

»Ich bin kein Alpha mehr«, raunte ich, was Moe erstarren ließ.

»Wie, du bist kein Alpha mehr?« Er rückte etwas von mir ab, um mich anschauen zu können.

»Soll heißen, dass ich nur noch Mensch oder Wolf sein kann, aber die letzte Gestaltform ... Ich kann sie nicht mehr annehmen.«

Beide betrachteten mich zuerst irritiert, dann nachdenklich. Die Therapeutin versicherte mir natürlich, es wäre nur eine Phase und zu schaffen. Ich war davon allerdings nicht überzeugt. Die Gestalt des Alphas hatte mich Jahre des Trainings gekostet und benötigte ein klares Ziel – das hatte ich derzeit nicht und es sah auch nicht so aus, als würde ich es bald ins Auge fassen. Es blieb nur, den Fettnäpfchen und Katastrophen so gut es eben ging auszuweichen.

»Also, ich merke, dass ihr beide Einiges an Altlasten mit euch herum schleppt. Wisst ihr, aus eigener Erfahrung heraus, ist es nicht leicht, seinen Platz an der Seite eines Anführers zu finden. Das braucht innere Stärke und den Mut, nicht gleich kleinbei zu geben.« Sie sah Moe an, der nickte und erneut auf der Innenseite seiner Wange herum kaute. »Es braucht aber zudem das Vertrauen, über wirklich alles zu reden und dem Partner die Möglichkeit zu geben, einem beizustehen. Allein gewinnt niemand.«

Dieses Mal galt ihr Blick mir und ich seufzte.

***

»Gut! Und zum Abschluss: Wie fühlt ihr euch jetzt nach eurer ersten gemeinsamen Doppelsitzung?«, erkundigte sich Yvi und naschte etwas von den Drops.

»Ungewohnt«, gab Moe zu und ich nickte. »Bisher waren alle die Gedanken nur in meinem Kopf oder wurden im vertraulichen Gespräch bei dir geäußert. Dass Sam es mitbekommt, ist jedoch gut. Ich schätze, wir müssten wirklich mehr reden.«

Mir schwirrte allmählich der Geist vom Reden. Ich wollte nach Hause und mich unter der Bettdecke verkriechen. Waren alle Termine so unglaublich anstrengend?

Dr. Yvonne Nowak-Sommer lächelte.

»Oh, da fällt mir etwas ein, was Lip gesagt hat. Vielleicht wirst du ja schlau daraus. Er meinte, dass Sam und ich von der Aura zusammenpassen würden, obwohl es unvollständig ist. Denkst du, dass das an unseren ständigen Konflikten liegt? Und was meinte er mit *Aura*?«

Na, prima! Da war er wieder: ›Lip‹.

»Lip kann die Aura eines Menschen sehen, also ob er Gutes oder Schlechtes in sich trägt, teilweise, was die Leute vorhaben zu tun. Das konnte er schon immer. Was er mit der Unvollständigkeit sagen wollte, da kann ich nur falsch tippen. Am besten sprichst du ihn selbst nochmal drauf an.« Yvi schloss danach die Sitzung und brachte uns – mit ihrer Tochter auf dem Arm – zur Tür.

»Und immer daran denken: Ihr zwei seid eine Einheit.«

Sie drückte Moe und mir hauchte sie ebenfalls einen Kuss auf die Wange, der mir ein eigenartig geborgenes Gefühl gab. Diese Frau war wirklich gut!

»Danke, Yvi. Dann bis Donnerstag?«, verabschiedete sich mein Liebster und die Therapeutin nickte. »Dann hoffentlich bis Donnerstag, Lizzy.«

Die Kleine reagierte auf Moe, hielt sich an dessen Finger fest und schien es zu mögen, wie er auf sie wirkte. Ich war bei Babys eher verstört, was zum Glück auch Yvi zu spüren schien und mich damit deshalb in Ruhe ließ.

»Nun gut, dann bis Donnerstag«, brummte ich und ergriff Moes Hand, der sich kaum lösen konnte.

»Lizzy ist ein süßes Mädchen.«

Ich brummte zustimmend.

Da Moritz noch ans Grab seiner Eltern wollte, begleitete ich ihn. Ein komisches Gefühl machte sich allerdings in mir breit, je näher ich diesem kam. Ich witterte etwas. Was war es nur?

»Hi ihr zwei. Ich habe Sam heute mitgebracht«, sprach Moe mit dem Grabstein und ich näherte mich ebenfalls, den Blick auf die Schrift auf dem Stein gerichtet.

»Hallo Liane, hallo Wilhelm«, raunte ich und mein Liebster lächelte, während er sich dabei an mich schmiegte. »Ihr könnt echt stolz auf euren Jungen sein. Er lernt fleißig und wird bestimmt bald ein guter Tierarzt.«

»Ich denke, mein Vater würde bei deinen Worten die Stirn runzeln. Meine Studienrichtung war für ihn nicht ganz nachvollziehbar.« Moe grinste und strich mir über den Rücken.

»Ich verstehe ihn. Du könntest so viel mehr erreichen ...«

***

»Sag mal, was ist gerade wirklich dein Problem? Seit wir aus der Therapie raus sind, bist du unruhig und irgendwie grummelig.«

Moe verschränkte die Arme vor der Brust und betrachtete mich schlecht gelaunt. Nach meiner Bemerkung auf dem Friedhof war es mit seiner guten Stimmung schlagartig vorbei gewesen.

»Ich denke nun einmal, dass du dein Potenzial nicht ganz ausschöpfst«, suchte ich nach einem Thema, um vom Eigentlichen abzulenken.

Moritz schnaubte.

»Vergiss es! Was ist los?«

»Ist dir bewusst, dass du mich von dir fern hältst?«, brachte ich es doch heraus und Moe lachte recht sarkastisch auf.

»Ich würde sagen, dass sich gewisse Teile von uns schon sehr nah kommen«, meinte er und ich knurrte.

»Das meine ich nicht. Sex war nie ein Problem zwischen uns. Aber, obwohl du zum Rudel gehörst, scheinst du uns weiterhin emotional von dir fernzuhalten. Oder gilt das nur für mich?« Ich machte einen Schritt auf ihn zu, was Moe mit einem nach hinten quittierte. Also hatte ich Recht. »Ich liebe dich!«

»Ich weiß.«

Diese beiden Worte brachten mich zur Weißglut.

»Wieso kannst du es nicht sagen, Moritz? Wieso kommt von dir kein ›Ich liebe dich auch‹ zurück? Was mache ich falsch?« Ich war dermaßen frustriert, dass ich die Distanz zwischen uns im Eilschritt nahm. Diese Bewegung brachte Moe dazu, ängstlich zusammen zu zucken. »Was? Meinst du jetzt etwa, ich tu dir etwas an?«

Meine Emotionen kochten und schienen sich nicht beruhigen zu lassen.

»Das wäre nicht das erste Mal, Sam«, murmelte Moe.

Seine Worte waren wie ein Schlag ins Gesicht. Ich taumelte rückwärts, spürte, dass er plötzlich Angst hatte.

»Sam«, begann er erneut, doch ich wandte mich ab. »Verdammt, Samuel!«

Ich bekam keine Luft mehr. Mein Instinkt übernahm die Kontrolle und ich marschierte auf die Tür seiner Wohnung zu.

»Nein, warte! So habe ich das nicht gemeint!«, rief er mir noch nach, doch ich hatte mich bereits verwandelt.

In Wolfsgestalt rutschte ich die Treppenstufen hinab, kam unsanft unten an, rannte jedoch einfach weiter. Wald! Ich musste in den angrenzenden Wald!

Kaum dort konnte ich endlich wieder einen klaren Gedanken fassen. Ich hätte Moe zu Wort kommen lassen sollen. Seine Gefühle hatten mir jedoch Angst gemacht. Bei diesem ständigen Emotionschaos konnte ich nicht richtig denken.

»Schau mal, da ist das Vieh tatsächlich«, nahm ich die Stimme eines Halbstarken wahr, der einen seiner Freunde anstieß und in meine Richtung deutete. »Und das so nah an der Stadt. Der ist fällig.«

»Ich halte das für keine gute Idee, Tim. Was, wenn man uns hier erwischt?«

Das schien den Typen weniger zu stören, denn ich hörte nur kurz darauf den Schuss.

***

»Sam, verdammt nochmal, wo bist du?«, hörte ich es leise und hob den Kopf.

Den drei Halbstarken was ich problemlos entkommen und war danach durch das Geäst gestreunt. Ich sollte zu Moe zurückkehren und das Gespräch führen. Das war wichtig. Für unsere Zukunft.

Ich rannte in seine Richtung, sah ihn in seiner weißen Kapuzenjacke und machte einen Satz auf die Gestalt zu. Er war verrückt! Wie konnte man im Winter in einer weißen Jacke im Wald umher laufen? Er fiel kein bisschen auf, was gefährlich werden konnte!

Ich landete direkt neben Moe, der ein Keuchen von sich gab.

»Scheiße, hast du mich erschreckt. Sam, bitte lass mich erklären, okay?«

Ich nickte. Moes Emotionen lenkten mich ab. Mein Liebster hatte sich mir zugewandt, suchte nach den passenden Worten, während ich plötzlich erneut unruhig wurde.

Was war nur los mit mir?

27

Erleichtert sah ich Sam in seiner Wolfsgestalt an. Ich fühlte, dass er gehetzt und unruhig war.

»Keine Ahnung, was mit dir los ist oder was mit uns als Paar ständig nicht stimmt ... Aber Fakt ist nun einmal, dass du nicht ständig abhauen kannst, wenn es mal schwierig wird! Das hast du früher auch nie getan! Ich weiß, Menschen ändern sich und ich kann nicht erwarten, dass ich mich weiterentwickele und du dich nicht veränderst. Dennoch vermisse ich den alten Sam, der sich voll aufgeopfert hat für seine Familie und damit auch manchmal zu weit ging. Der Samuel, der für seine Ideale eingestanden ist.« Ich kniete mich vor den Wolf und strich ihm durchs Fell. Er vermied es, mich anzusehen und seine Augen fixierten ständig die Gegend. Er musste mir jetzt einfach zuhören! »Einen Sam, der nicht ständig voller Panik und Angst war. Ich will den ohne Furcht zurück, der mit dem Kopf durch die Wand ist«, lächelte ich und zog seine Schnauze an mich heran, damit sich unsere Stirn berührte. Hoffentlich kamen meine Worte bei dem sturen Köter an. Ich konnte uns nicht schon wieder aufgeben, denn ich wusste das ich das hier wollte! Ihn wollte! Und ich würde ihn um nichts in der Welt erneut hergab.

»In dieser Welt bist du noch alles an Familie, was ich habe«, kamen mir die Tränen, doch ich hatte das Gefühl, dass sich Sam nicht wirklich auf mich konzentrieren konnte. Für einen kurzen Moment ruhte sein Blick auf mir und ich hatte seine vollkommene Aufmerksamkeit.

Seufzend legte ich die Hände auf die Knie und sah ihm tief in die Augen.

»Weißt du, wieso es mir so schwerfällt, dir zu sagen, was du mir bedeutest? Jedes Mal, wenn ich jemanden gern habe oder mir etwas bedeutet, wird er aus meinem Leben gerissen. Meine Eltern sind tot. Kristin ist tot. Elly und Isa sind nicht mehr erreichbar! Adrian wurde von den Vampiren gekidnappt. Lip, ist nun selbst einer von ihnen. Was mache ich, wenn ich es dir sage und dir dann was passiert? Ich habe dir damals so oft gesagt, dass du mir alles bedeutest«, machte ich eine Pause und zeigte ihm das Lederarmband. »Ich habe es nie abgelegt, weil ich uns innerlich niemals aufgegeben habe! Das weiß ich jetzt. Weil ich dich ...«

Ein Knall, gefolgt von einem stechenden Schmerz und einem freudigen »Ich hab ihn erwischt!«-Schrei ließen mich in der Rede innehalten. Ich sah verwirrt an mir hinab. Die weiße Jacke färbte sich im Brustbereich rot, ich sah mit Tränen in den Augen ungläubig zu Sam, der geschockt erzitterte und legte eine Hand auf die Stelle. Das Karma hatte erneut zugeschlagen und ich befürchtete, dieses Mal aus der Nummer nicht mehr heraus zu kommen.

Panik stieg in dem Wolf vor mir auf, als ich in den weißen Schnee fiel, der sich spontan rot färbte.

»Scheiße, Tim, das war kein Tier!«, schrie jemand.

Diesmal war es wohl ich, der vor die Flinte gekommen war.

»Was? Das kann nicht sein! Scheiße, lasst uns verschwinden«, hörte ich es leiser werdend und ich vernahm nur noch Sams Fiepen und das Rauschen in meinen Ohren.

»Wir können ihn doch nicht liegen lassen«, widersprach ein Junge, meine Hoffnung auf Hilfe schwand allerdings, als sich Schritte eilig davon machten.

Ich spürte Verzweiflung und Wut in Sam. Er hatte sich schützend über mich gebeugte und seine Augen sahen mich unergründlich an. Lächelnd und mit blutigen Fingern griff ich ein letztes Mal in das weiche und schöne weiße Fell. Tränen brannten auf meiner Wange. Ich hatte Angst allein zu sterben und war unendlich dankbar, dass meine einzig wahre Liebe in diesem Moment bei mir sein würde. Innerlich besann ich mich, ruhig zu bleiben, was mir nicht gelang.

»Ich liebe dich«, flüsterte ich.

Dann fielen mir die Augen zu und ich hörte nur noch das Jaulen des Wolfs ehe es schwarz wurde.

***

Als ich die Augen öffnete, befand ich mich in meinem alten Kinderzimmer. Irritiert sah ich mich um und verstand nicht, was hier vor sich ging. Das Haus meiner Eltern war verkauft, ich das letzte Mal vor gut einem halben Jahr hier gewesen. Es wohnten mittlerweile andere Leute darin und sie hätten das Kinderzimmer bestimmt nicht so gelassen, wie es war.

Ich beugte mich vor und sah unter dem Bett nach, fand dort tatsächlich meine Schatzkiste, die ja nun leider kaputt war.

»Was zur Hölle?«, brummte ich, als mich eine helle Stimme hochschrecken ließ.

»Hallöchen! Ist lange her, Moe.« Kristin grinste mich breit an, die auf meinem Schreibtischstuhl saß.

»Oh nein! Bin ich wieder dabei verrückt zu werden?«, stöhnte ich und ließ mich zurück ins Bett fallen, um mir die Augen zuzuhalten.

»Nein, es ist wesentlich schlimmer. Du bist tot«, meinte sie breit feixend und ich spürte, wie mein Herz zu rasen begann.

»Tot? Wieso?«, wollte ich wissen und sie zuckte mit den Schultern.

»Du bist von einem dieser Vollidioten erschossen worden, als du Sam deine schnulzige Liebeserklärung gehalten hast. Mann, Kerl, wann bist du zu so einem Mädchen geworden?« Sie kicherte und ging sich mit den Fingern durch die Haare.

»Lass mich in Ruhe! Weck mich am besten, wenn mich der Sensemann holt, um rüber zu fahren«, knurrte ich und drehte mich auf die Seite, sodass ich mit dem Rücken zu ihr zu liegen kam.

»Nichts da!«, fauchte mich Kristin an und riss meinen Körper mit erstaunlicher Kraft herum. »Wir unterhalten uns jetzt, Freundchen! Was glaubst du, wieso ich hier bin? Du willst dich von dieser Welt doch noch nicht verabschieden! Du liegst in blutigem Schnee und Sam versucht wie wahnsinnig, dich am Leben zu erhalten. Den einzigen Strohhalm, an den er sich festklammert, bist du! Aber für dich heißt es immer nur ›ganz oder gar nicht‹, was?«

Ich machte mich von ihr los, rutschte vom Bett und stand ihr nun gegenüber. Es war interessant zu sehen, dass ich sie mittlerweile um mehr als einen Kopf überragte.

»Ich bin es leid, dass du mich nervst und belehrst. Ich bin kein kleines Kind mehr und schon gar nicht auf Ratschläge angewiesen, wenn ich tot bin!«, schrie ich sie an und rempelte Kristin mit der Schulter an, um aus dem Zimmer zu kommen.

»Moritz!«, ertönte es hinter mir, während ich auf dem Weg die Treppen hinunter war. »Nun warte doch, verdammt!«

Sie bekam mich erneut zu packen. Erbost und wütend funkelte ich meine ehemalige Bekannte an.

»Wieso willst du nicht kämpfen? Ich bin hier, um dich zur Vernunft zu bringen! Meinst du, mir macht es Spaß, als *dein Schutzengel* zu fungieren? Ich hab im Grunde besseres zu tun! Glaub mir! Das ist zwar nicht das Tollste auf Erden, aber ich habe eine Aufgabe, um diese Welt zu verbessern. Was ist mit dir? Welchen Kampf führst du?« Kristin verschränkte während ihrer Worte die Arme vor der Brust und wartete.

»Ich vermisse meine Eltern unheimlich. Sam bin ich wie eh und je nur eine Last. Ich bin der, der sich angeblich distanziert, dabei ist er nicht mehr derselbe. Das Leben hat mir Zitronen gegeben und ich habe versucht, Limonade daraus zu machen ... Aber ohne Zucker schmeckt sie einfach scheiße!«, knurrte ich und setzte meinen Gang nach draußen fort.

»Dann hör auf, Limonade daraus zu machen! Kauf dir die Fertige oder am besten gleich eine Flasche Tequila!«, meinte Kristin, was mich dummerweise zum Lachen brachte.

»Weißt du, wie es ist, jeden Tag aufzuwachen und dich allein zu fühlen? Nie zu wissen, was man will? Und wenn man es dann endlich weiß, wird es einem aus den Händen gerissen«, schwafelte ich vor mich hin, was mich selbst langsam störte.

Wann kam denn endlich der Fährmann?

»Liebling, das Leben ist nicht einfach und wird es auch niemals sein. Es ist nur wichtig, was du daraus machst.«

Mir schossen auf einmal Tränen in die Augen, denn die Stimme hinter mir konnte nur von einer Person sein. Ich schluckte und drehte mich um.

»Mama?«

Da stand sie, zusammen mit meinem Vater und hieß mich mit weit geöffneten Armen willkommen. Sofort sprintete ich auf die beiden zu, ließ mich in ihre Umarmung fallen und die Tränen kullerten.

»Wir haben dich nicht so früh bei uns erwartet, Junge«, brummte mein Vater und ich nickte.

»Habe ich nicht damit gerechnet«, murmelte ich und er legte die Hand auf meinen Kopf.

»Wir wollen dich auch noch nicht hier wissen müssen. Geh zurück! Kämpfe! Du hast uns beinahe wahnsinnig gemacht mit deinen Ideen vom Reisen, deiner Beziehung zu Sam und dieser schrecklichen Sturheit ... Jetzt kannst du das alles haben und gibst es dennoch freiwillig auf? Sei nicht dumm!«, ermahnte er mich, wobei er weiterhin lächelte.

»Hab ich denn eine Möglichkeit zurückzukehren?«, jammerte ich und fragte mich zugleich, ob es überhaupt einen Sinn hatte.

»Wenn du zurück zu Sam möchtest, musst du es nur von ganzem Herzen wollen.« Liane hatte selbst Tränen in den Augen und strich mir durch das schwarze, lange Haar. »Wir sind zwar nicht mehr da, aber wir beschützen und begleiten dich auf unsere Weise. Und sei nicht allzu streng mit Kristin ... In ihrem Inneren mag sie dich, sonst wäre sie jetzt nicht hier.«

Mutter zwinkerte und ich blickte skeptisch zur Besagten hinüber, die weiterhin mit verschränkten Armen da stand.

»Moritz, wir wissen dich bei Sam in Sicherheit. Er hat dir so viel gegeben, nun sei du für ihn da!« Sie küsste mich auf die Stirn, versicherte mir, dass sie da sein würden, wenn es am Ende tatsächlich so weit war, diese Welt zu verlassen.

»So, Schluss mit dem Kindergarten hier! Du gehst jetzt zurück, nimmst dein Schicksal an die Hand und rennst in die richtige Richtung! Und wir sehen uns hoffentlich erst dann wieder, wenn du wirklich stirbst ... Ab mit dir«, knurrte Kristin und schubste mich plötzlich.

Ich fiel, rauschte durch einen Raum ohne Boden!

Dann wurde es dunkel ... Ich hatte Schmerzen!

***

»Nein, geh nicht! Es tut mir leid! Komm zu mir zurück, Moritz«, hörte ich Sam bitterlich schluchzen.

Mein Körper wurde gerüttelt und geschüttelt. Mir war schlecht und ich musste spucken. Ich drehte den Kopf auf die Seite, etwas Bitteres lief aus meinem Mund und für einen kurzen Moment konnte ich die Augen öffnen.

Der Schnee unter mir war rot und Sam hielt mich in seinen Armen. Er war nackt. So kalt wie es war, würde er mir bald im Jenseits Gesellschaft leisten.

»Sam«, röchelte ich und hob die Finger an sein Gesicht.

Mein Arm fühlte sich an, als würde ein Amboss dran hängen. Es war seltsam.

»Es ist ... nicht ... deine Schuld«, japste ich.

Noch nie hatte ich diesen Mann vor mir so bitterlich weinen und zittern sehen. Er riss mich an sich, wiegte mich und flüsterte, dass es eine Möglichkeit geben würde, mich zu retten.

»Ich muss wissen, dass ich das Richtige tue! Sag mir bitte, dass ich dich retten darf«, schluchzte er.

»Ja«, sagte ich heiser, ohne lange darüber nachzudenken. Die Zeit lief uns davon.

Auf einmal fühlte ich nichts mehr ... Da war kein Schmerz, keine Müdigkeit, keine Traurigkeit.

Ich war einfach leer.

28

Sam

Es war die einzige Möglichkeit Moe noch zu retten. Er wäre verblutet, ehe ich Hilfe geholt oder Mika her beordert hätte, wobei das ohne Handy überhaupt nicht möglich gewesen wäre. Mit Tränen verschleiertem Blick zog ich seine Hand an den Mund, biss hinein, trank einen Schluck seines Bluts. Er keuchte leise, denn es war sicherlich nicht angenehm. Hastig biss ich danach in meine Ader, bis heißes Blut daraus hervorkam. Durch den Kontakt mit Moritz' flüssigem Leben würde die Wandlung aktiviert werden. Wölfe im Blutrausch liefen stets Gefahr, Menschen zu unseresgleichen zu machen. Dieses Mal wäre es jedoch Absicht.

»Schatz, du musst trinken. Ich weiß, es wird ekelhaft sein, aber du musst mindestens dreimal schlucken«, redete ich auf ihn ein und er öffnete tatsächlich den Mund.

»Samuel.« Seine Stimme klang schwach, aber entschlossen, als wollte er noch etwas loswerden.

Das musste allerdings warten! Ich legte ihm das zitternde Handgelenk an die Lippen. Moritz erschauderte zwar, doch er spuckte das Blut nicht aus, das ich ihm einflößte. Im Gegenteil saugte er sogar leicht an der Wunde. Mein Herz schlug heftig, pumpte das rote Nass in seine Kehle und ich nahm wahr, dass sich Moes Wunde allmählich schloss und die Schmerzen verebbten.

»So ist es gut. Trink weiter«, raunte ich.

Durch den leichten Blutmangel betäubt, spürte ich die Kälte um mich herum schon gar nicht mehr. Ich war glücklich. Moe würde es überleben.

»Samuel!«, hörte ich Stimmen, die ich kannte, konnte sie jedoch nicht zuordnen. Mir wurde langsam schwindelig, doch ich hielt mich für meinen Geliebten weiterhin aufrecht, um ihn zu nähren. »Ich hab sie! Mika!«

Leute eilten auf uns zu, ich wurde mit einer Decke bekleidet und Mika sagte etwas von ›verrückte Kerle‹ und ›total unterkühlt‹.

»Bringen wir sie in die Stadtwohnung. Da ist genug Platz«, schlug Vivienne vor und jemand packte Moe, um ihn auf die Arme zu ziehen.

Ich knurrte, fletschte die Zähne.

»Auch, wenn ich gelobt habe, die Alphas zu schützen ... Sollte er nach mir schnappen, bekommt er eine aufs Maul!« Es war TJ.

»Wir bringen euch beide nur in Sicherheit, Samuel«, flüsterte Viv und besänftigte mich damit.

Der Wächter trug Moritz, während es sich Vivienne nicht nehmen ließ, sich unter meinen Arm zu schieben und mir beim Laufen zu helfen.

»Wie habt ihr uns gefunden?«, murmelte ich, denn ich fand auf diese Frage keinerlei Antwort.

»Robert. Er hat mich angerufen.«

Viv hatte eine erstaunliche Kraft. Das fühlte ich gerade besonders, da sie nicht einmal ein bisschen ins Wanken kam, als ich strauchelte.

»Aber wie ...?«

»Keine Ahnung. Ihr seid gerettet, das ist alles, was für mich zählt.« Sie lächelte.

Eine Hand legte sich auf meinen Rücken und mir wurde es auf einmal warm. Mika.

»Kümmere dich lieber um Moe«, raunte ich dem Heiler zu, der den Kopf schüttelte.

»Um den musst du dir keine Sorgen machen. TJ hat ebenfalls ein sehr gutes Händchen.«

»Ja, wer hätte das gedacht«, flüsterte Vivienne mehr zu sich selbst.

»Eine nette Überraschung. Einen heilenden Wächter habe ich bisher noch nie erlebt. Die sind doch normalerweise eher die Kategorie Schlägertypen.«

Mika war ganz offensichtlich prächtig gelaunt. Er heilte mich und klopfte mir daraufhin freundschaftlich auf den Rücken.

»Und du hast eine Wandlung ausgelöst. Soll ich sie begleiten oder meinst du, du kommst klar?«

Ich hoffte, es allein schaffen zu können, sobald wir in Moes Wohnung wären.

Das Ziel war jedoch ein anderes. Mein Liebster und ich wurden in Vivs Wagen verfrachtet und in einen anderen Stadtteil gebracht. Ich war so müde, dass ich die Augen schloss. Moe würde überleben, das war gerade alles, was für mich zählte.

***

Die Decke neben mir bewegte sich leicht und Moritz kuschelte sich an mich. Er seufzte leise, als er sich an meine Seite schmiegte.

»Ich hatte einen total verrückten Traum«, murmelte er verschlafen. »Ich wäre erschossen worden und du hast mir dein Blut gegeben. Es schmeckte allerdings nicht wie Blut. Total strange, sag ich dir.«

Er blinzelte und sah sich skeptisch im Raum um.

Ich streichelte sanft seinen Rücken, unschlüssig, was ich dazu sagen sollte. Würde er mich dafür hassen? Schließlich hatte ich ihn zu einem Wolf gemacht.

»Es war kein Traum, nicht wahr?«

Langsam setzte ich mich auf. Mikas Heilung hatte zwar gegen die Kälte geholfen, doch mein Körper kämpfte noch wegen des Blutverlusts.

»Es tut mir so leid, Moritz«, brachte ich heraus und wollte noch mehr sagen, aber er brachte mich mit seinen Lippen zum Schweigen.

Er keuchte, als die Emotionen auf ihn über gingen. Ich spürte genau, dass der Trieb die Oberhand gewann. Seine Küsse wurden wesentlich drängender, wilder. Ich hielt ihn in den Armen in Schach, bis er sich etwas beruhigt hatte. Jetzt direkt mit der Tür ins Haus zu fallen, wäre wohl eine dumme Idee.

»Empfindest du immer so?«, fragte er schwer atmend und ich nickte leicht grinsend.

»Was meinst du, wieso ich dich anfangs so oft rangenommen habe?« Ich strich Moe über den nackten Oberkörper und er erschauderte.

»Ich ...« Sein Atmen wurde schneller, die Gefühle drehten geradezu hohl und ich musste mich beherrschen, ihn nicht sofort zu nehmen.

»Nicht jetzt, Samuel. Später reden.«

Ehe ich mich versah, stieg er auf meinen Schoß. Moes Hand umschloss meinen Schwanz, der bei dieser Berührung augenblicklich hart wurde. Meine guten Vorsätze warf ich genauso schnell über Bord, wie die Bedenken, wie mein Körper damit klarkommen würde. Jetzt zählte nur noch Moritz.

Seine Lust war entfacht und nach und nach schob ich mich in ihn. Er wimmerte leise, aber nicht aus Schmerz.

»Mehr!«

Mit einem mächtigen Ruck füllte ich ihn vollkommen aus und die erste Welle des Höhepunkts überrollte meinen Liebsten.

»Ich liebe dich!«, stöhnte Moe, nachdem das Zittern allmählich abnahm, und sackte auf meiner Brust zusammen.

»Und ich liebe dich.« Ganz langsam bewegte ich mich erneut in ihm und sofort brannte Moritz wieder lichterloh. »Nochmal?«

»Oh Gott, ja«, ächzte mein ein und alles, was mich anspornte.

Moe sollte zuerst die angenehmen Seiten der Triebe kennenlernen. Gesteigerte Lust war eins der Dinge, die ich noch mehr toppte, indem wir die Emotionen teilten.

»Mach so weiter und ich ...«

Er warf den Kopf in den Nacken, als ich nach vorn griff, sein bestes Stück in die Hand nahm und massierte. Der Orgasmus war heftig und brachte mich auch kurz davor. Mich zu beherrschen war eine Herausforderung, die ich allerdings nur allzu gern annahm. Jetzt zählte allein Moe und seine Lust. Es würde mir das pure Vergnügen sein, ihm all die schönen Dinge des Lebens zu zeigen.

***

»Du bist irre«, lachte Moritz und drückte mir spielerisch ein Kissen aufs Gesicht. »Ich sterbe hier noch an einem Herzinfarkt! Dagegen dürften auch Wölfe nicht gefeit sein.«

»Wir sind zum Glück nicht allzu schnell zu töten. Zumindest ein Vorteil.« Ich warf das Kissen aus dem Bett und lächelte.

»Ein Vorteil? Ich fühle mich gerade, als wäre ich auf Drogen. Bleibt das Gefühl immer so intensiv?« Mein Kleiner war euphorisch.

»Ich fürchte ja«, wurde ich mal wieder unsicher, doch Moritz stürzte sich auf mich.

»Ich liebe es!« Er strahlte, legte meine Hand auf seine Brust und ich fühlte den kräftigen Herzschlag. »Ich bin jetzt ein Wolf – ein Teil des Rudels.«

»Moe, das warst du vorher schon«, brummte ich, aber mein Liebster schüttelte den Kopf.

»Ich war dein Partner, ein normaler Mensch, der im Rudel einen Platz hatte, doch ich gehörte nie vollständig dazu. Wie auch? Ich konnte euch nie ganz verstehen. Erst jetzt ...« Er küsste mich behutsam.

»Also bist du nicht sauer, dass ich dich gewandelt habe? Es wird dein Leben recht drastisch verändern. Du musst beispielsweise mit wesentlich schärferen Sinnen weiterleben. Klingt erst einmal toll, bis du das nächste Mal auf einen anderen Normalsterblichen triffst. Du wirst jagen wollen ... und töten. Dieser Trieb muss kontrolliert werden.«

Moritz hatte eine konzentrierte Miene aufgesetzt und nickte. Es wirkte, als wollte er jedes meiner Worte aufsaugen und verarbeiten wie eine Wissenschaft.

»Bring es mir bei«, forderte er und seine Augen funkelten vor Vorfreude.

Mein Kleiner schien keinerlei Angst vor dem Wesen zu haben, das in ihm schlummerte, im Gegenteil. Moe kam mir irgendwie befreit vor.

Nackt stieg er aus dem Bett, betrachtete sich im Spiegel, der an einer Schrankwand angebracht war.

»Ob ich noch einen Sixpack bekommen kann?«, wollte er wissen und beäugte neugierig sein Spiegelbild.

»Kommt ganz auf das Training an. Aber es geht leichter als Wolf.« Ich grinste. »Zudem hilft körperliche Ertüchtigung gegen den Trieb.«

Moritz schenkte mir ein strahlendes Lächeln. Er war wirklich etwas ganz Besonderes.

»Wo sind wir hier eigentlich?« Er schnappte sich eine Jogginghose, schwankte dann jedoch. »Oh. Was ...?«

Er keuchte und auf einmal veränderte sich seine Gestalt. Der Körper war im Wandel. Sein innerer Wolf würde in den kommenden Stunden und Tage immer wieder durchbrechen. Ich blinzelte. Vor dem Spiegel saß ein junger Wolf mit schwarzem Fell, das leicht mit grauen Strähnen durchzogen war. Ein paar Wellen im Fell ließen mich auflachen, denn es waren genau die Stellen an Moes Kopf, die ihm auch in Menschengestalt den letzten Nerv kosteten, weil sie sich nie bändigen ließen. Der Wolf knurrte leise.

»Entschuldige. Wird nicht wieder vorkommen«, gab ich zurück und kaschierte ein weiteres Glucksen mit einem Husten. »Aber ich muss sagen, dass mich deine Wolfsgestalt sehr anspricht.«

Mit einem Satz war ich aus dem Bett und in Gestalt des weißen Wolfs. Ich ging leicht auf die Vorderläufe, um ihn zum Spiele aufzufordern und Moe ließ sich nur allzu gern darauf ein. Wir spielten ein wenig Fangen, wobei wir irgendwann das Schlafzimmer verließen und die restliche Wohnung unsicher machten.

»Ach, du meine Güte!«, ächzte Tante Annabelle, als wir an ihr vorbei stürmten. »Kaum gewandelt, hat der Junge nur noch Flausen im Kopf. Wir hatten also Recht.«

Übermütig kniff ich ihr als Reaktion in die Wade und sie quietschte. Vielleicht tat es ihr ja ganz gut, einfach mit einzustimmen.

»Nein, nein, ich bin zu alt für solche Spielchen! Und ihr zwei werdet jetzt schön zurück ins Schlafzimmer gehen, euch verwandeln und anziehen. Das Essen ist gleich fertig.«

Sie schmunzelte dennoch, als Moe einen Freudensprung machte bei der Neuigkeit.

»Ich merke schon, da ist einer ganz in seinem Element. Aber jetzt Schluss mit Wolf! Sonst gibt es kein Essen. Ich habe nämlich nichts, was man in einen Napf füllen könnte.«

Moritz fiepte und machte Männchen, was nicht nur Annabelle dazu brachte, den Kopf zu schütteln. Er hatte es wohl darauf angelegt, dem Klischee des Hundes gerecht zu werden.

»Wehe, du pinkelst hier in eine Ecke!«, rief ich ihm nach der Wandlung zu und Anna lachte.

29

Moe

Vor dem Spiegel betrachtete ich meinen Oberkörper noch einmal. Auf Herzhöhe war nun eine ähnliche Narbe wie die von Sam. Die Austrittswunde am Rücken war sogar noch größer gewesen, was feine Streifen in Sternenform bewiesen.

»Wie habe ich das so lange geschafft? Meine Lunge muss doch verletzt worden sein. Ich erinnere mich an den Geschmack von Blut in meinem Mund und, dass ich zu ertrinken drohte. Eigentlich müsste ich tot sein«, sagte ich leise zu mir selbst und hätte heulen können. Wie oft wollte ich dem Tod noch von der Schippe springen? Nicht, dass ich etwas dagegen hatte, nur sollte sich das Glück langsam auf den Weg zu mir zurück machen.

»Was ist los?«, fragte Sam und drückte sich von hinten an mich.

»Ich glaube, ich habe meine Eltern getroffen und Kristin. Keine Ahnung. Sie haben mich ermutigt, nicht aufzugeben. Kristin nannte mich quasi ein Weichei. Mama meinte, ich solle schon allein für dich zurückgehen. Mein Vater war der Meinung, ich dürfe mein Leben nicht so wegwerfen«, schmunzelte ich und schüttelte resigniert den Kopf.

Die Emotionen überrollten mich und ich schluchzte plötzlich. Ja, gerade war ich definitiv ein Weichei. Danke, Kristin!

»Das hört sich bestimmt dumm an.«

Im Spiegel sah ich Sam, der den Kopf schüttelte und mich zu sich umdrehte.

»Nein! Ganz und gar nicht ... Moritz, dein Herz hatte bereits aufgehört zu schlagen, als du in meinen Armen lagst. Ich war mir sicher, dass ich dich verloren hatte, doch dann fingst du auf einmal wieder an zu atmen. Ich habe gebetet, dass ich noch die Gelegenheit bekomme, dich zu fragen, denn sonst hätte ich dich gehen lassen müssen.« Er schluckte und legte die Hände an mein Gesicht, ehe er mich küsste. »Jetzt wird aber alles gut werden«, beteuerte Sam und zog mich mit sanfter Bestimmtheit hinter sich her. »Lass uns etwas essen, sonst bekommen wir es mit Tante Anna zu tun!«

Nachdem wir das Schlafzimmer verlassen hatten, kam ich erst auf die Idee mich umzusehen. Bis dahin waren meine Gedanken komplett von Sam und meiner Rettung abgelenkt gewesen.

»Wo sind wir hier eigentlich?«, fragte ich, während ich Anna mit der Hüfte anstupste.

Bereits in der Firma hatten wir beide so gescherzt und uns gegenseitig angerempelt, wenn wir uns begegneten.

»Junge, das ist eins von Sams Apartments in der Stadt«, sagte sie lächelnd und ich sah verwirrt zu Sam.

»Wie viele hast du denn?«, wollte ich wissen und er zuckte mit den Schultern.

»An die sieben oder acht?« Er füllte seinen Teller mit Klößen, die vor ihm standen.

Ich war hingegen zu hibbelig und konnte mich nicht sofort hinsetzen, durchstromerte erst die Wohnung und ging von der Küche aus in das große Schlafzimmer.

»Meine Güte!«, quietschte ich, was dafür sorgte, dass Annabelle und Sam sofort aufsprangen und mir hinterher eilten.

»Was ist?«, hörte ich Sam alarmiert fragen, während ich vor der riesigen Glasscheibenfront stehen blieb.

»In welchem Stockwerk sind wir?«, wollte ich unsicher wissen, denn alles außerhalb des Fensters wirkte so winzig.

»Ich glaube, im Dreiundzwanzigsten müssten wir sein. Ist jedenfalls das Dachgeschoss, weshalb ich es mir nie gemerkt habe.« Samuel lachte und stellte sich zu mir, um ebenfalls hinunter zu schauen.

»Da wird einem mulmig«, brummte er und machte erneut einen Schritt von der Scheibe weg.

»Du wirst demnächst oft die Fenster mit mir putzen müssen.« Ich drückte mein Gesicht an die Scheibe, weil es so atemberaubend war.

Der schwarze Sternenhimmel wirkte unglaublich nah und die Ampeln, Autos, Menschen – allgemein die Lichter der Stadt – wirkten wie ein Teppich!

»Moe, nun komm aber essen«, ermahnte mich Annabelle und zog mich wie ein kleines Kind von der Scheibe weg.

Kaum, dass ich am Tisch saß, begann ich zu schnuppern.

»Was ist das?«, erkundigte ich mich und sah zur Tür.

»Was genau meinst du? Das ist eine Tür. Hat dein Kopf auch was abbekommen?«, gluckste Sam und ich schüttelte den Kopf.

Mein Trommelfell vibrierte.

»Ich höre Schritte und ich rieche ... Ich rieche Pizza?!«, meinte ich unschlüssig, während Sam den Teller von sich schob und ebenfalls schnupperte.

Er grinste.

»Ich rieche noch mehr als nur Pizza.«

Ich versuchte es nochmal.

»Simon und Benny!«, rief ich und sprang auf um zur Tür zu rennen.

Ich war total überdreht und die Zwillinge rochen geradezu nach Panik. Pizza und Panik!

»Jungs«, brüllte ich, als die Tür aufgerissen wurde und sie wie versteinert vor mir stehen blieben.

»Wir dachten, du bist verletzt!«

Simon knurrte verärgert und ich drehte mich herum, um zurück in die Wohnung zu gehen. Benny schloss die Tür, bevor sie mir folgten.

»Hatte ich euch nicht gesagt, ihr sollt erst in ein paar Tagen herkommen?«, zischte Annabelle und gab den beiden einen Klaps auf den Hinterkopf.

»Bist du wahnsinnig, Oma? Wie sollen wir denn tagelang warten, wenn wir wissen, dass unser Bruder hier im Sterben liegt?«, zischte Benny und Simon fummelte suchend an mir herum.

»Sicher, dass du nicht verletzt bist? Unsere Info war, dass du eventuell die Wandlung nicht schaffst. Bist du nun gewandelt?« Sehr zuvorkommend, dass meine letzte Mahlzeit eine Pizza geworden wäre! Bei meinem Glück noch von *Albertos*, meinem ehemaligen Chef, damit das Sterben schneller ging.

Ich nickte, da mein Körper kribbelte. Verwirrt sah ich zu Sam, der grinsend meinte:

»Versuch es!«

»Wie?«, wollte ich wissen, da geschah es schon:

Plötzlich war ich in Wolfsgestalt und bellte die beiden vor mir freudig an. Ich hatte zwar noch nicht raus, wie ich mich wandelte, aber aktuell gefiel mir das es einfach geschah. Das ließen sie sich nicht zweimal ›bellen‹. In Windeseile waren sie ebenfalls verwandelt und innerlich musste ich kichern. Die beiden sahen fast gleich aus und hatten die Farbe von Huskys. Sie jagten hinter mir her und wir bekamen kaum die Kurve. Wir rollten über einander, während Annabelle und Sam genüsslich und in der gerade so möglichen Ruhe speisten.

»Jungs, es reicht jetzt!«, brüllte Sam irgendwann und öffnete den Pizzakarton. »Kommt, sie wird kalt«, ermahnte er uns, doch wir dachten nicht daran, aufzuhören.

Ein großer Wolf mit beigem Fell machte unserem Treiben allerdings knurrend ein Ende.

War das echt Annabelle?

Sie deutete mit der Nase auf den Tisch und fletschte die Zähne. Danach verschwand sie im Schlafzimmer, in das Sam ihre Kleidung brachte und kam angezogen wieder heraus.

»War das deutlich genug?«, zischte sie und wir nahmen unsere Klamotten ins Maul und tappten kurz ins Schlafzimmer, um uns gleichfalls anzuziehen.

»Spielverderberin«, knurrte Simon, als wir zurückkamen.

Sam hatte in der Zwischenzeit fast alles aufgefuttert, sodass es ganz gut war, dass die Jungs Pizza mitgebracht hatten. Irgendwann zog sich mein Alpha aus der Situation heraus. Er ging ins Schlafzimmer, um sich auszuruhen und ich erzählte den Jungs von den letzten Ereignissen. Annabelle verabschiedete sich bald darauf und versicherte mir, ich müsste mich darauf gefasst machen, in den nächsten Tagen jeden vom Rudel zu sehen. Damit konnte ich recht gut leben. Nur musste ich irgendwann meinen gewohnten Alltag aufnehmen, um nichts zu versäumen. Das würde ich mir auch durch die Wolf-Sache nicht ausreden lassen. Die Jungs ließen mich nur schweren Herzens zurück, dabei war ich in bester Gesellschaft, nachdem Annabelle weg war.

Die Jungs verabschiedeten sich bald nach Annabelle. Sie hatten noch was vor, meinten aber, dass sie einen Ort kennen würden, an dem wir mal ohne Probleme und vor allem ohne Jäger tollen könnten.

***

Leise sah ich mir den Rest der Wohnung an. Sam hatte, vor allem was Immobilien anging, einen wahnsinnig guten Geschmack. Keine Ahnung, wie er diese Bude gefunden hatte, aber sie musste Unmengen an Geld gekostet haben! Das Badezimmer war ausgestattet mit einer Eckbadewanne, einer großen Dusche mit Wasserfall und allem möglichen Schnickschnack. Das Wohnzimmer bot einen riesigen Fernseher und eine superbequeme Couch.

Das Highlight für mich war allerdings auch hier der Panorama-Ausblick. Es gab eine riesige Scheibe, die einem das Gefühl vermittelte, mitten in der Luft zu stehen und hinunter zu schauen. Ich war immer noch total aufgekratzt. Die Farbenvielfalt da unten kam mir noch intensiver vor, die Geräusche waren ungewohnt, denn auch wenn ich den Krankenwagen nicht sah, konnte ich ihn hier oben hören! Selbst Sams Atmung, die gleichmäßig und ruhig war, vernahm ich trotz geschlossener Zimmertür.

Das erste Mal seit Tagen wirkte er ruhig und entspannt. Irgendwie war er gerade mit sich selbst im Reinen.

Kaum im Schlafzimmer drückte ich mich ebenfalls sofort mit der Nase an die Fensterscheibe und folgte dem Geschehen unten mit den Augen. Wer brauchte schon Fernsehen, wenn er das hier hatte? Ein wenig enttäuscht darüber, dass ich es bald wieder hergeben musste, um in meine Wohnung zu gehen, seufzte ich.

»Mh?«, hörte ich es vom Bett aus und drehte mich herum.

Sam hatte mich beobachtet und lächelte.

»Du kannst davon nicht genug bekommen oder?«, meinte er, rieb sich über den Bauch und schloss entspannt die Augen.

»Keine Ahnung, wie du so ruhig im Bett liegen kannst, wenn da unten so viel passiert! So berauscht war ich das letzte Mal, als ich gekifft habe«, gestand ich, was zu der dummen Vergangenheit gehörte, als ich noch ›cool‹ war.

»Ich wüsste da was.« Mein Kerl grinste, stand auf und kam langsam zu mir an die Scheibe.

Er war nackt, so wie Gott ihn geschaffen hatte. Ich wusste, dass er es liebte so zu schlafen.

»Wird das jetzt so ein Klischee-Sex-Ding mit Ausblick?«, lachte ich, als Sam mir von hinten in den Hals biss.

»Kann man so sagen«, brummte er und zog mir das T-Shirt über den Kopf.

»Wenn uns die Leute sehen!«, ermahnte ich ihn, doch meinem Wolf war das ziemlich egal.

»Und wenn schon! Das Einzige, was sie von da unten aus sehen könnten, sind zwei fleischfarbene Gestalten.«

Und schon rutschte meine Hose herunter. So dunkel wie es draußen war, hätte man uns sowieso nicht erkennen können, redete ich mir ein und küsste Sam. Und wenn doch ... Mein Hintern war definitiv sehenswert!

Es dauerte nicht lange, bis ich – mit der Brust gegen die Scheibe gedrückt – Sam meinen Hintern entgegen streckte. Er hatte mich schon so weit gebracht, dass nicht mehr viel fehlte, bis ich zum Höhepunkt kommen würde. Er stieß in mich hinein. Meine Hände drückten sich fester gegen das kalte Glas und der Atem ließ es beschlagen. Ich konnte sein Gesicht in der Spiegelung beobachten, während er in mich hineinstieß. Jedes Mal schloss er ebenfalls die Augen und genoss es, in mir zu sein. So sehr, dass er sich auf die Lippe biss und den Höhepunkt unterdrückte. Dabei war es toll, ihn in mir zucken zu spüren.

Ein erneuter Griff an meine Männlichkeit, ein weiterer Stoß und ich besudelte die Scheibe mit Sperma. Der Orgasmus war um einiges intensiver geworden und Sam roch so fantastisch, dass ich am liebsten von ihm gekostet hätte!

Erschöpft drückte er sich gegen mich und sah auch aus dem Fenster. Sein Blick fiel irgendwann auf meine Schmuddelei an der Scheibe und er lachte.

»Wir brauchen demnächst definitiv Glasreiniger.« Ich sah verlegen zu ihm.

»Wenn das das kleinste Übel ist! Heißt das, wir beide könnten hier gemeinsam einen Neuanfang in Angriff nehmen?«, wollte er wissen und ich sah ihn nachdenklich an. »Es gefällt dir hier doch ...?«

»Ist es das, was du möchtest?«

Er schüttelte den Kopf und hauchte mir ins Ohr:

»Wir sollten es beide wollen.«

Ich bekam eine Gänsehaut und wusste nur eins:

»Ich hätte gern zuerst eine weitere Runde!«

30

Sam

A lso an den nimmersatten Moe könnte ich mich glatt gewöhnen«, brummte ich, nachdem wir sogar drei Runden hinter uns gebracht hatten und danach endlich ins Bett sanken.

Ich lachte, als sich mein Liebster kurzentschlossen als Wolf auf der Seite zusammenrollte. Er brauchte nach dieser Aktion wohl eine kleine Heilung.

»Weißt du eigentlich, wo wir hier sind?«

Moe schüttelte den Kopf.

»Deine Uni ist da drüben auf der anderen Seite des Parks. Durch die Straße wirkt es weiter weg, aber durch den Park ist es maximal ein netter Spaziergang.«

Ein Lachen machte mir klar, dass sich Moritz zurückverwandelt hatte und er kuschelte sich nun an mich.

»Du musst mich nicht mehr von dieser Wohnung überzeugen. Ich bin schon längst dafür. Wie oft warst du denn vorher schon hier?«

Im ersten Moment verstand ich nicht, bis sein Blick auf die Front fiel, an der wir uns gerade noch leidenschaftlich geliebt hatten.

»Diese Wohnung wäre komplett ohne *Altlasten*«, raunte ich, was Moe Strahlen ließ.

»Echt?«

Ich nickte lächelnd.

»Echt.«

Diese Wohnung hatte ich meist leerstehen lassen. Sie war für Alphas aus dem Ausland reserviert gewesen, die in die Stadt kamen und natürlich nicht in einem Hotel schlafen wollten. Das erzählte ich Moritz, der sich wie ein Kind an Weihnachten freute. Dieses Päckchen war allerdings ein bisschen größer und hatte zwei Millionen gekostet – das würde ich ihm jedoch vorerst verschweigen. Am Ende bekäme er doch noch einen Herzinfarkt.

»Unser Zuhause«, murmelte er und es dauerte nicht lang, bis Moe die Augen zufielen.

Der Tag war sehr ereignisreich gewesen und auch die nächsten würden eine Herausforderung für meinen Schatz werden. Ich lächelte, streichelte zärtlich über seinen Nacken und genoss das Gefühl, das er in mir hervorrief. Er hatte zugelassen, dass ich ihn wandelte. Moritz war jetzt einer von uns.

Mein Handy blinkte. Irgendjemand hatte es auf den Nachttisch gelegt. Mein Rudel schien mir und Moe derzeit ständig zwei oder drei Schritte voraus zu sein.

›Alles gut bei euch?‹, las ich.

Es war Mika.

›Ja, dank euch. Moe schläft. Er war erst komplett überdreht und nun fix und alle‹, schrieb ich ihm zurück und wusste, dass sich mein Freund darüber amüsieren würde.

›Wunderbar. Sag ihm, dass er gern ein paar Tage aussetzen kann. Wobei ihm ein Sprung ins kalte Wasser auch nicht schaden würde.‹ Ich lächelte ebenfalls, als ich den Text las.

›Ich werde es ihm morgen früh ausrichten, aber ich denke, er wird dir helfen wollen. Er ist nun einmal niemand, dem ich Vorschriften machen kann.‹

Es dauerte ein wenig, bis Mika antwortete, doch die saß:

›Sei froh darüber! Du brauchst jemand mit Moes Stärke an deiner Seite. Und jetzt schlaf. Du hattest ebenso einen anstrengenden Tag. Gute Nacht, Samuel.‹

›Gute Nacht, mein Freund.‹

***

»Und du bist sicher, dass du das schaffst«, hakte ich nach und war wohl nervöser als Moritz, der grinsend nickte.

»Ja, alles im grünen Bereich. Es ist nur eine Vorlesung und die werde ich ja von unseren Krawall-Zwillingen begleitet. Danach bin ich bei Mika. Keine Sorge, Sam, ich werde mich schon nicht lächerlich machen und auch niemanden zerfleischen. Allerdings macht mir die neue Vorliebe für Roastbeef zum Frühstück leichte Sorgen«, scherzte Moe und streckte sich, um mir einen Kuss auf die Nasenspitze zu geben. »Sollte ich den Tag gut überstehen, gehen wir dann heute Abend aus? Ich würde mich freuen, wenn wir Lip, Olli und Jenna unterstützen könnten. Die machen echt klasse Musik.«

Ich seufzte zwar, als ich den Namen von diesem Blutsauger hörte, doch ich gab nach. Moritz wollte ein normales Alltagsleben mit mir, dann sollte er es bekommen.

»In Ordnung. Ich hoffe, ich kann pünktlich Feierabend machen.«

»Und falls nicht, haben wir hier ein Arbeitszimmer. In der heutigen Zeit muss niemand mehr in einem festen Büro hocken. Wir bekommen das schon hin«, versprach mein Liebling und schnappte sich seine Klamotten. »Jetzt muss ich aber los. Benny und Simon sind schon im Eingangsbereich und werden vermutlich ...«

Eine Klingel ertönte und ich küsste Moe ein letztes Mal, ehe er davon rauschte.

»Huch!«, hörte ich eine weibliche Stimme und sein Lachen.

»Hi Viv! Und tschüss. Sam ist in der Küche. Bis denn!«

»Alles klar. Viel Spaß, Moritz. Und brav bleiben!«, meinte Vivienne glockenhell und marschierte weiter zu mir. Ich schenkte ihr in der Zwischenzeit bereits eine Tasse Kaffee ein. »Oh Gott, ja! Kaffee! Am besten Schwarz wie die Nacht.«

Ich amüsierte mich über die neue Vivienne, die oftmals viel gelöster wirkte. Etwas hatte sich auf jeden Fall verändert.

Als hätte sie meine Gedanken erraten, wurde sie rot.

»Ich habe Dates, okay?! Und jetzt aufhören mit dem kritischen Blick.«

»Möchte nur sicher gehen, dass es dir an nichts fehlt«, brummte ich lächelnd, was sie noch röter werden ließ. »Wie eine Art Bruder, versteht sich. *Eine* Scheidung hat mir schließlich gereicht. Apropos ... Wie sieht es da eigentlich aus?«

»Ist alles durch. Die Firma habe ich dir mit 51% gelassen. Es ist ja dein Baby. Aber wenn du nichts dagegen hast, werde ich weiterhin Avas Job machen. Sie wird wohl nicht allzu schnell wieder auftauchen.«

Ich runzelte die Stirn. Wusste Viv vielleicht etwas mehr, als mir Annabelle hatte verraten wollen?

»Oh nein, nicht dieser Blick. Mehr wirst du aus mir nicht rauskriegen«, wehrte sie feixend ab und hob die Hände.

»Ich möchte nur wissen, ob es Ava wirklich gut geht.« Ich setzte einen Dackelblick auf, dem meine Exfrau erlag.

»Okay. Ja, sie war bestimmt glücklich. Es gab eine Videoaufnahme an der Grenze: Avalarie an der Seite eines sicherlich sehr gut aussehenden dunkelhaarigen Mannes – da waren die Aufnahmen leider nicht gut genug. Aber deine Schwester wirkte gelöst. Ich gehe also davon aus, sie tat es freiwillig.« Viv grinste, als ich erleichtert aufatmete. »Und nun leider zu etwas Negativem: Maxwell ist weiterhin in der Stadt. Er macht mir die Hölle heiß.«

Ich ächzte. Ausgerechnet diesem Alpha wollte ich auf gar keinen Fall begegnen. Der Typ war ein arroganter Sack, der zudem scharf auf meine Position war.

»Was machen deine Angstzustände?«, hakte Vivienne nach und ich zuckte mit den Schultern, ehe ich einen Schluck Kaffee zu mir nahm.

»Gehen gerade wohl einigermaßen.«

***

»Samuel!«

Dieser scheinheilige Drecksack lächelte, während er mir die Hand schüttelte. Am liebsten hätte ich die Finger gleich darauf gewaschen. Was für eine schmierige Ratte!

»Maxwell. Wie kommen wir zu diesem Vergnügen?«, spielte ich dieses Theater jedoch mit und lächelte süßlich.

»Ach, ich war in der Stadt und dachte mir, ich schaue einmal nach meinem jüngsten Bruder«, plauderte der Alpha und sah dann an mir vorbei zu TJ, der wie üblich Viviennes Schatten gemimt hatte.

Er war also Maxwells kleiner Bruder? Das machte den Wächter auf einmal eine Spur weniger sympathisch in meinen Augen. Mich traf allerdings Vivs warnender Blick, weshalb ich mich zurückhielt.

»Wunderbar, dann wollen wir euch nicht stören. Ich habe sowieso einige organisatorische Dinge mit Vivienne zu besprechen. Also viel Spaß und gute Heimreise«, verabschiedete ich mich, doch der Alpha schüttelte den Kopf.

»Ich werde etwas bleiben. Wir werden sicherlich ein bisschen Zeit finden, um ebenfalls zu plaudern, nicht wahr, Samuel?«

Bevor mir der Kragen platzen würden, nickte ich nur und scheuchte meine Exfrau und Geschäftspartnerin aus dem Büro. Sie hatte mich die ganze Zeit nicht aus den Augen gelassen, so als rechnete sie mit etwas Schlimmen. Jetzt strahlte sie mich an.

»Was?!«, knurrte ich genervt und keuchte, als mir Viv um den Hals fiel. »Um Himmels willen, was wird das?«

»Samuel ist wieder da!«

»Klar, bin ich wieder da. Was ist denn los?«, brummte ich, obwohl ich erkannte, was sie meinte.

Ich hatte keine Panik gehabt, sondern die Situation unter Kontrolle behalten. Ob es daran lag, dass Moe erneut mit mir zusammenziehen wollte? Vermutlich. Wenn mich jemand tatsächlich treffen und aus dem Gleichgewicht bringen konnte, war es Moritz Landvogt – alle anderen waren dagegen ein Klacks.

Glücklicherweise versuchte Viv nicht, mich zu analysieren. Sie freute sich einfach und nahm vor meinem Schreibtisch Platz, um mit mir die offenen Aufträge durchzugehen und die Projekte, die auf der Tagesordnung standen. Sie hatte den Job sehr gut im Griff, was mich wunderte. Die Leute hörten auf Vivienne, behandelten sie mit Respekt, aber sie hatten ebenso die Möglichkeit, Anmerkungen zu machen. Das war eine andere Herangehensweise, wie die von Ava, doch nicht minder erfolgreich. Die nächsten Monate würden sicherlich interessant werden.

»Und da wäre noch etwas. Was ist mit TJ?«

Ich beäugte Vivienne fragend.

»Was soll mit ihm sein?«, erkundigte ich mich und Viv schnaubte.

»Er ist ein Wächter. Wächter schützen den Alpha. Er sollte eigentlich dir an der Hacke hängen und nicht mir.« Sie wirkte angespannt und ich verkniff mir ein Lachen.

»Oh, bitte nicht. Ich brauche keinen Aufpasser. Das könnte höchstens Probleme mit Moe geben«, winkte ich ab. »Und wenn du jetzt mehr ausgehst, würde ich mich wohler fühlen, wenn jemand wie TJ auf dich aufpasst.«

Vivienne sah zwar so aus, als würde ihr etwas auf der Zunge liegen, doch sie besann sich und senkte ergeben das Haupt. Der Alpha hatte gesprochen und sie fügte sich. Ich hatte allerdings ein mulmiges Gefühl dabei. Etwas passte hier nicht ganz.

»Wie du es möchtest, Samuel«, flüsterte sie und klang fast wie ihr früheres Ich.

»Noch läuft es, wie ich es möchte. Ich überlege derzeit, wie ich unsere Regierung überarbeiten kann. Die Sache mit ›einem herrschenden Alpha‹ ist überholt. Vielleicht wird es Zeit für eine Reform. Evelyn Terrin hätte gern eine Art Bündnis zwischen Wölfen und Vampiren. Da würde sich auch eine Reform anbieten. Vielleicht eine Art Regierung mit Wahl? Was denkst du darüber?«

Meiner Ex fiel die Kinnlade herunter. Das sah nun wahrlich nicht elegant aus. Ich lachte bellend auf. Allmählich machte das Leben erneut Spaß.

31

Es war ziemlich lustig, mit Simon und Benny in der Uni zu sein. Wir blödelten herum und ich fragte die beiden alles Mögliche über ihre ... nein, *unsere* Art. Irgendwann mussten sie sogar eingestehen, selbst nicht alles zu wissen, weshalb wir Sam bald zu dritt mit Fragen löchern müssten. Simon schrieb fleißig auf, während Benny sich ausmalte, wie lange es dauerte, bis Sam uns schlussendlich hinauswarf.

Auf dem Weg zur Uni waren uns nicht allzu viele Leute begegnet. Je näher wir dieser aber kamen, desto mehr Gerüche ließen sich auffangen. Etliche davon waren unangenehm und ich rümpfte die Nase.

»Daran wirst du dich gewöhnen. Mit der Zeit nimmst du nur noch die wirklich interessanten Gerüche wahr. Dasselbe passiert mit dem Hören. Keine Sorge, wir machen das schon«, grinste mich Benny an und klopfte mir auf die Schulter.

Ich nickte unsicher und folgte den beiden, die weiterhin die verschiedensten Dinge aufzählten. Vor dem nächsten Gebäude angekommen, richtete sich meine Aufmerksamkeit ziemlich schnell auf ein junges Paar in der Nähe. Ihre Gemüter waren alles andere als ausgeglichen, was meine Sinne verwirrte.

»Ich sagte doch, ich hab nur einmal mit ihr gevögelt! Wieso glaubst du mir nicht, Sarah?«, knurrte der Typ vor ihr und machte eine Geste mit der Hand, als hätte es nichts zu bedeuten.

Meine Nase begann zu zucken. Ich roch, wie angespannt die Situation zwischen ihnen war, denn der Körper des Kerls schüttete enorm Adrenalin aus. Zumindest vermutete ich das.

»Ach so?! Und jetzt meinst du, du kannst deinen Schwanz abermals bei mir reinstecken? Vergiss es! Ich will, dass du aus meinem Leben verschwindest, Cem!«, zischte sie und ich beobachtete das Schauspiel weiter.

Diese Blondine mochte naiv gewesen sein, doch nun kam sie mir recht konsequent vor. Ich war wie hypnotisiert. Simon und Benny sahen mich irritiert an, folgten dann schließlich meinem Blick zu diesem Paar. Er riss an ihrem Arm, schrie sie an, dass sie sich glücklich schätzen könnte, überhaupt genagelt zu werden. Die junge Frau verzog schmerzverzehrt das Gesicht. In mir stieg eine unbeschreibliche Wut auf. Für wen hielt der Kerl sich bitteschön?

Unbewusst machte ich einen Schritt nach vorn, als mich Benny auch schon an der Schulter berührte.

»Keine gute Idee. Komm, wir gehen rein«, schob er mich Richtung Eingang und ich nickte.

Vielleicht war es wirklich besser, sich da rauszuhalten. Ich war eh nie der Schlägertyp gewesen.

»Lass mich los! Du tust mir weh!«, vernahm ich plötzlich ihre gequälte Stimme und hatte das Gefühl, mein Trommelfell würde heftiger schwingen als sonst.

Ich blieb nochmals stehen und die Zwillinge musterten mich.

»Ich sage, wann du gehen kannst und wann nicht! Und wenn ich dir weh tue, hast du dich eben zu fügen«, brummte er, was meine Geduld spontan überstrapazierte.

»Nein, Moritz! Nicht!«

Zielstrebig ging ich auf die beiden zu, während Benny versuchte, mich zurückzuziehen. Ich konnte mich aus dem Griff winden, war nur noch fixiert auf dieses Arschloch und unheimlich wütend. Es zerriss mich beinahe innerlich und fühlte sich schmerzhaft an. Die Zwillinge rannten mir hinterher, bemühten sich, mich mit Worten davon abzubringen, doch ich kam erst vor diesem widerlichen Kerl zum Stehen.

»Lass sie los«, knurrte ich ihn an und das Pärchen sah erschrocken zu mir.

Lachend ließ er die junge Frau wirklich los und bäumte sich daraufhin vor mir auf. Ich rümpfte die Nase.

»Und was hast du Winzling zu melden?«, lachte er, dabei war er gerade mal einen Kopf größer als ich.

»Ich sagte, du sollst sie in Ruhe lassen«, meinte ich erstaunlich selbstsicher und bot ihm die Stirn.

»Wer will mich davon abhalten? Du und deine zwei kleinen Freunde da?«

Die Zwillinge konnte ich förmlich hinter mir spüren. Simon wollte wohl eher deeskalierend auf mich einwirken, während Benny bereit zu sein schien, sich bei Bedarf auf mich zu werfen.

»Moe, komm, lass es gut sein«, raunte Simon leise, doch ich wollte es einfach nicht *gut sein* lassen. Ich konnte nicht!

Sie hatte die Flucht ergriffen und er brüllte ihr hinterher, dass er sie finden und sie ihn dann richtig kennenlernen würde.

»Vorher lernst du mich kennen«, zischte ich und als ob mir die Hand nicht gehören würde, ballte sie sich zu einer Faust und schlug dem Kerl ins Gesicht.

Viel hatte ich damit leider nicht bewirkt, außer, dass der Kerl lachte und sich dann auf mich stürzte. Wir rollten uns umher, schlugen nach dem anderen und versuchten, uns krampfhaft den Trennungsversuchen von Benny und Simon zu entziehen.

»Ich hau dir aufs Maul, du Kind!«, schrie mich der Muskelberg an, doch ich spürte keinerlei Angst.

Ich nahm nur wahr, wie ich plötzlich weggerissen wurde. Sam! Mein Liebster hatte sich eingemischt und drückte dem Kerl – dem ich ohne Probleme gezeigt hätte, wo es lang geht – fünfzig Euro in die Hand.

»Bedingung: Das hier ist nie passiert«, knurrte er und der Kerl vor ihm nickte sogleich.

Drohend fixierte er mich und ich fühlte, dass ich mich am liebsten gewandelt hätte, um ihm in den Arsch zu beißen. Das unterband der Alpha aber mit einem warnenden Kopfschütteln.

»Ihr solltet aufpassen«, fuhr Sam die Zwillinge an, die ihre Häupter senkten.

»Was mischst du dich da überhaupt ein?! Die beiden haben es versucht! Ich war derjenige, der sich wegen diesem Wichser nicht beruhigen konnte«, machte ich nun Sam an, der mich kurzentschlossen am Kragen packte und mir tief in die Augen sah.

»So geht das nicht, Moritz! Du musst lernen, das unter Kontrolle zu bringen. Kaum, dass du das Haus verlassen hast, war diese innere Unruhe da. Wir dürfen nicht auffliegen oder du riskieren, dich einfach vor den Augen der ›Normalen‹ zu wandeln.«

Langsam wurde mir klar, was er damit meinte. Ich war schon voller Anspannung gegangen, wobei ich amüsiert und gute Laune gehabt hatte. Das Gefühl, dass mir die Ereignisse des Tags vielleicht zu viel sein könnten, hatte ich komplett ignoriert.

»Der Kerl war ein Arsch und hätte es verdient«, brummte ich und Sam zog mich an sich.

»Meinst du, du kannst heute nochmal die Uni schwänzen?«, fragte er dieses Mal liebevoll und ich nickte mit einem begleitenden Seufzen.

»Ja, ich sitze eh nur noch meine Zeit ab. Ist schon okay«, murmelte ich und sah zu den Zwillingen, die meinetwegen Ärger bekommen hatten. »Tut mir leid, Jungs.«

Die beiden grinsten allerdings und verstärken damit unbewusst mein Verhalten, das sie anscheinend ziemlich spannend fanden. Sam schüttelte erneut den Kopf und nickte in Richtung seines Audis.

Kurz darauf saßen wir, wie Kinder, die wegen ihres schlechten Benehmens aus dem Spieleparadies abgeholt werden mussten, im Inneren des Wagens. Die Zwillinge waren hastig hinten eingestiegen, sodass ich vorn Platz nehmen musste.

»Ihr solltet euch vielleicht bei Anna und mir auch noch ein paar Lektionen abholen«, meinte unser Alpha während der Fahrt und die beiden schnaubten.

Ich grinste breit und legte die Hand auf Sams Schoss. Er konnte spüren, wie attraktiv ich ihn gerade fand, in seinem Anzug und dann auch noch dieses dominante Verhalten. Es war extrem sexy!

»Moe, aus!«, knurrte er und grinste dabei ein wenig.

»Wieso? Wir sind doch eh auf dem Weg nach Hause«, schmunzelte ich, was die Zwillinge dazu bewegte, sich die Ohren zuzuhalten.

»Oh nein! Wartet, bis wir aus dem Auto gestiegen sind!«, brachten sie stöhnend heraus.

Sam schüttelte erneut den Kopf. Was war das neuerdings für eine Art ständig alles zu verneinen? Er würde noch ein Schleudertrauma bekommen von diesem ganzen Geschüttel.

***

Die Zwillinge hatte er zu Hause rausgeschmissen und ich versicherte ihnen, am nächsten Tag vorbei zu kommen und weiter mit ihnen nach einer Immobilie zu suchen. Wir hatten zumindest schon einige Stunden im Internet dafür verbracht.

»Alles klar! Bis denn. Lass dich nicht unterkriegen.« Sie hoben eine Hand zum Abschied und mein Freund düste davon.

Allerdings bog er nicht in Richtung *nach Hause* ab, was mich ihn fragend anschauen ließ.

»Wo geht es denn hin?«, wollte ich wissen und er meinte nur irgendwas von ›üben‹.

Kurze Zeit später fanden wir uns im tiefsten Schnee in einem Wald am Stadtrand wieder. Mir wurde mulmig dabei, denn es war ein ähnlicher Wald, wie der, in dem ich niedergeschossen wurde.

»Keine Sorge ... Das hier ist Privatgelände der Firma. Hier werden alle jungen Wölfe ausgebildet. Allerdings normalerweise nicht von mir!« Samuel grinste breit und deutete auf eine kleine Holzhütte. »Ich erkläre dir drinnen die Einheit und dann werden wir sie draußen durchführen.«

Ich folgte ihm nach einem Nicken in die Hütte. Er warf seine Jacke über einen Stuhl und begann, ein Feuer zu entfachen. Ich beobachtete ihn dabei und war von Minute zu Minute irritierter. Würde das hier etwa länger dauern?

»Wir werden froh sein, wenn es nachher ansatzweise warm ist«, erklärte er.

Ich verstand nicht so wirklich, was los war. Was machten wir hier? Sam meinte etwas von ›Selbstbeherrschung und Provokationen aus dem Weg gehen‹. Ich verschränkte automatisch die Arme vor der Brust. Niemals würde ich mich provozieren lassen! Ich war eher die Art Mensch, der stiften ging, wenn es schwierig wurde. Mein Kerl sah mich skeptisch an, spürte wohl meine Zweifel.

»Komm.«

Draußen startete die Übung: Ohne Vorwarnung kam er auf mich zu und ich hoffte, er würde mich in dieser Schnee-Landschaft küssen. Das komplette Gegenteil war allerdings der Fall: Er schubste mich in die dicke Schneedecke und ich stieß mir die Elle.

»Hey!«, knurrte ich und Sam funkelte mich böse an.

Sofort loderte in mir Wut hoch und ich rappelte mich auf.

»Was ist los? Denkst du, du hast es nicht drauf, dich mit mir anzulegen?«, zischte er so todernst, dass ich nur sarkastisch Lachen konnte.

Überraschenderweise sprang ich doch so sehr darauf an, dass wir uns beide bald ein Wortgefecht lieferten.

Moe verlor nach und nach die Kontrolle, womit ich auch gerechnet hatte. Anfangs war es anstrengend, den Trieb zu unterdrücken, und die meisten schafften es nicht. Welle um Welle der Wut schwappte zu mir herüber und ich wartete geradezu auf den Knall.

Der ließ nicht lange auf sich warten.

»Weißt du was? Vielleicht sollte man dir doch einmal zeigen, dass du nicht einfach so mit anderen umspringen kannst!«, fletschte Moe während dieser Worte in Menschengestalt die Zähne und ich wusste, was gleich kommen würde.

Ich machte vorsorglich einen Satz zurück, als sich Moritz verwandelte. Der Wolf mit dem schwarzen Fell und den feinen grauen Facetten, stürzte sich auf mich. Mein Schatz sah rot, was mich jedoch kalt ließ.

»Meinst du, dass du eine Chance gegen mich hast? Ernsthaft?«, lachte ich und stieß ihn zur Seite.

Dass ich mich nicht verwandelte, machte ihn wohl erst recht rasend. Grinsend genoss ich den Wutanfall, da ich diesen zumindest händeln konnte.

Eine Pranke schoss nach vorn und ich wich ihr aus. Erneut lachte ich über ihn.

»War das alles? Dann musst du dich aber noch gewaltig steigern. Ich bekomme hier noch nicht einmal einen Luftzug ab«, provozierte ich ihn weiter.

Ein dunkles Grollen drang aus seiner Kehle. Jetzt hatte er endgültig genug. Die nächsten Schläge folgten und mein Kleiner war sogar bereit, mich mit vollem Körpereinsatz anzugreifen. Das Ausweichen wurde mit seiner wachsenden Wut zwar schwieriger, dennoch blieb ich in Menschenform. Als Wolf war ich ihm erstens komplett überlegen und zweitens musste sich Moe daran gewöhnen, dummen Sprüchen keine Beachtung zu schenken.

Ich ging einen Schritt nach hinten, wobei ich unter dem Schnee in eine Kuhle stapfte. Das spontane Ungleichgewicht ließ mich wanken und ein Ziehen erinnerte mich an mein Becken. Okay, ich musste doch etwas mehr aufpassen, wenn ich nicht danach das Bett hüten wollte.

»Moe, jetzt komm bitte langsam wieder zu dir«, redete ich deshalb besänftigend auf ihn ein. »Denk nach: Wieso solltest du mich angreifen wollen? Zerfleischt bin ich kein guter Mitbewohner.«

Das Knurren vor mir verriet, dass mein süßer Knallkopf das Reich des logischen Denkens definitiv verlassen hatte.

›Okay, dann muss es wohl sein‹, dachte ich noch, ehe er erneut zum Angriff überging.

Dieses Mal streifte Moritz mich und der Anzug bekam einen Riss. Ich hätte mich besser vorher ausziehen sollen. Nun ja, das bisschen Stoff sollte es mir wert sein, auch wenn ich Annabelles Entsetzensschrei jetzt schon hörte, schließlich war er von Armani.

»Nur zu deiner Info: Das war gerade etwa das Doppelte deines Monatslohns bei mir in der Firma«, brummte ich und präsentierte den Riss.

Es wirkte. Moe stockte kurz. Ob er für einen Moment nachrechnete? Nein, so schnell konnte er nicht der Alte sein. Meine Worte würden sicherlich nur langsam zu ihm durchsickern.

»Moritz!«, knurrte ich. »Schau dich an. Du bist sauer auf mich, weil wir nur ein bisschen diskutiert haben. Willst du mit anderen Menschen wirklich auf die selbe Weise umgehen?«

Es war ein weiterer Versuch, doch der kam mir teuer zu stehen. Der Anzug machte nochmals Bekanntschaft mit Moes Pranke und jetzt waren es vier längliche Kratzer, die auch das Hemd darunter zerstörten und auf meiner Brust brannten. Sie waren nicht tief und würden heilen, aber trotzdem blutete es.

»Zufrieden?«, fragte ich ruhig und der Wolf vor mir erzitterte plötzlich.

***

»Ich kann es immer noch nicht fassen, dass ich dich verletzt habe!«, wimmerte Moe und betupfte die Wunde auf meiner Brust mit einer Salbe, die er in der Hütte gefunden hatte.

»Mir war klar, es würde dich zurückverwandeln.« Ich lächelte versöhnlich. »Hat geklappt.«

»Hättest du mir nicht einfach eine reinhauen können?! Mich ausknocken oder so?« Geradezu fieberhaft behandelte er die Kratzer, was mir ein schlechtes Gewissen machte.

Ich beugte mich vor und küsste ihn zärtlich. Seine Lippen waren kühl, denn es war noch immer recht kalt in der Hütte, obwohl das Feuer munter vor sich hin flackerte. Behutsam strich ich Moritz eine Haarsträhne aus dem Gesicht und zwinkerte ihm zu. Die Lektion hatte er auf jeden Fall gelernt.

»Ich bin ein Alpha und werde es überleben. Es ist nicht sehr schlimm ... aber wenn du dich dafür entschuldigen willst«, begann ich und zog eine Grimasse.

Moe beäugte mich, als wäre ich verrückt geworden. Er schaute sich um. Der Raum hatte eigentlich mehr einen zweckmäßigen Hintergrund, doch das Feuer tauchte ihn in schmeichelhaftes Licht. Es fehlte im Grunde nur ein bisschen Romantik und eine gemütliche Liegefläche.

»Sag bloß, dich hat das angemacht!«, keuchte mein Schatz und ich lachte.

»Ich gebe zu: Ein bisschen. Das ist schlussendlich auch so eine Wolfsache ... Der Nervenkitzel ist anregend – hast du es nicht auch gefühlt?«

Ich rutschte noch näher zu meinem Schatz und zog ihn auf den Schoß. Moe ließ es geschehen, auch wenn ich weiterhin einen kleinen Widerstand spüren konnte. Er war besorgt, mir weh zu tun.

»Moritz ... Schau dir die Kratzer an. Sie sind schon so gut wie verheilt. In Menschengestalt geht es normalerweise langsamer, aber du hast mich kaum erwischt.«

Und wirklich: Die Wunde hatte aufgehört zu bluten und war nur noch als feine Striemen zu sehen, die sich auf meiner Brust abzeichneten. Vorsichtig berührte mein Süßer sie. Diese Geste verstärkte meine Sehnsucht nach ihm.

»Hat dir der Nervenkitzel das hier ebenfalls eingebracht?«, flüsterte Moe auf einmal und strich nun über die Narbe der Schusswunde.

»Das war ein kleiner Teil des Ganzen. Ich denke, es hatte mehr mit dem Wunsch zu tun, überhaupt etwas zu fühlen. Die Zeit nach unserer Trennung war recht schwierig«, raunte ich und befürchtete, die Stimmung könnte kippen.

Weiche Lippen, die mich plötzlich stürmisch überfielen, bewiesen mir zum Glück das Gegenteil. Moritz flüsterte, dass ich nie wieder eine solche Phase durchmachen müsste, solange er lebte. Ich schloss ihn in meine Arme, nahm wahr, dass er die Überreste des Hemds zur Seite schob und die Finger zu meiner Hose wanderte.

»Achtung, die ist noch unbeschädigt«, löste ich mich leise lachend und Moe grinste daraufhin.

»Ich verspreche Rücksicht zu nehmen.«

Während wir uns erneut leidenschaftlich küssten, schälten wir einander aus den Klamotten. Der Trieb hatte nicht nur Moe gepackt, sondern mich auf gleicher Weise und ich wollte meinen Süßen so sehr, dass es weh tat. Er hätte einiges mitzumachen, vor allem, da ich sicherlich nicht der Geduldigste sein würde.

»Wo?«, keuchte Moritz, als ich ihn gegen einen der massiven Holzbalken drückte.

Suchend ließ ich den Blick umherschweifen und ich entdeckte ein paar feinsäuberlich aufeinandergestapelte Matten, die man dort vermutlich zum Übernachten der Rekruten aufbewahrte.

»Warte«, raunte ich und bereitete in Windeseile eine Art Nachtlager vor dem Feuer vor.

»Du Romantiker ...« Moe kicherte, was ich ahndete, indem ich ihm einen Klaps auf seinen Hintern gab. »Was? Etwa nicht?«

»Gerade? Mir wäre es eigentlich eher nach etwas mehr Action«, brachte ich heraus und zog ihn bestimmt zu mir heran.

Er keuchte, schien allerdings keine Angst zu haben. In seiner Miene erkannte ich Neugier und fühlte die Lust. Meinem Kleinen war es nach Spielen.

»Oh, ich liebe deinen Trieb jetzt schon!«, knurrte ich und stieß ihn von mir, sodass er auf den Matten landete.

Nach Luft schnappend war er gefallen und atmete nun schwer, nachdem ich auf ihm gelandet war, mich zwischen seine Schenkel gedrängt hatte und an seinem Hals knabberte.

»Sam«, stöhnte Moe und ich stieß in ihn.

Schmerz durchzuckte meinen Schatz und die Finger krallten sich in meine Arme, was mich dazu brachte, ihn noch etwas fester in den Hals zu beißen. Er wimmerte. Obwohl es weh tat, empfand er Lust und der Trieb verstärkte vor allem diese.

»Du gehörst mir!«, kam es grollend aus meiner Kehle und ich biss erneut zu.

Dieses Mal schmeckte ich Blut und Moe schrie auf. Jetzt war der richtige Augenblick, mich in ihm zu bewegen. Und das tat ich ... wild und ungezügelt.

***

Total fertig sank mein Schatz zwei Stunden später auf meine Brust und rang nach Atem.

»Was war *das*?!«, seufzte er und ich strich ihm sanft über den Rücken.

»Willkommen in der ungezügelten Welt der Wölfe«, brummte ich müde.

»Also eins weiß ich: Mein Hintern schreit, aber der Rest will mehr ...« Moe prustete los, als ich theatralisch ächzend die Augen schloss.

»Ich bin doch bald zu alt für solche Action. Dreimal ist wohl ab jetzt das absolute Maximum.«

»Dafür hast du es aber ganz gut hinbekommen, du Greis«, versuchte Moritz, mich zu necken und ich kniff ihm spielerisch in die Seite.

»Vorsichtig. Auch, wenn ich mich auf dreimal beschränke, kann ich dich weiterhin in den Wahnsinn treiben.« Diese Drohung machte meinen Spring-ins-Feld sichtlich an.

»Ach, wirklich?«, klang er ziemlich amüsiert.

»Ja, wirklich!« Ich hob den Kopf und leckte über die Stelle an seinem Hals, die nun allzu deutlich meine Zähne zeigte.

Moes Körper erbebte vor Lust und seine Fingerspitzen betasteten die empfindliche Haut.

»Was hast du da gemacht?«, fragte er leise und ich konnte mir einen gewissen Stolz nicht verkneifen, als ich es ihm erklärte.

»Du bist nun endgültig von mir gekennzeichnet. Jetzt sieht man den Biss noch deutlich, aber bald wird er verheilt sein. Normale Menschen nehmen ihn dann nicht mehr wahr, aber Wölfe wissen sofort, dass du zu mir gehörst.«

»Soso. Darf ich das auch mit dir machen? Oder ist das nur dem Alpha vorbehalten?«

Frech beugte sich Moritz vor und tat so, als wollte er mich beißen. Er erwartete, dass ich ihn aufhielt, aber ich machte es nicht. Stattdessen entblößte ich den Hals nur noch mehr vor ihm und hielt still.

Mein Süßer schluckte.

»Du hast keine Angst? Was, wenn ich durchdrehe oder unsere Beziehung am Ende«, begann er, kam jedoch nicht weiter mit seinen Bedenken, da ich ihn mit einem Kuss zum Schweigen brachte.

Ich wollte nicht mehr hören, dass wir irgendetwas zu einem unwahrscheinlichen Zeitpunkt bereuen könnten. Moritz war mittlerweile ein Wolf und er gehörte zu mir. Punkt!

»Beiß mich«, forderte ich ihn auf und seine Augen funkelten lustvoll.

Die ersten Versuche waren zaghaft, geradezu zärtlich. Ich lag auf dem Rücken, zog ihn auf den Schoß. Moe stöhnte, als sein Po meinen Schwanz berührte und sich der sofort bereit zu allem aufrichtete.

»Wie war das, ab jetzt maximal dreimal?«, murmelte mein Schatz.

»Sagen wir ›ab morgen‹ ...«

Es war bitter kalt, der Schnee färbte sich rot und etwas Warmes lief mir die Kehle hinunter. Ich bleckte die Zähne, knurrte die Personen an, die mir zu nahe kamen. Erschrocken sahen mich die Zwillinge an, Viv schrie und weinte, Mika der sich losriss und auf mich zustürmte. Mein Knurren ließ ihn einen Moment innehalten, dann begann er vorsichtig auf mich einzureden.

»Wenn du nicht von ihm weggehst, wird er verbluten und sterben ...«

Wer würde sterben? Und wieso?

Ich sah mich verwirrt um, erkannte, dass Sam neben mir lag. Er hatte eine klaffende Wunde am Hals, hielt die Hände darauf. Samuel sah mich mit Tränen in den Augen an und ich konnte spüren, wie er sich bemühte, ruhig zu bleiben. Seine Lippen formten die Worte: ›Ich liebe dich‹, dann fielen ihm die Augen zu und ich hörte den letzten Herzschlag.

»Nein!«, schrie ich.

Mittlerweile hatte ich mich zurückverwandelt. Irgendetwas musste Mika doch tun können! Von denen, die bei uns standen, kamen jedoch nur böse Blicke. Die Zwillinge bewarfen mich sogar mit Steinen, Viv hockte weinend bei Mika, vor dem leblosen Körper meines Liebsten. Ich hatte ihn umgebracht! Die Bestie in mir ...

*****

»Sam!«, schrie ich und schreckte dabei hoch.

Mein Körper zitterte und war schweißgebadet.

»Was?«, fragte mein Freund, der neben mir lag und direkt in Alarmbereitschaft war.

Seine Hände griffen an meine Oberarme, zog den nackten Körper er an sich und langsam passte sich mein Herz erneut seinem Rhythmus an.

»Was hast du geträumt?«, wollte der Mann wissen, der mich nun sanft in den Armen hielt und strich mir durchs Haar.

»Nichts. Mir ist nur kalt«, log ich.

»Erzähl keinen Unsinn. Dein Herz schlägt derart stark, als hättest du einen Marathon hinter dir«, knurrte Sam, da er meine Lüge durchschaut hatte.

Er ließ von mir ab, rappelte sich auf und schmiss einen Haufen Holz auf die noch glimmende Stelle, welches sofort wieder ein warmes Feuer entfachte.

»Ich ... ich weiß es nicht. Du bist gestorben! Wegen mir.«

Die Wahrheit schmerzte, dass ich ohne mit der Wimper zu zucken dazu in der Lage wäre. Schließlich hatte ich ihn schon verletzt. Das machte mir mehr als nur zu schaffen.

Mit dem schönsten und ehrlichsten Lächeln setzte er sich zu mir, hüllte uns beide in die einzige Wolldecke, die in der Hütte lag und küsste mich.

»Dein Unterbewusstsein verarbeitet im Moment sehr viel. Es ist bei dir nicht so wie bei einem geborenen Wolf, der nach und nach in diese Rolle hineinwächst. Du fängst bei null an, obwohl sich dein Trieb schon auf hundertachtzig befindet. Das wird schon! Übrigens: Ich bin ein Alpha. So schnell lasse ich mich nicht töten. Erst recht nicht von einem Welpen wie dir«, schmunzelte er und ich nickte.

Hoffentlich würde er Recht behalten. Ich war immer noch unruhig, zittrig und wollte am liebsten raus aus dieser Hütte, die jetzt bereits mehr als genug negative Erfahrungen mit sich gebracht hatte.

»Lass uns noch ein wenig hier liegen bleiben. Wenn die Sonne aufgegangen ist, fahren wir zurück nach Hause. Ich denke, du hast deine Lektion gelernt oder?«, erkundigte er sich und ich spürte Unsicherheit in diesen Worten.

»Die Lektion dazu – ja. Dass ich andere verletzen und töten könnte. Mich zu beherrschen – leider nein.«

Gerade jetzt hatte ich Angst vor mir selbst. Ich durfte den Menschen, die mir wichtig waren, auf gar keinen Fall weh tun.

»Moritz Landvogt, hör auf mit diesem Unsinn! Wir gehen diesen Weg gemeinsam und ich werde zu verhindern wissen, dass du dich verlierst. Glaub mir, du bist mein Partner und gehörst mit Haut und Haaren mir«, grinste er breit und strich über die Bisswunde an meinem Hals.

***

Auf dem Rückweg schrieb ich Benny und Simon in den Gruppenchat, dass wir das Treffen definitiv verschieben müssten. Neugierig fragten sie nach, was los wäre und, ob Sam mir den Hintern aufgerissen hätte. Nettes Wortspiel. Die beiden wussten gar nicht, wie nah sie damit dran waren.

Meine Angst hatte einfach die Überhand gewonnen, dass ich die Jungs oder irgendwen verletzen könnte. Sam versicherte mir zwar, ich hätte gegen einen ausgebildeten Wolf keine Chance, aber was wäre, wenn das Schicksal diesem einen Streich spielte? Was, wenn ich die Bestie in mir doch nicht zügeln konnte?

Seufzend ließ ich mich tiefer in den Sitz des Audis sinken und starrte aus dem Fenster. Sams Hand berührte meinen Oberschenkel, um mir Mut zu machen, doch sofort meldete sich meine Begierde nach ihm.

»Gott, ich bin ein Sex-Monster!«, stöhnte ich und schüttelte gleichzeitig den Kopf.

Sam schmunzelte, argumentierte, alles wäre einfach neu für mich.

»Für mich ist es absolut nicht neu, dass ich mich zu dir hingezogen fühle. Es jedoch immer direkt treiben zu wollen, ist allerdings krank! Am liebsten würde ich mich jetzt zu dir herüberlehnen und deinen Schwanz in den Mund nehmen«, gab ich verlegen zu.

Ein unerwartetes Bremsen ließ mich schmerzhaft nach vorn rutschen. Der Gurt leistete gute Arbeit, ansonsten hätte ich auf direktem Wege, durch die Scheibe, Platz auf der Motorhaube genommen.

»Was hindert dich daran?«, fragte der Alpha irritiert und ich zeigte auf die Straße.

»Die Straßenverkehrsordnung? Ich bin mir ziemlich sicher, irgendwo steht geschrieben, dass *Mann* während der Fahrt keinen Oralverkehr haben sollte.« Ich lachte und sah wieder aus dem Fenster.

»Genau genommen, sind wir gerade auf einem Rastplatz und nicht auf der Straße. Was hält uns also ab?«, begann er erneut und ich konnte ihn nur einen Perversling nennen.

Seine Augen funkelten mich an, während er sich losschnallte und den Sitz ganz nach hinten schob.

»Meinst du das ernst?«, quietschte ich und sah mich nervös um. Was war, wenn uns jemand sah?

»Komm schon«, reizte er mich und ich gab schließlich nach.

Meine Finger öffneten den Gürtel an seiner Hose. Ich fummelte am Knopf herum, bis ich es endlich schaffte und seine Männlichkeit zum Vorschein kam. Ich beugte mich tiefer, legte die Lippen um diese Kostbarkeit und gab meinem Freund einen guten Grund, sich zu entspannen. Eine kleine Ewigkeit mühte ich mich ab, es schien Sam aber nicht zu reichen.

»Zieh deine Hose aus«, knurrte er und zerrte meinen Kopf von seinem Penis.

»Was?«

»Zieh die Hose aus und setzt dich auf meinen Schoß«, bat er und ich blickte mich verlegen um. »Uns wird schon keiner sehen.«

Ich gab abermals nach, tat, was er von mir wollte, und positionierte mich auf ihm. Dafür würde ich sicherlich in der Hölle landen! Seine angeleckten Finger glitten in mich hinein, bereiteten mich vor und ließen mich beinahe zum Höhepunkt kommen.

»Ich will dich ... Sofort!«, bettelte ich und begann zu stöhnen, als sich die Spitze in mich bohrte.

Meine Hände lagen in seinem Nacken, hielten mich an ihm fest und ich bewegte mich stetig auf und ab. Das Gefühl war unbeschreiblich und es machte mir den Eindrück, er kam tiefer in mich hinein als sonst. Das Zucken in mir brachte mich zu einem gewaltigen Orgasmus, bei dem ich mich zu weit zurücklehnte. Ich kam auf die Hupe.

Erschrocken krampfte ich die Pobacken zusammen, was Sam kurz schmerzhaft das Gesicht verziehen ließ.

»Sorry«, flüsterte ich und küsste ihn.

»Jetzt kann ich nicht mehr dafür garantieren, dass wir nicht aufgeflogen sind«, lachte er und küsste mich erneut.

Angezogen ging es weiter nach Hause und von dort aus musste Sam in Richtung Firma aufbrechen.

»Sicher, dass du heute zu Mika möchtest?«, hakte Sam nach und ich versicherte ihm, ich würde ihn über meinen Wutausbruch informieren.

»Gut. Mika kennt das auch. Hat es mit seiner Frau ebenfalls durchgemacht«, meinte mein Wolf beiläufig und ergriff im Kleiderschrank nach einem neuen Jackett.

Ich überlegte fieberhaft, ob Mika und ich uns nicht sogar schon darüber unterhalten hatten. Sicher war ich mir jedoch nicht mehr. Vielleicht war es nicht verkehrt, einfach Marie zu fragen, wie sie die Wandlung erlebt hatte.

Gedanklich machte ich mir bereits Notizen, was ich alles wissen wollte, nur fehlte mir das nötige Feingefühl. Wenn sie es wirklich genauso schwer hatte wie ich ... wie hatte sie in derselben Zeit ihre Kinder großgezogen bekommen?

Kleinkinder schrien, waren fordernd und zudem der Job in der Praxis? Ich hätte wohl die gesamte Bude auseinandergenommen.

Mit einem innigen Kuss verabschiedete sich Samuel und gab mir noch einen Klaps auf den Hintern, der böse schmerzte.

»Denk an eine Salbe oder lass dich von Mika heilen«, grinste er.

Ich winkte ihm nach, hörte ihn noch rufen, dass er sich im Laufe des Tages melden würde und zum Abendessen zurück wäre. Bis dahin hatte ich hoffentlich ein paar Antworten auf all meine Fragen.

Meine Zeit mit Moe war etwas, das ich meist mehr genoss, als es hilfreich für mich war. In der Firma herrschte ein gewisses Chaos, denn Vivienne war mit ihrem Wächter zu einer Geschäftsreise aufgebrochen. Maxwell hatte um ein Büro für seine Angelegenheiten gebeten, die er zu regeln hätte. Leider war mir im ersten Moment nichts eingefallen, ihm dies zu verwehren, weshalb er sich den Besprechungsraum unter den Nagel gerissen hatte.

»Samuel, das geht so nicht«, fing mich Annabel ab und wirkte recht angefressen.

»Was ist denn los?«

Ich beobachtete sie, wie sie nervös das Gewicht von einem Bein aufs andere verlagerte und die Finger verknotete. Was war passiert, das sie dermaßen aus der Fassung brachte?

»Muss Maxwell unbedingt hier sein?«, platzte es förmlich aus ihr heraus.

Ich stutzte. Der Kerl war mir unsympathisch, doch ansonsten hatte er sich bisher stets tadellos verhalten.

»Was hat er angestellt?«, knurrte ich alarmiert, was zur Folge hatte, dass meine Tante rot anlief.

»Er ist ... Nun ja ... Dieser Mann ist unangenehm! Er klingelt jede halbe Stunde«, erklärte sie und rang sichtlich um Fassung. »Erst will er Kaffee, dann Notizzettel, kurz darauf verlangt er ein Telefonbuch – ein Telefonbuch in der heutigen Zeit! – und ständig diese eigenartigen Blicke und Andeutungen.«

Okay, das klang seltsam.

»Ich werde mit ihm reden«, versprach ich lächelnd und Anna drückte mir kurzentschlossen eine Dose in die Hand.

Auf meinen fragenden Blick hin, meinte sie nur:

»Die Kekse für seinen Tee.«

Beinahe hätte ich gelacht, als sie sich elegant umdrehte und davonrauschte. In solchen Momenten wurde mir besonders bewusst, dass sie die Schwester meiner Mutter war: Stolz, würdevoll und auf keinen Fall eine Frau, die sich derart behandeln ließ, wie Maxwell es getan hatte. Sie war schließlich keine Bedienstete, sondern aus gutem Hause.

Der Alpha telefonierte, als ich mit den Keksen bewaffnet den Besprechungsraum betrat. Er winkte mich herein, wie den Zimmerkellner eines Hotels und ich verstand sofort, was meine Tante gemeint hatte. Der Kerl war in der Rolle des arroganten Sacks echt ein Ass.

»Ja, danke, dann lass mir die Unterlagenzukommen. Faxnummer? Moment.« Maxwell blickte mich an und ich gab brav Auskunft.

Innerlich kochte ich. Am liebsten hätte ich ihn gleich auf die Straße gesetzt. Dies als erste Amtshandlung nach meiner Rückkehr zu tun, würde Viv allerdings in Schwierigkeiten bringen. Im Grunde fiel derzeit alles, was ich mir leistete, auf sie zurück. Zudem wäre es taktisch unklug, sich mit den Amerikanern anzulegen. Ich riss mich also am Riemen und wartete auf das Ende des Telefonats.

»Gut, ich melde mich, nachdem ich alles durchgegangen bin.«

Maxwell kam endlich zum Schluss und wandte sich mir zu. Sein Verhalten änderte sich lustigerweise und er sprang auf, um mir liebenswürdigerweise die Hand zu reichen.

»Samuel! Eine Freude, dich zu sehen! Ich hoffe, der Notfall war am Ende doch nichts allzu Ernstes«, meinte er. Ich musste ihn leicht irritiert angesehen haben, denn er fügte hinzu: »Annabel sagte, ein Notfall hätte dich heute den Tag über von der Firma fern gehalten.«

Ich begriff und nickte.

»Ich hätte es nicht als Notfall bezeichnet. Es ging um einen frisch gewandelten Wolf«, brummte ich, was wiederum Maxwell mit einem irritierten Gesichtsausdruck quittierte.

»Hast du für solche Angelegenheiten nicht deine Leute? Du musst mehr an deine Untergebenen delegieren, Samuel.« Sein Tonfall wurde geradezu väterlich.

Ich ertappte mich dabei, dass ich die Nase rümpfte. Der Kerl nahm sich einiges heraus, ab und an etwas zu viel für meinen Geschmack.

»Dieser Fall betraf mein privates Umfeld. Ansonsten habe ich natürlich ein spezielles Team dafür. Das solltest du ebenfalls wissen, Maxwell«, grollte ich.

Er störte sich nicht daran, sagte nur, dass er sich freuen würde, dies zu hören.

»Eine andere Sache ... Hast du deine Auszeit genutzt? Die anderen Alphas der Rudel machten sich schon Sorgen, du könntest der Wildnis erlegen sein«, quatschte der Amerikaner munter weiter und reizte mich damit nur noch mehr.

›Aufpassen, Freundchen.‹

»Wie man es nimmt. Es sieht derzeit recht vielversprechend aus«, gab ich zurück.

Maxwell lachte, während er zu seiner Sitzgelegenheit zurückkehrte.

»Wunderbar. Ich hoffe, du hast diese Flausen hinter dir gelassen. Einen Jungen der Normalos als

Lebensgefährte ... nicht gerade der passende Partner für das Oberhaupt der Rudel.«

Ich schob die Hände in die Taschen meines Jacketts, sodass er nicht mitbekam, wie ich sie ballte. Hatte er Moritz gerade wirklich als *Flause* abgetan? Ich würde den Saftsack ungespitzt in den Boden rammen!

›Ganz ruhig! Nur nichts tun, was du später bereuen könntest‹, ging es mir durch den Kopf und suchte nach Schwachstellen in meinem Vorhaben.

Zu Maxwells Pech fiel mir nur eine Sache ein: Die Rudel könnten danach aufeinander losgehen. Ein kalkulierbares Risiko, wenn man mich in diesem Augenblick fragte.

Ein Klopfen an der Tür brachte mich zu Besinnung und Simon streckte den Kopf herein. Er wirkte abgehetzt, als wäre er gerannt.

»Sam, wir bräuchten dich mal kurz. Es ist wirklich dringend«, keuchte er und deutete zum Boden, was seiner Ausdrucksweise nach bedeutete, dass etwas im Keller schief lief.

»Ich komme.«

Glück für Maxwell. Er durfte noch ein wenig weiter existieren.

»Ach, Maxwell«, wandte ich mich an der Tür stehend noch einmal um.

Der Alpha beäugte mich eingehend.

»Lass Annabel arbeiten. Solltest du etwas brauchen, kannst du gern Sophie anrufen.«

»Schade. Ich genieße Annas Gesellschaft. Aber wenn du dies nicht möchtest ...?«

Ich nickte.

»Möchte ich nicht. Sie ist beschäftigt.« Damit verließ ich den Raum und eilte Simon hinterher.

***

»Was habt ihr denn für ein Problem?«, wollte ich kurz darauf wissen, als Simon und ich endlich im Keller ankamen.

Es wirkte alles wie immer, was mich skeptisch machte.

»Ja, er ist hier. Alles ist gut.« Benny hatte den Telefonhörer am Ohr und hielt ihn mir auf einmal hin. »Für dich.«

Was sollte denn das jetzt?

»Hallo?«, knurrte ich und vernahm ein erleichtertes Schnaufen. Moe! »Alles okay? Ist etwas passiert? Soll ich dich irgendwo abholen?«

Mein Schatz begann zu lachen, was mich gleich vollkommen aus der Fassung brachte.

»Du fragst *mich*, was passiert ist? Ich bin hier ganz zittrig, weil ich deine Mordlust gespürt habe! Wen wolltest du killen? Kam Simon noch rechtzeitig?« Obwohl er gelacht hatte, machte sich jetzt doch Sorge in meinem Liebling breit.

Ich schluckte. Hatte Moe diese Gefühlsregungen tatsächlich mitbekommen? Dann war unsere Verbundenheit mittlerweile sogar noch intensiver als gedacht. Da musste ich in nächster Zeit echt aufpassen, ihn nicht mit meinen Emotionen zu beeinflussen. Nicht auszudenken, wenn er diese am Ende ausleben würde. Bei mir spielte es sich meist glücklicherweise im Kopf ab.

»Ich habe niemanden gekillt«, brummte ich. »Ich hätte es aber gern. Maxwell ist ein Arsch!«

Das brachte Moritz erneut zum Lachen.

»Wer hat mir lange Vorträge in Sachen Selbstbeherrschung gehalten? Halt dich bitte selbst dran!«

Ich brummte, fühlte mich aber mal wieder ertappt. Die Zwillinge waren aus dem Keller verschwunden. Allmählich schienen sie zu begreifen, wann es besser für sie war, das Feld zu räumen.

»Darf ich jetzt weiterarbeiten? Zitternd eine Spritze zu verabreichen ist dem armen Tier gegenüber ziemlich fies«, erkundigte sich Moe und gab erst Ruhe, als ich versprach, um Maxwell in den kommenden Stunden einen Bogen zu machen.

»Ich vermisse dich«, raunte ich.

»Wir sehen uns später zu Hause.« Ich wusste, dass Moritz grinste.

Mein Geständnis hatte sein Herz schneller schlagen lassen. Selbst das nahm ich über die Distanz wahr. Der pure Wahnsinn!

»Moe?« Ich wollte nicht, dass er auflegte, doch er kicherte nur.

»Ich liebe dich auch, du Nervensäge! Und jetzt verdien' uns die Brötchen! Als Tierarzt kann ich mir unsere Wohnung nämlich nicht leisten.«

Unsere Wohnung ...

Ich strahlte bei Moes Worten.

***

Wieder in der Wohnung stellte ich den süßen Auflauf – eine kleine Aufmerksamkeit von Cara – und die herrlich duftenden Rouladen von Martin in den Kühlschrank. Beides waren Willkommensgeschenke für Moritz. Diese Tradition gefiel mir. Man fühlte sich dadurch sogleich als Teil einer Familie.

Es war still und friedlich in diesem Apartment, obwohl es sich mitten in der Stadt befand. Ich mochte es von Stunde zu Stunde mehr. Gemächlich schlenderte ich durch die Räume, richtete sie gedanklich ein oder stellte alles ein wenig um. Es sollte perfekt werden! Ich plante für Moritz sogar ein großes Büro. Dafür musste allerdings das Gästezimmer weichen, denn ich war mir sicher, er würde den Ausblick vom Schreibtisch aus zu schätzen wissen.

Vorsichtig näherte ich mich der bodentiefen Fensterfront und schaute hinaus. Es wurde langsam dunkel und die Lichter erwachten in der Stadt. Ich lächelte, als ich selbst eine Weile hinab blickte. Moe konnte sich für vieles begeistern, was ich für selbstverständlich erachtet hatte. Dank ihm lernte ich, mein Leben mit ganz anderen Augen zu sehen. Es wurde besser, schöner und irgendwie erfüllender.

›Ich bin total verknallt und heillos verloren‹, ging es mir durch den Kopf und lachte.

Das Witzigste daran war wohl, dass es mich kein bisschen störte. Meinetwegen stand ich unterm Pantoffel oder war tierisch vernarrt. Moe war mein ein und alles. Und das würde mir niemand ausreden – erst recht nicht so ein alter Sack wie Maxwell!

35

Es war so enorm schwierig, ohne Reizüberflutung in der Kleintierpraxis anzukommen. Die Lichter waren greller, sämtliche Stimmen und Nebengeräusche lauter und der Geruch beißend. Wie hielten Sam und die anderen das nur aus? Kaum zu glauben, dass Benny und Simon regelmäßig mit mir durch die Kneipen gezogen waren, obwohl sie dort alles riechen konnten. Ich musste definitiv lernen diese unnötigen Sachen auszublenden.

»Hallo Moritz«, begrüßte mich Marie lächelnd und reichte mir den Kittel.

Nach einem Nicken nahm ich ihn entgegen, hielt mit ihr ein wenig Smalltalk und überredete die hübsche Mutter schlussendlich, mit mir einen Kaffee in der Küche zu trinken.

»Aber erstmal helfe ich dem Boss«, zwinkerte ich ihr zu und konnte sehen, wie sie leicht verlegen schmunzelte.

Hätte ich geahnt, wie schwierig dieses Unterfangen werden würde, hätte ich es gelassen. Ein Tier nach dem anderen, das in den Behandlungsraum kam, fauchte, knurrte oder schrie panisch bei meiner bloßen Anwesenheit. Mika kam lachend hinzu und bat mich zu einem Gespräch unter vier Augen.

»Was ist nur los heute?«, murmelte ich unsicher, nachdem Mika beruhigend eine Hand auf meine Schulter gelegt hatte.

»Mit den Tieren ist alles in Ordnung. Aber sie wittern dich wie ein Raubtier. Es ist doch klar: Du bist nun ein Wolf und deine Aura wird als solche auch wahrgenommen. Solange du noch nicht sicher in deiner Gestalt bist, sind die Tiere in der Umgebung alarmiert.«

Wie sollte ich das denn bitteschön ändern? War ja nicht so, als hätte ich eine Ahnung was ich anders machte als sonst!

»Glaub mir: Das wird sich mit der Zeit legen. Währenddessen kannst du uns ja ein wenig mit dem Papierkram helfen und Medikamente aushändigen. Das wäre ein Segen«, versuchte Mika besonders verständnisvoll zu sein.

Ich spürte bei seiner Berührung Wärme, die mich durchfloss. Verlegen dankte ich ihm, was ihn dazu bewegte, gegen meinen Oberarm zu klopfen.

»Wir mussten da alle mal durch, Moe!«, rief er mir nach und ich gesellte mich zu seiner wunderschönen Ehefrau.

Seufzend ließ ich mich neben ihr nieder, weshalb sie besorgt in meine Richtung schaute.

»Was ist los?«

Ich hob die Schultern, als würde ich es selbst nicht wissen, und begann mit dem Kreuzverhör.

»Marie ... Wie war die Wandlung für dich?« Ohne groß drumherum zu reden, fragte ich sie und ihre Augen weiteten sich erschrocken.

»Wieso willst du das wissen? Wie bei jedem anderen auch.« Sie schluckte schwer und der Herzschlag beschleunigte sich.

»Du lügst mich an. Ich kann hören, wie dein Herz schneller schlägt und vor allem nehme ich die Hormone wahr, die bei der Panik ausgeschüttet werden«, grinste ich breit und zeigte auf meine Nase.

»Ähm ... weißt du ... das ist so ... Es ist nicht so einfach gelaufen.« Ich sah der Schönheit zu, wie sie nervös ein paar Unterlagen wegpackte und sich dann prüfend umsah – keiner war da. »Wenn ich Mika nicht gehabt hätte, wäre ich wohl durchgedreht. Er war die wachende Hand über den Köpfen unserer Kinder. Ich konnte zu der Zeit keine gute Mutter sein«, wimmerte sie und es drängten sich Tränen in ihre Augen.

Sogleich überkam mich ein schlechtes Gewissen. Ich hätte nicht so mit der Tür ins Haus fallen sollen.

»Nein! Marie, das wollte ich nicht. Hör bitte auf zu weinen. Ich wollte einfach ein paar Erfahrungen mit dir austauschen, da wir beide im selben Boot sitzen. Du hast das durchgemacht und geschafft, was ich noch vor mir habe. Ich kenne keine Mutter, die fürsorglicher und liebevoller zu ihren Kindern ist als du«, bemühte ich mich, ihre Tränen zu trocknen, und nahm sie spontan in den Arm.

»Hätte ich gewusst, wie schrecklich und schwierig es ab und an ist, den Trieb zu kontrollieren, hätte ich mich niemals darauf eingelassen. Es war so schlimm, dass ich sogar an den Wiegen meiner Kinder stand und mir vorstellte, wie ich die Zähne in sie hineinbohre und sie zerreiße.« Ihre Atmung war schwer und sie kämpfte mit einer Panikattacke.

Was sollte ich nur tun?

Sofort eilte Mika – ohne, dass ich ihn holen musste – aus dem Behandlungszimmer und schloss seine Frau in die Arme. Seine Miene zeigte deutlich, wie sehr er sie beschützen würde, falls nötig. Ich kannte diesen Blick nur allzu gut.

»Es tut mir leid!«, sagte ich heiser und Mika nickte, obwohl seine Miene eine deutlich andere Aussage traf.

»Das konntest du nicht wissen, Moritz. Wenn du über das Thema *Wandlung* reden möchtest, kommst du lieber zu mir. In Ordnung?«, sagte er mit deutlichem Nachdruck in der Stimme.

Ich würde niemals wieder versuchen, Marie bezüglich dieses Themas zu befragen, so viel war sicher!

Beklommen machte ich mich dann doch auf den Weg nach Hause. Es war wie verhext, dass seit der Wandlung alles nur noch schief ging.

»Du bist echt ein Pechwolf!«, zischte ich mich selbst an und dachte zurück an Marie, die ich mit meinem Überfall völlig überfordert hatte.

Ich wurde so unfassbar wütend auf mich selbst, dass ich den nächstbesten Baum schlug, an dem ich vorbei lief. Ein Vibrieren in der Hosentasche lenkte mich für einen kurzen Moment vom pochenden Schmerz in meiner Hand ab.

›Schade, dass du gestern nicht da warst.‹

Ich schlug mir gegen die Stirn und seufzte. Wir hatten das Konzert von Lip, Jenna und Olli verpasst. Schöne Scheiße!

Meine Finger flogen förmlich über den Touchscreen meines Smartphones.

›Es tut mir so leid! Mir ist etwas dazwischen gekommen ... Wie kann ich das wiedergutmachen?‹, schrieb ich und es kam als Antwort eine Adresse mit der Aufforderung, Lip dort zutreffen.

Vielleicht würde diese Dramaqueen es mir ja dann nochmal verzeihen.

***

»Hier soll ich ihn treffen?«, brummte ich skeptisch und betrachtete das große, weitläufig umzäunte Haus.

Auf der Klingel stand ›Terrin‹ und ich zögerte nicht diese zu betätigen. Innerlich grübelte ich, weil mir der Name bekannt vorkam. Dann fiel es mir wie Schuppen von den Augen und das Bild der hübschen Ärztin aus der Klinik, die Lip eingesammelt hatte, ging mir durch den Kopf.

»Ja, bitte?«, ertönte es aus der Sprechanlage und ich sagte freundlich, ich würde gern Phillip Sanden besuchen.

Kurz danach öffnete sich die Tür des Hauses und ich staunte nicht schlecht. Es war eine wunderschöne Frau mit kurzen roten Haaren und einem sehr sicheren Auftreten. Meine Nase lief Amok und es fühlte sich komisch an. Der Instinkt warnte mich eindringlich. Eine Vampirin?

Ich machte einen großen Schritt von dem Tor weg. Was war, wenn sie mich angriff? Sam sagte ja bereits, dass nicht alle Vampire den Wölfen wohlgesonnen waren.

»Moritz, stimmt's? Freut mich sehr! Mein Name ist Evelyn. Möchtest du einen Kaffee? Oder lieber Tee?« Sie lächelte und hielt mir die hübsch manikürte Hand hin.

Sie hatte wohl Wind von meiner Skepsis bekommen und bemühte sich, beruhigend auf mich einzuwirken.

»Danke, Tee klingt gut«, blieb ich höflich und reichte ihr ebenfalls die Hand.

»Guter Junge. Komm rein.«

Ich folgte ihr ins Haus und sah mich dabei genau um. Sollte das hier dennoch schiefgehen, musste ich mir die Ausgänge merken. Gerade als Evelyn mich in die Küche führte, erstarrte ich. Am Tresen saß dieser Chefermittler und instinktiv blieb ich stehen. Ich knurrte ungewollt, was seine Aufmerksamkeit auf mich zog.

»Oh, Landvogt! Du hier? Was verschafft uns die Ehre?« Er lächelte, was bei mir allerdings dafür sorgte, dass sich mir wütend die Nackenhaare aufstellten.

»Ich besuche lediglich Lip. Hätte ich gewusst, wo ich ihn finde, hätte ich das Haus gemieden.«

»Na na! Wir wollen doch nicht streiten«, warf Evelyn ein, gab diesem Kerl einen Kuss auf die Stirn und begann, Tee zu kochen.

»Bist also immer noch wütend auf mich?« Robert Allerton lachte leise und sah zurück in die Zeitung.

»Wie man es nimmt. Schließlich haben sie mir zwei meiner Freunde verschleppt. Dass ich kein Fan von Ihnen bin, ist vermutlich kein Geheimnis!« Zielstrebig setzte ich mich ebenfalls an den Tresen und der Vampir legte die Zeitung weg.

Er seufzte.

»Hör mir zu. Ich liebe meinen Job und manchmal muss ich Dinge machen, mit denen nicht jeder einverstanden ist. So ist das Leben nun einmal«, brummte er und deutete an, mich berühren zu wollen.

Ich sprang wieder vom Stuhl, verwehrte es ihm und auch Evelyn sah mich nun belustigt an.

»Ich bin kein Schoßhündchen«, knurrte ich.

Im Türrahmen räusperte sich jemand.

»Moe.«

Erleichtert drehte ich mich um und sah in ein blasses, aber bekanntes Gesicht. Lächelnd ging ich auf meinen Freund zu und schloss ihn in die Arme. Auch er roch jetzt anders, was mich allerdings nur wenig störte. Er war immer noch Lip.

»Gehen meine Paten gut mit dir um?«, wollte er wissen, was mir einige Fragezeichen bescherten.

Paten?

»Robert und Evelyn haben sich meiner angenommen, bis ich alles gelernt habe und mehr unter Leute kann ... ohne dem Durst nachzugeben und einen leer zu trinken«, sagte er so frei, wie er war, was mich schüttelte.

Ein Blutsauger. Ich hatte es fast vergessen.

»Wir gehen nach oben«, richtete Lip sich an die beiden hinter mir und Evelyn schob zwei Tassen über den Tresen.

»Nehmt den Tee ruhig mit hoch«, bot sie uns an und Lip kam dem nach.

Ich wollte nicht nochmal so nah an Robert ran. Ohne etwas zu erwidern, folgte ich meinem Freund nach oben, der dort ein sehr schönes Zimmer hatte. Es war definitiv klar, dass er es nur bewohnte, aber es war gemütlicher, als jede Behausung in der er jemals gelebt hatte.

»Setz dich«, meinte Lip und deutete auf das Bett.

Ich zog aus Reflex die Schuhe aus und schmiss mich darauf. Am Kopfende lehnte ich den Rücken an die Wand und sah dabei zu, wie Lip es mir gleich tat.

»Wie geht es dir, Moe?«

»Schrecklich, weil ich euren Gig verpasst habe«, brummte ich und war wenig davon begeistert.

»Nicht so tragisch. War eh ein Reinfall. Ich musste abbrechen, weil es so verdammt verführerisch nach Blut roch. Ich kann das mit den Fangzähnen noch nicht kontrollieren. Sie kommen manchmal einfach heraus und mein Bauch knurrt. Es ist lästig«, lachte er und ich stimmte ihm zu.

»Ja, ich weiß, wie du dich fühlst. Ist als Wolf auch nicht so einfach.«

Lip sah mich ungerührt an. Er hatte also bereits bemerkt, dass ich nun ein Wolf war.

»Deine Aura ist sehr entschlossen heute. Das freut mich. Es heißt, du hast dich selbst gefunden.« Lip schmunzelte und ich nickte.

»Ich gebe mir Mühe und bin glücklich.«

Lip rutschte etwas näher an mich heran und unsere Finger berührten sich.

»Immer habe ich gehofft, dass ich es mal bin, der dich glücklich macht.«

Einer meiner Finger strich vorsichtig über seinen Handrücken.

»Das hätte ich mir auch gewünscht, aber das Schicksal hat manchmal einfach einen anderen Plan.«

Ich sah auf und spürte, wie sich Lips Lippen auf meine legten. Es war eine vertraute Geste, die mich erstarren ließ. Seine Zunge schob sich hervor und die Hände vergruben sich in mein lockiges Haar.

Lips rechte Hand wanderte zu meinem Gürtel, lösten ihn und innerlich flammte Lust in mir auf. Darüber erschrocken, drückte ich ihn weg. Ich konnte das nicht! Es war definitiv falsch!

»Moe?«

Kopfschüttelnd nestelte ich am Gürtel und erklärte ihm, dass es nur Sam für mich gab. Dieser Kuss wühlte mich dennoch ziemlich auf. Innerlich wollte ich mehr, doch mein Kopf schrie ›tabu‹.

36

Sam

Erschrocken starrte ich auf den Teller, der in Scherben auf dem Boden lag. Er war mir aus den Fingern geglitten, denn die Emotionen, die sich auf einmal auf mich übertragen hatten, waren zu intensiv gewesen. Moes Triebe schienen für einen Augenblick durchzudrehen und ich empfand Hunger auf Sex, was mich zum Wanken brachte.

Hastig sandte ich Mika eine Nachricht und fragte, ob es Moe gut ging. Dessen Antwort ließ mir den Atem stocken. Mein Schatz war nicht mehr in der Praxis.

›Dreh nicht durch. Du musst endlich lernen zu vertrauen, mein Freund‹, schrieb Mika zurück und ich runzelte missbilligend die Stirn.

Natürlich vertraute ich Moe! Er würde sicherlich keinen Mist bauen, auch wenn er mich für einen Moment in großer Alarmbereitschaft versetzt hatte. Ich nahm jedoch bereits wahr, dass sich sein Gefühlsleben beruhigte.

›Ich werde ihm vertrauen‹, antwortete ich Mika, der mir danach einen Zwinker-Smiley schickte.

Dabei fiel mir etwas ein. Ich musste noch einmal los. Hastig suchte ich die Scherben zusammen und warf sie weg. Es würde wohl noch einiges an Geschirr zu Bruch gehen, ehe Moe die Triebe unter Kontrolle hatte oder ich abstumpfte. Ich befürchtete, dass ich mich vorrangig zusammenreißen musste.

Mit dem Wagen fuhr ich in Richtung Wald – meinem zwischenzeitigen Zuhause. Ich dachte an das Medaillon, das mir Moe damals geschenkt und, das ich stets entweder in der Hosentasche oder kurz nach unserer Trennung um den Hals getragen hatte. Auf einem Waldparkplatz stellte ich den Wagen ab und marschierte los. Ich musste den Bau suchen, den ich mir geschaffen hatte.

»Gehen Sie hier spazieren?«, brummte ein Mann, der neben einem Baum aufgetaucht war und ich zuckte zusammen.

Dieser Geruch! Ich kannte den Kerl!

»Ja, ich dachte mir, es wäre gut gegen den Stress. Und Sie?« Ich wahrte mein Pokerface, denn mein Gegenüber hatte keine Ahnung, wer ich war.

»Ich jage«, meinte der Mann und machte eine Kopfbewegung zu dem Gewehr auf seinem Rücken hin. »In den letzten Monaten gibt es hier einen Wolf, der sein Unwesen treibt. Der darf per Sondergenehmigung und sogar mit Belohnung abgeknallt werden, weil er wütet. Ich schätze also, das hier ist kein guter Platz, um allein und schutzlos herumzulaufen.«

»Danke für die Warnung. Aber sagen Sie: Sind Wölfe normalerweise nicht eher scheue Tiere? Vor allem, weil sie in einem Wald wie diesem nicht unter Hunger leiden dürften«, hakte ich nach und der Jäger betrachtete mich.

»Sind Sie ein Umweltschützer?« Die Miene des Mannes zeigte Argwohn.

»Nein, nur ein Mann mit einem Abo für Tiersendungen«, meinte ich breit grinsend, was ihn zu besänftigen schien.

Glück gehabt!

»Nun denn, schönen Tag noch«, raunte der Typ und marschierte davon, wobei er meiner Frage keinerlei Beachtung schenkte.

Mit Herzrasen sah ich ihm nach. Irgendwer hatte tatsächlich ein Kopfgeld auf mich ausgesetzt. Ich konnte es nicht fassen. Dabei hatte ich mich überhaupt nicht so daneben benommen, dass es gerechtfertigt gewesen wäre. Die paar Tiere. Ich hatte schließlich von irgendetwas leben müssen ...

Kaum war der Jäger weitergelaufen, rannte ich los. Den Weg als Mensch hinter mich zu bringen war etwas umständlich, aber die einzige und unauffälligste Möglichkeit. Ich wollte mein Medaillon haben und danach nach Hause, um der Sache mit dem Kopfgeld nachzugehen. Es stank fürchterlich nach Verrat! Hoffentlich würde sich mein Verdacht nicht bestätigen. Das wäre ein weiterer Nagel zu meinem Sarg.

***

Atemlos saß ich nur eine halbe Stunde später erneut im Wagen und versuchte, meine Gedanken zu ordnen. Mein liebstes Schmuckstück befand sich endlich wieder dort, wo es hingehörte: an einer Kette hängend direkt über meinem Herzen.

Mein Handy vibrierte und ich warf einen Blick darauf. Moe fragte nach, wo ich war. Er brachte mich damit zum Lächeln. Anscheinend war er in der Nähe der Firma und wollte mich sehen.

›Warte dort auf mich. Ich bin gleich in diese Richtung unterwegs. Musste etwas besorgen‹, tippte ich rasch.

›Okay, ich warte hier auf dich.‹

Ich dachte an die Worte des Jägers. Ein Kopfgeld ... Man hatte tatsächlich ein Kopfgeld auf mich ausgesetzt. Wer würde etwas dieser Art tun? Adrian? Der war laut Robert Allerton zwar auf der Flucht, aber keine Gefahr. Er hatte es nicht auf mich abgesehen, besonders, wenn ich das glaubte, was Moe mir erzählt hatte. Nein, Adrian konnte ich von der Liste streichen. Dessen ehemaligen Freunde waren tot und ebenfalls keine Gefahr mehr. Wer blieb also übrig? Die Rudel? Alphas, die es auf meine Position abgesehen hatten? Diese Liste würde definitiv lang werden.

Vollkommen in Gedanken versunken, fuhr ich zur Firma, sodass ich noch nicht einmal mitbekam, dass ich an Benny und Simon vorbeifuhr. Sie wiesen mich jedoch lautstark darauf hin.

»Mensch, Sam, pennst du?!«, brüllte einer der beiden und schlug gegen den Kofferraum des Wagens.

Schockiert machte ich eine Vollbremsung.

»Moe wartet bereits seit einer halben Stunde auf dich ... Er wandert in der Firma umher«, fügte der andere hinzu und beide rollten mit den Augen.

»Danke fürs Wecken.« Mein Knurren brachte die Zwillinge nur zum Grinsen und ich bog schon kurz darauf auf meinen ganz persönlichen Stellplatz der Tiefgarage ein.

Im Fahrstuhl fiel mir auf, dass ich mich bei den beiden gar nicht erkundigt hatte, wo genau Moritz *herumgeisterte*. Ich würde also erst einmal in Richtung meines Büros gehen und dann von dort aus die Suche starten.

»Ach, Samuel, da bist du ja«, fing mich Annabelle ab und hielt mir mehrere Verträge unter die Nase. »Sie sind heute alle fällig und müssen endlich unterschrieben werden. Du darfst dich nicht davor drücken.«

Ich seufzte.

»Ist schon gut.« Ich nahm ihr den Stapel Blätter ab und ging auf den nächsten Schreibtisch zu. »Hast du Moe gesehen?«

Anna überlegte kurz, nickte daraufhin.

»Ich fürchte, der ist vorhin in Maxwells Pranken geraten. Der war auf dem Weg in die Kantine und hat Moritz dazu überredet, ihn zu begleiten.«

Panik brannte plötzlich in meinen Adern. Moe war allein mit Maxwell? Diesem bornierten Vollidioten, der ständig gegen meinen Schatz wetterte? Das konnte nur schiefgehen!

***

Ein Schrei war im Flur zur Kantine zu hören und die Wölfe rannten darauf zu. Ich drückte mich an ihnen vorbei und mir bot sich ein Bild, das mir das Blut in den Adern gefrieren ließ: Moe hatte ein Messer in der Hand und hielt es auf Maxwell gerichtet, der eine abwehrende Geste machte.

»Ganz ruhig, Junge«, brummte er. »Du hast wohl nicht die geringste Ahnung, wer ich bin.«

Moritz funkelte den Alpha wutentbrannt an und ich hatte das Gefühl, diese ganze Situation würde gleich außer Kontrolle geraten. Was hatte Moe nur?

Maxwells Wächter, der sich die ganze Zeit im Hintergrund gehalten hatte, bewegte sich langsam auf die beiden zu. Ehe er einschreiten konnte, hielt ich ihn auf.

»Warte«, zischte ich und die Augen des Wolfs weiteten sich. »Ich mache das.«

Der Mann nickte widerwillig, er zog sich jedoch zurück. Jetzt lag es tatsächlich an mir.

»Moe.« Ich hatte seinen Namen nur leise ausgesprochen, aber sogleich machten mir die anderen Platz, sodass er mich sehen konnte.

Die Nasenflügel meines Liebsten bebten, ließ Maxwell nicht aus den Augen. All die Emotionen schrien förmlich, dass er den Alpha umbringen wollte. Hätte er nicht das Messer in Händen gehalten, wäre er vermutlich zur Wolfsgestalt gewechselt. Die Frage blieb allerdings noch immer bestehen: Wieso?

»Er«, knurrte Moritz auf einmal. »Er war es, Sam!«

Ich bewegte mich weiterhin auf die beiden zu. Diese Situation würde in den nächsten Minuten auf jeden Fall eskalieren. Ich musste Moe da rausholen.

»Na los: Was soll ich gewesen sein?«, forderte Maxwell meinen Schatz heraus und legte den Kopf schief, als wollte er ihn nur noch mehr reizen.

»Maxwell, tu uns beiden einen Gefallen und halt die Schnauze!«, fuhr ich ihn an und dem Alpha entglitten die Gesichtszüge.

»Die Jäger ... Er ... Wegen ihm bin ich«, faselte Moe, was sein Gegenüber zum Lachen brachte.

»Versteht jemand, was der Junge will?«

Seine Gefühle waren zu stark, als dass er sich klar ausdrücken konnte, aber gerade jetzt fiel bei mir der Groschen. Also war es Maxwell gewesen, der die Jäger bezahlt hatte. Sie waren es also auch, die auf Moritz geschossen hatten.

»Was ist hier los?!«, brüllte auf einmal jemand und alle Anwesenden fuhren zu den Neuankömmlingen herum.

Vivienne und TJ standen zusammen mit Robert Allerton und Evelyn Terrin an der Tür. Die beiden Vampire runzelten sogleich die Stirn, als sie Moe mit dem Messer entdeckten.

»Maxwell will uns erzählen, wieso er jemanden auf mich hat ansetzen lassen. Es wurde sogar ein Kopfgeld auf mich veranschlagt. Das ist es zumindest, was ich mittlerweile denke, obwohl ich noch keine Beweise habe«, erklärte ich.

»Oh, Samuel! Willst du mich so dringend aus dem Weg räumen, dass du dir diese Lügengeschichte ausdenken musstest? Also wirklich.« Maxwell spielte den Betroffenen und ich musste zugeben, dass er es recht überzeugend darbot.

Ich hatte aber nun die Faxen dicke, befahl Moe, das Messer sinken zu lassen, was er zu meiner Überraschung auch sofort tat. Wir brauchten eine Untersuchung und keine leeren Anschuldigungen. Hier und jetzt war Schluss mit Gewalt!

»Ich wusste, dass du früher oder später wieder bei ihm landen würdest. Du bist gebunden. Und wie sehr du dich von diesem Jungen leiten lässt«, meinte der Alpha auf einmal und mein Herz stockte, als er Moritz ansprang und ihn am Genick packte.

Jemand schrie auf, Stimmen flüsterten wild durcheinander.

»Maxwell, lass ihn los!« Ich wollte noch ein paar Schritte auf sie zu machen, aber der Alpha schüttelte warnend den Kopf.

»Oh nein, das werde ich nicht. Das Wohl des Rudels steht hier auf dem Spiel! Du wolltest ja nicht auf mich hören ... Ich habe dir von Anfang an gesagt, dass du mit all unseren Leben spielst. Ein rudelführender Alpha sollte das wissen!«

Er hielt Moe in seinem schraubstockähnlichen Griff fest, der sich instinktiv fügte.

Ich musste an die beiden rankommen! Aber wie?

37

Lip wurde extrem wütend und schleuderte mich mit einer nicht geahnten Kraft vom Bett, sodass ich krachend zu Boden fiel. Erschrocken über den Ausbruch rappelte ich mich zügig auf und ging in den Verteidigungsmodus.

»So eine Scheiße! Ich dachte, jetzt wo du auch was *Besonderes* bist, würdest du mich verstehen und wir könnten ein Paar sein. Du weißt, dass ich dich liebe!«, schrie er mich an und stand nun ebenfalls vom Bett auf.

»Lip, beruhige dich! Zwischen uns beiden, das war toll. Ich streite es ja nicht ab. Dennoch liebe ich dich eher wie einen Bruder, einen besten Freund – aber nicht so wie Samuel«, versuchte ich, es ihm in ruhigem Tonfall deutlich zu machen.

Ich behielt dabei die Tür im Auge. Wenn es hier eskalierte, musste ich die Chance nutzen und verschwinden. Ich wollte meine Zähne nicht in sein Fleisch schlagen und ihn dabei versehentlich töten. Ein Knurren ließ mich zu ihm zurück blicken. Fuhr er gerade echt die Fangzähne aus?

Unruhig trat ich von einem Bein aufs andere.

»Lip, komm schon ... Wir sind Freunde! Lass uns nicht kämpfen. Das wird bis aufs Blut gehen, wenn nicht sogar schlimmer.«

Im nächsten Moment spürte ich eine Hand an meinen Hals, verlor den Halt unter den Füßen und wurde schmerzhaft gegen eine Wand gedrückt.

»Hey!«, brachte ich mit Mühe und Not heraus, doch der Vampir bleckte nur die Zähne und dachte nicht im Traum daran, von mir abzulassen.

»Was wird das Freundchen?«, zischte plötzlich die rothaarige Dame von eben und ergriff Lip an den Ohren, der tierisch zu schreien begann.

Ich fiel bei dieser Aktion auf den Hintern und konnte ein schmerzverzerrtes Gesicht nicht unterdrücken. Robert stand am Türrahmen und sah dabei zu, wie seine Liebste meinem Freund regelrecht die Leviten las.

»Jetzt hör mir mal genau zu, du Baby-Vampir! In diesem Haus gelten meine Regeln! Eine davon besagt, *Gäste sind höflich zu behandeln und werden wertgeschätzt ...* Nicht an die Wand geschleudert, gebissen oder verletzt! Habe ich mich deutlich ausgedrückt?«, fauchte sie ihn an und gab das Ohr frei, das nun blutrot war.

»Landvogt, Zeit für dich, zu gehen!«, sagte Robert beiläufig und ich ließ mich definitiv nicht zweimal bitten.

Ich schnappte mir meine Schuhe, folgte ihm nach draußen und bedachte Lip dabei mit einem letzten Blick, der auf dem Bett saß. Evelyn hatte neben ihm Platz genommen, eine Hand auf seine Schulter gelegt, schien ihn zu trösten.

»Was war oben los?«, fragte der Chefermittler, doch ich schwieg. »In Ordnung. Erzähl nur nicht zu viel auf einmal«, begann er, aber ich verließ das Haus ohne mich groß zu verabschieden.

***

Den ganzen Weg über zur Firma dachte ich an Lip, unseren Kuss und den kurzen Moment, in dem ich es ihm tatsächlich besorgen wollte. So langsam verstand ich, wie schwer es für Sam damals gewesen sein musste, von anderen Frauen oder sogar seiner Schwester abzulassen. Die Vernunft war wie ausgeschaltet, wenn sich das ›Es‹ meldete.

»Wie mache ich *das* nur Sam klar? Er wird sicherlich die Lust gespürt haben. Das ist so eine Kacke!«, knurrte ich mich selbst an und schlug mir gegen die Stirn.

Bei *Parfum Johnsan* schien die Hölle los zu sein. Einige liefen wie aufgescheuchte Hühner herum, die Zwillinge sah und roch ich nirgends und Annabelle hatte einen hochroten Kopf, als würde sie jeden Moment explodieren. Sie erblickte mich und ich hatte, wenn ich ehrlich war, schon ein wenig Angst. Was für eine Miene!

»Moe, der Himmel schickt dich«, wurde sie glücklicherweise entspannter und bekam zudem eine gesündere Gesichtsfarbe. Immerhin schien das Herzinfarktrisiko jetzt gemindert zu werden. »Nimm diese Kekse samt Kaffee und bring sie diesem Wichtigtuer Maxwell ins Büro neben dem von Sam. Wenn ich da noch einmal hinein muss, wird er sie in den Rachen gestopft bekommen. Und den Kaffee lasse ich in seine Ohren laufen, um das Hirn weich zu kochen«, knurrte sie und drückte mir mit ordentlich Schwung das Tablett in die Hände.

›Holla die Waldfee!‹ Ich nickte hastig.

Wenn das alles war, um diese Frau glücklich zu machen, würde ich es doch mit Leichtigkeit übernehmen. Bei dem Namen kam ich allerdings ins Grübeln. Sam hatte ihn schon ein oder zweimal erwähnt. Er schien meinem Liebsten nicht wirklich wohlgesonnen zu sein, was mich zur Vorsicht ermahnte.

Vor der Tür klopfte ich zweimal, bis ich ein »Herein!« vernahm und diese öffnete.

»Annabelle lässt grüßen und schickt mich, den kleinen Snack vorbei zu bringen«, grinste ich und stellte das Tablett auf dem Schreibtisch ab.

»Danke. Sie sind Moritz, nicht wahr?«, fragte er sehr selbstbewusst.

Ich nickte, reichte ihm meine Hand und wir begrüßten uns so, wie es sich gehörte. Als Lebenspartner von Samuel musste ich mich dementsprechend verhalten, damit es nicht auf ihn zurückfiel, das hatte ich mittlerweile gelernt. Dieser Aufgabe würde ich mich in Zukunft wohl öfter widmen dürfen und hatte auch keine Probleme damit. Es war ein kleiner Preis dafür, den Alpha behalten zu können.

»Blendendes Timing übrigens. Die Kekse lasse ich für später stehen. Wie wäre es, Moritz, wenn Sie und ich uns in der Kantine eine Kleinigkeit gönnen? Ich lade Sie herzlich dazu ein.« Er grinste breit und ich konnte schlecht ablehnen. »Ich erleichtere mich eben noch und dann können wir los. Warten Sie bitte einen Moment hier!«, meinte der geschniegelte Amerikaner und verließ kurz darauf das Büro im Eilschritt.

Dafür, dass es nicht sein eigenes Büro war, schien er ziemlich viel Kram erledigen zu müssen. Ich warf einen flüchtigen Blick auf den Schreibtisch, da mich die Neugier gepackt hatte. Lediglich Unterlagen von Firmen in Amerika, Frachtlieferungen und Rechnungen. Gerade als ich mich entfernen wollte, stieß ich an den Bürostuhl, der ein paar der Unterlagen herunter riss.

»Mist«, ächzte ich, als auch schon Maxwell zurück ins Büro kam. »Entschuldigen Sie, Maxwell. Ich bin an den Stuhl gekommen und habe alles umgeworfen«, gab ich verlegen zu, doch der winkte freundlich ab.

»Kein Problem. Das kann passieren. Wir räumen einfach rasch zusammen auf! Dann ist es so, als wäre nie etwas geschehen.«

Während ich mich bückte und ihm ein Blatt nach dem anderen zu reichen, sodass er seine Ordnung wiederfand, sah ich Rechnungen von verschiedenen Jagdvereinen.

»Ich jage sehr gern in meiner Freizeit. In Amerika hängen in meinem Haus jede Menge an Trophäen«, lächelte er und ich lächelte unsicher.

Es war ein komischer Gedanke zu wissen, dass der Kerl tote Tiere an den Wänden zur Schau stellte, wie in den Filmen. In der Realität hatte ich so etwas noch nie gesehen.

***

»Ist das so? Sie studieren Tiermedizin?«, löcherte mich Maxwell gefühlt seit einer Stunde zu allen möglichen Dingen.

Ich selbst kam gar nicht dazu, ihn irgendwas zu fragen. Als er sich jedoch endlich etwas Essen in den Mund schob, nutzte ich die Gelegenheit, mich zu erkundigen, was er denn hier jagen wollte – mir war vorhin ebenfalls eine deutsche Rechnung aufgefallen. Der Preis darauf war nicht ohne gewesen ...

»Ich habe etwas jagen lassen. Das stimmt schon ... Moritz, wie lebt es sich denn so mit Sam?«, wechselte er schlagartig das Thema und ich bemühte mich, nicht die Stirn zu runzeln.

»Gut. Wir sind glücklich. Was für ein Tier sollte es denn sein? Hier sind die Waffengesetze ja anders als in den USA. Haben Sie jemanden, der Sie auf der Jagd begleitet?«, hakte ich beharrlich nach.

»Natürlich! Der Jäger hat mir seinen Sohn Tim zur Verfügung gestellt. Ein netter junger Mann, der sich in den Wäldern prima auskennt. Sag mal, ist Sam in der letzten Zeit gereizter, müder oder irgendwie mit den Gedanken woanders?«

Verwirrt starrte ich ihn an.

»Wieso meinen Sie das?« Mein Bauchgefühl sagte mir, dass an diesem Verhör etwas ganz und gar nicht stimmte.

»Ich will dir jetzt nicht zu Nahe treten, aber es ist kein Geheimnis, dass wir anderen Alphas nicht allzu begeistert sind von Samuels Partnerwahl. Du bist jung, unerfahren und Sam denkt nicht mehr wie ein Rudelführer. Er lässt sich von dir zu sehr manipulieren, ist blind vor Liebe. Das mit dem ›Schwulsein‹ ist aber vermutlich nur eine Phase. Ich kenne die Frauen, mit denen Sam sich vergnügt hat und glaub mir: Du kannst ihnen nicht das Wasser reichen!«

Die Wut in mir stieg sprunghaft an und ich hätte ihm am liebsten aufs Maul gehauen. Gerade als ich widersprechen wollte, zeigte er das gemeinste Lächeln, welches ich jemals gesehen hatte.

»Ein Jammer, dass die Jäger dich erwischt haben und nicht ihn«, murmelte er und mir fiel es wie Schuppen von den Augen.

Wie dämlich war ich nur gewesen, diese ganzen Hinweise nicht deuten zu können? Seit meiner Wandlung war ich so ein Hohlkopf! Ich sprang auf, zog ihn an seinem feinen Kragen über den Tisch und donnerte ihm spontan eine.

»Warte, du Dreckschwein!«, schrie ich und ergriff das Messer auf dem Tablett vor mir.

***

»Ganz ruhig, Junge«, brummte er. »Du hast wohl nicht die geringste Ahnung, wer ich bin ...«

Ich wusste ziemlich genau, wer er war. Er war der Penner, der mein normales Leben auf dem Gewissen hatte! Und der, der meinen Liebsten das Licht ausknipsen wollte.

Die Mitarbeiter der Firma bildeten eine Traube um uns und ich spürte Sams Panik. Er war in der Nähe! Ich konnte mich nicht nach ihm umsehen, denn dieses Schwein durfte nicht aus den Augen gelassen werden. Einen Moment nicht aufgepasst und es wäre vermutlich mein Ende!

»Moe.«

Mein Inneres fuhr Achterbahn. Am liebsten hätte ich mich gewandelt und dem Kerl vor mir die Kehle zerfetzt. Ich musste es aber irgendwie erklären, denn gerade wirkte ich bestimmt wie der Irre hier.

»Er«, knurrte ich und richtete mich damit an meinen Liebsten. »Er war es, Sam!«

»Na los: Was soll ich gewesen sein?«, forderte Maxwell, legte den Kopf schief, als würde er von nichts wissen. Es machte mich rasend.

»Maxwell, tu uns beiden einen Gefallen und halt die Schnauze!«, fuhr Sam ihn an, was mich beruhigte. Mein Alpha würde ganz klar auf richtigen Seite stehen.

»Die Jäger ... Er ... Wegen ihm bin ich ...«

Dieser Möchtegern-Amerikaner unterbrach mich mit einem Lachen.

»Versteht jemand, was der Junge will?«

»Was ist hier los?!«, brüllte auf einmal jemand und alle Anwesenden fuhren zu den Neuankömmlingen herum.

Vivienne und TJ standen zusammen mit Robert Allerton und Evelyn Terrin an der Tür. Die beiden Vampire runzelten sogleich die Stirn und fixierten das Messer in meiner Hand. Ich hatte ja nicht gerade den besten Eindruck von mir in Evelyns Haus hinterlassen, das war mir bewusst, aber diese Mienen verletzten mich doch.

»Maxwell will uns erzählen, wieso er jemanden auf mich hat ansetzen lassen. Es wurde sogar ein Kopfgeld auf mich veranschlagt. Das ist es zumindest, was ich mittlerweile denke, obwohl ich noch keine Beweise habe«, erklärte Sam.

»Oh, Samuel! Willst du mich so dringend aus dem Weg räumen, dass du dir diese Lügengeschichte ausdenken musstest? Also wirklich ...«

Am liebsten hätte ich ihm sofort das Messer in die Brust gerammt, als von Sam in einem ziemlich tiefen Befehlston kam:

»Moritz, runter mit dem Messer! Sofort!«, forderte er mit Nachdruck.

Nur widerwillig und mit einem Knurren ließ ich das Messer zu Boden fallen. Allerdings lag es noch so nah bei mir, dass ich es jederzeit mit einem Hechtsprung erreichen konnte.

»Ich wusste, dass du früher oder später wieder bei ihm landen würdest. Du bist gebunden. Und wie sehr du dich von diesem Jungen leiten lässt.«

Es ging so unfassbar schnell. Ehe ich mich versah, hatte Maxwell mich angesprungen und mein Genick gepackt. Jemand schrie auf, Stimmengewirr war zu hören.

»Maxwell, lass ihn los!«

Panik stieg in mir auf, weil Sam so unfassbar wütend wurde. Es war ein schlechtes Zeichen, denn meist neigte er währenddessen dazu, dumme Entscheidungen zu treffen.

»Oh nein, das werde ich nicht. Das Wohl des Rudels steht hier auf dem Spiel! Du wolltest ja nicht auf mich hören ... Ich habe dir von Anfang an gesagt, dass du mit all unseren Leben spielst. Ein rudelführender Alpha sollte das wissen!«

Maxwells Griff wurde fester und schmerzte bereits. Ich versuchte, mich so wenig wie möglich zu bewegen. Jetzt wäre es taktisch unklug ihn zu provozieren.

38

Ich konnte in Moes Miene erkennen, dass er sich der Gefahr durchaus bewusst war, und beneidete ihn um diese Selbstbeherrschung. Die meisten Wölfe wären wohl in absoluter Panik verfallen, so wie ich gerade bei seinem Anblick. Maxwells Finger schlossen sich weiterhin fest um das Genick meines Partners und ich wusste: Nur ein bisschen mehr Druck ...

»Max, was wird das?«, mischte sich nun zu meiner Überraschung Maxwells Bruder TJ ein, der sich einen Weg durch die Menge gebahnt hatte.

»Halt du dich da raus!« Sein Grollen war tief und bedrohlich.

»Ein Alpha sollte wissen, wann er eine Chance hat und wann nicht. Schau dich um: Der Raum ist voller Augenzeugen. Solltest du dem Jungen jetzt etwas antun, kann dich nicht einmal mehr dein Status retten.« Der junge Wächter blieb hartnäckig, während er sich mir näherte.

War das nur eine Show, um an mich heranzukommen? Maxwells Wächter bewegte sich ebenfalls in unsere Richtung. Gut möglich, dass die Situation gleich eskalierte, weil sie mich in die Mangel nahmen.

»Tristan, ich werde mich nicht wiederholen«, knurrte Maxwell und verstärkte den Griff um Moes Nacken. »Unsere Sippe ist in Gefahr! Wir brauchen jemanden, der handelt und keinen liebestollen Hund, der nach der Pfeife eines Kindes tanzt!«

Ich kochte vor Wut. Wenn dieser Scheißkerl nicht gleich die Finger von meinem Lebenspartner nahm, würde er bald keine mehr nutzen können. Es würde mir großes Vergnügen bereiten, ihm jeden Knochen einzeln zu brechen!

»Sam«, keuchte Moritz und seine Stimme zitterte.

Der Blick hatte sich auf mich geheftet und er atmete demonstrativ, als wollte er mir bedeuten, ihm dies nachzumachen. Ich tat es, wurde dadurch tatsächlich etwas ruhiger und wusste plötzlich, was ich tun konnte.

»Adrian hat wirklich ganze Arbeit geleistet«, brummte ich mehr zu Moe, als in die Runde.

Maxwell sah mich irritiert an. Die Erwähnung dieses Namens sagte ihm nichts, doch ich hoffte, Moritz würde den Wink verstehen. Adrian hatte ihm das Kämpfen beigebracht, wie ich nach meiner Rückkehr erfuhr und er war ein ausgezeichneter Stratege gewesen. Sollte er also Moe ein paar Kniffe gezeigt haben, wäre jetzt der perfekte Zeitpunkt.

»Ach, verstehst du es nicht?«, lenkte ich die Aufmerksamkeit des Alphas weiter ab und bewegte mich nach links, von seinem Wächter und TJ weg.

Maxwells Bruder schien mir nicht zu folgen, ganz im Gegensatz zu dessen Aufpasser. Also blieb mir wohl nur ein weiterer Gegner, wenn der Kerl tatsächlich so verrückt war, es zu versuchen.

»Was hat der Mörder deines Vaters damit zu tun?« Der amerikanische Rudelführer hielt mich offensichtlich für verrückt geworden und eventuell hatte er auch recht damit.

»Intrigen und blinder Hass. Das sind alles Dinge, die uns nicht weiterbringen. Was habe ich dir getan, dass du mich umbringen willst? Du solltest besser als jeder andere wissen: Mit mir kann man reden.«

Ich funkelte ihn an. Gerade jetzt wäre mir allerdings nicht nach Reden zumute gewesen, sondern eher nach einem Blutbad.

»Das war einmal so. Jetzt bevorzugst du jedoch dieses Bürschchen oder schließt Abkommen mit Blutsaugern«, fuhr Maxwell mich an und nickte in Richtung von Robert und Evelyn, die diese Szene gebannt verfolgten.

»Es muss sich etwas ändern. Die Wölfe sind nicht mehr wie früher und die Vampire ebenso wenig.«

Ganz langsam näherte ich mich den beiden weiter.

»Bei uns haben sie sich nicht geändert. Wir werden weiterhin gejagt!« Zu meiner Überraschung erzitterte der Alpha und ich nahm einen Hauch Panik wahr, die nicht von Moritz stammte.

»Wovon redest du?« Nun war ich es, der irritiert dreinblickte.

»Unsere Sippe wurde in den letzten Monaten ständig angegriffen und es gab bereits einige Tote. Und was unternimmt der regierende Alpha? Macht bei diesem Kind hier Männchen oder streift durch die Wälder, als hätte er keinerlei Verantwortung.« Aus der Panik wurde Wut, die sich stetig steigerte, als würde Maxwell sich in Rage reden.

»Moe«, bellte ich und der reagierte zum Glück sofort.

Mit aller Kraft rammte er dem anderen Wolf den Ellenbogen in die Seite, der daraufhin ächzte und den Griff lockerte.

Mein Schatz stürzte nach vorn und in meine Arme. Der Wächter hatte mich währenddessen beinahe erreicht und wollte sich auf uns stürzen, was ich nun im Augenwinkel erspähte. Ich erkannte die Gefahr zu spät, um ihn abwehren zu können. Moe wäre dadurch vermutlich verletzt worden.

»Vergiss es!«, vernahm ich die Worte neben mir und TJ ging plötzlich dazwischen.

Ein Kampf begann, den man regelrecht verbissen nennen konnte. Keiner der Wächter würde nachgeben, das spürte man deutlich.

»Alles okay bei dir?«, raunte ich rasch, denn ich musste mich noch um jemanden kümmern.

»Ja. Bitte sei vorsichtig.«

Moe zitterte, aber er war unverletzt.

»Werde ich.« Ich löste das Medaillon von meinem Hals und drückte es Moritz in die Hand. »Geh zu Vivienne. Ich hole mir gleich wieder, was mir gehört.«

Er nickte und hastete dann auf Viv zu, die weiterhin bei Robert und Evelyn stand. Die anderen Wölfe blieben wie angewurzelt auf ihren Plätzen, nur diejenigen, die Gefahr liefen, in die Kämpfe hineingezogen zu werden, wechselten die Sitzgelegenheit, den Stehplatz oder verließen fluchtartig den Raum.

»Maxwell!«, knurrte ich und rannte auf diesen zu.

***

In Menschengestalt knallte ich gegen ihn, rammte dem Alpha die Faust mitten ins Gesicht und hörte das Knacken, als dessen Nase brach. Maxwell fluchte, wehrte den nächsten Schlag ab und hob das Messer auf, das Moe fallen gelassen hatte.

»Nicht ganz so unproblematisch, wie ich es mir gewünscht hatte, doch ich habe keine andere Wahl. Mein Rudel braucht mich«, sagte er und stieß zu.

Ein scharfes Messer tat weh, wenn man es in die Seite bekam, aber ein stumpfes war dagegen eine ganz andere Geschichte. Während das Fleisch förmlich aufriss, nutzte ich die Wut, um ihn zu überwältigen.

»Ich bin nicht dein Feind gewesen, Maxwell. Jetzt sieht die Sache allerdings anders aus.« Meine Hand übte gezielt Druck auf die Finger am Messer aus und das erste knackende Geräusch brachte den anderen Alpha zum Stöhnen. »Du hättest dich nicht an Moritz vergreifen dürfen. Ab jetzt bin ich dein schlimmster Albtraum ...«

Weitere Knochen brachen.

»Mein Rudel stirbt, Samuel. *Das* ist mein schlimmster Albtraum«, brachte Maxwell heraus und ließ das Messer los, um sich aus dem Griff winden zu können.

Er hatte keine Chance. Erst, als jeder der fünf Finger der Hand gebrochen war, lockerte ich etwas den schraubstockartigen Kontakt und der Wolf entzog sich mir. Sein Gesicht war bleich vor Schmerz. Mann gegen Mann hatte er keine Möglichkeit, das schien er nun zu begreifen. Max sah zu seinem Wächter hinüber, der weiterhin verbissen gegen TJ kämpfte.

»Tristan! Was machst du?«, brüllte er seinen Bruder an.

»Ich erfülle meinen Schwur. Einen Schwur, den du mir aufgezwungen hast, wenn ich dich daran erinnern darf, Bruder.« Wütend wandte sich TJ dem Alpha zu.

Ein fataler Fehler ...

»Pass auf!« Viviennes Stimme drang durch den großen Raum, Maxwells Bruder reagierte etwas zu langsam.

Der Schlag gegen den Kopf, den er durch den Wächter abbekam, ließ ihn zu Boden gehen, wobei er vorher noch mit dem Genick an die Tischkante knallte. Viv schrie und rannte auf den leblos daliegenden Mann zu. Hoffentlich gab es noch Hoffnung für ihn.

»Siehst du nun, was ihr anrichtet mit eurer blinden Verbohrtheit?!«

Ich konnte nicht anders, als die Angriffe abzuwehren. Durch mich würde heute niemand sterben, so sehr es mich auch danach dürstete. Es wäre meiner Position nicht würdig.

»Er hat sich für seine Seite entschieden und ich mich für die meine.«

Maxwell holte nochmals aus. Ich wehrte ab.

»Es reicht!« Trotz der Verletzung wandelte ich mich, wuchs zu der mächtigen Alphagestalt heran und überragte den anderen damit problemlos.

Seine Pupillen weiteten sich vor Angst. Vermutlich ging er davon aus, dass seine Tage damit gezählt waren. Langsam holte ich aus.

***

»Ich wäre damit einverstanden gewesen, wenn du ihn kalt gemacht hättest«, murmelte Benny, während er mir die Kompresse auf die Seite drückte. »Wieso hast du ihn nur ausgeknockt? Ich bin mir sicher, der Typ wird es erneut versuchen. Den muss man einfach kalt machen.«

Ich stöhnte vor Schmerz und fluchte anschließend.

»Wenn du nicht etwas vorsichtiger mit mir umgehst ...«, ließ ich die Drohung im Raum stehen, aber der Zwilling grinste nur frech.

Er wusste genau, dass ich weder ihm, noch Simon etwas antun würde, egal wie sehr sie mir zusetzten. Moritz war in Richtung des nächstbesten Telefons gehastet, um Mika anzurufen, denn in der Kantine gab es keinen Empfang. Wieso das nicht von jemand anderen erledigt werden konnte, war mir schleierhaft. Lieber hätte ich Moe bei mir gehabt.

Vivienne kniete noch immer neben TJ. Er war bewusstlos und brauchte Mika ebenfalls dringend. Ich ging von einer Gehirnerschütterung und gebrochenen Wirbeln aus, so wie er aufgeschlagen war. Aber er lebte und würde wieder werden – das war die Hauptsache.

»Mika ist gleich da«, verkündete Moe, kaum dass er in die Kantine zurückgekehrt war und kam auf Benny und mich zu. »Wie fühlst du dich?«

»Als hätte man mich erdolcht«, raunte ich und zog ihn an mich.

Seine Sorge um mich war süß, aber ich hatte schon einiges überstanden, was weitaus schlimmer gewesen war. Dennoch nutzte ich diese Emotion aus, um ihn bei mir zu haben.

»Wegen vorhin«, flüsterte Moe auf einmal und ich nahm Panik wahr. »Also diese anderen Gefühle, die du vermutlich mitbekommen hast«, stotterte er, aber ich küsste ihn rasch.

»Später, wenn du es unbedingt erzählen willst. Aber ich bin dir deshalb nicht böse und du musst es auch nicht erklären. Ich vertraue dir«, sagte ich leise und lächelte.

Maxwell und dessen Wächter hatte man in der Zwischenzeit unter Arrest gesetzt. Es waren mehrere Wölfe und Robert nötig, um den Kämpfer zu bezwingen. Der Alpha hatte sich hingegen friedlich abführen lassen. Meine Gnade war ein Schock für ihn gewesen. Ich hatte ihm mit der Pranke einen Hieb verpasst, aber ohne die Krallen einzusetzen. Allein einen feinen Kratzer hatte er als Warnung bekommen, auf dass es ihm eine Lehre fürs nächste Mal wäre.

TJ rührte sich. Er hatte die Augen geöffnet und starrte zu Vivienne empor, die ihn gleich anfauchte, ja liegen zu bleiben. Ihr Tonfall brachte mich zum Schmunzeln. Diese Sorge.

»Was ist?« Moe bemerkte es.

»Viv. Dieser Wächter bringt sie wohl noch um den Verstand.« Ich lachte, tarnte es jedoch sogleich als Husten, weil ich ihre Aufmerksamkeit nicht auf mich ziehen wollte. »Hast du sie schon einmal so erlebt?«

Moritz lächelte, schüttelte danach den Kopf. Vivienne bedachte TJ mit bösen Blicken, schimpfte wie ein Rohrspatz, als er sich aufrichten wollte und drückte ihn sogleich nieder.

»Sei endlich mal vernünftig und park deinen Sturschädel, bis Mika da ist. Wenn du dir jetzt das Genick brichst, hab ich nur Papierkram«, fauchte sie und jetzt war es Moe, der sich das Lachen verkneifen musste.

»Er kann einem schon leidtun«, flüsterte er.

»Mein Mitgefühl hat er auf jeden Fall. Und meinen Dank.« Ich genoss unsere friedliche Zweisamkeit. Benny hatte sich verzogen und Moritz die Aufsicht über meine Wunde überlassen.

Mein kleiner Doktor.

39

Moe

Wir stören euch beide ja nur ungern«, räusperte sich Evelyn und ich löste mich von meinem Draufgänger. Sicherlich hatten die drei etwas Geschäftliches zu besprechen. Gerade als ich mich ein paar Schritte entfernen wollte, griff Robert nach meinem Handgelenk.

»Bleib. Es geht schließlich um dich.« Er merkte anscheinend, dass mir diese Berührung nicht passte, und ließ mich genauso zügig wieder los.

»Wir sind eigentlich nur hier, weil wir jemanden im Auto sitzen haben, der sich gern entschuldigen würde«, sagte Evelyn sanft und strich ihrem Robert über den Arm. Der schien mittlerweile genervt von mir zu sein.

Ich dachte lange darüber nach, ob ich Lip sehen oder hören wollte, schließlich war er mir an die Gurgel gegangen.

»Darf er hereinkommen? Nach dem Trubel würden wir definitiv verstehen, wenn du für heute genug hättest.« Sie lächelte und zeigte mir erneut, was für eine warmherzige Frau sie doch war.

»In Ordnung. Aber ihr haltet ihn unter Beobachtung. Nochmal schafft er es nicht an meinen Hals«, zischte ich und Sam sah mich irritiert an.

»Ich glaube, das was wir später besprechen wollten, eilt gleich durch diese Tür«, seufzte ich.

Hoffentlich waren die Schmerzen so groß, dass Sam die Fassung behielt und nicht auf ihn losging. Wie ein Gefangener wurde Lip hereingeführt, denn Robert schien ihn an der imaginären, kurzen Leine zu halten. Sam legte einen Arm um meine Hüfte und zog mich näher zu sich heran. Er machte jetzt schon deutlich, zu wem ich gehörte.

»Hi Moe«, kam es unsicher von meinem Kumpel.

»Lip. Du wolltest mit mir sprechen?«

Sein Blick suchte Sam und mich anscheinend systematisch ab, bis er überraschenderweise lächelte. Es war kein Sarkasmus, sondern ein echtes Zeichen von Anerkennung.

»Nun verstehe ich, wieso du mich abgewiesen hast. Eure Auren sind komplett im Einklang. Der Kreis ist geschlossen«, murmelte er, schien aber ebenfalls betrübt darüber zu sein. »Es hat anscheinend nur gefehlt, dass du einer von ihnen wirst«, fügte er hinzu und richtete sich dann unerwarteterweise an Sam.

»Sorry, aber ich wollte ihn nicht aufgeben und nochmal meine Chancen checken. Ich habe ihn geküsst, nicht umgekehrt. Es war so plötzlich, dass er nicht damit rechnen konnte. Ihn trifft keine Schuld!«

Jetzt war die Katze aus dem Sack. Ich schluckte.

Die Wut in Sam stieg und er war dabei, sich aufzurappeln, als Robert einen Schritt nach vorne machte. Ich legte eine Hand auf die Brust meines Liebsten, der sofort zurücksank. Unmerklich schüttelte der Chefermittler den Kopf und murmelte etwas, das sich ›wie ein Welpe‹ anhörte.

Sam schien zu verstehen.

»Lip, du kannst froh sein, dass ich gerade angeschlagen bin, sonst würde ich dich windelweich hauen! Allerdings habe ich dir auch zu verdanken, dass Moritz erneut in mein Leben getreten ist. Hätte Olli mich nicht angefahren und die grandios dumme Idee gehabt, dich anzurufen, wäre ich vielleicht gestorben und wäre ihm nie wieder begegnet«, raunte Sam und drückte den Kopf gegen meinen Oberarm. Er lächelte auf einmal.

Ich strich ihm über den dunkelblonden Schopf und grinste. Irgendwie hatte das Schicksal doch ein paar gute Pläne auf Lager. Lip hob die Hand, um sich zu verabschieden. Er hatte mich nun wohl als Lover komplett aufgegeben, das konnte ich spüren. Dennoch wollte ich ihn nicht gehen lassen, bevor klar war, dass ich an unserer Freundschaft festhalten wollte.

»Hey Lip. Wann kann ich denn wieder das Bandshirt tragen? Ihr braucht doch die Fans!«

Um Lips Mundwinkel spielte ein geradezu schüchternes Lächeln.

»Ich lass dir die Daten zukommen. Vielleicht bekommst du deinen Kerl ja auch in eins der Shirts«, zwinkerte er mir zu und wurde von Robert daraufhin nach draußen begleitet.

Sam schnaubte und ich glaubte, dass Lip da lange drauf warten könnte, egal welcher Bandname es am Ende zieren würde.

»Wir, mein Lieber, unterhalten uns, wenn Sie genesen sind.« Evelyn nickte Sam zu. »Aber eins ist sicher: Wenn Sie Hilfe brauchen, sind wir da. Ich denke, das ist der Beginn einer interessanten Zusammnenarbeit, Samuel.«

Sie schüttelte dem Alpha zum Abschied die Hand, der innerlich vor Fassungslosigkeit beinahe implodierte. Mit einer solchen vertraulichen Geste hatte er wohl nicht gerechnet.

»Wo sind die Verletzten?«, rief Mika.

Er war schweißgebadet, als er in den Raum hetzte.

Das gab Evelyn das Signal zu verschwinden.

***

»Wie viele Bahnen willst du denn noch schwimmen?«, brummte Sam vom Türrahmen aus.

Kaum, dass wir Zuhause angekommen waren, hatte ich an der Rezeption gefragt, ob es hier eine Möglichkeit gab, ein bisschen überschüssige Kraft abzubauen. Die nette Dame lächelte verlegen, betrachtete mich von Kopf bis Fuß und meinte dann, im Keller befände sich ein Schwimmbecken und daneben ein Trainingsraum mit dazugehöriger Sauna. Nach dieser Information hatte mich nichts mehr halten können. Und was für ein Anblick es gewesen war! Die Leute in diesem Haus schienen extrem hohe Standards zu haben.

»So viele bis ich vor Erschöpfung umfalle!«, rief ich und tauchte erneut unter.

»Wo hast du eigentlich die Badehose her? Wir haben deine Klamotten doch noch gar nicht aus der Wohnung geholt.« Sam wirkte amüsiert und nahm auf einer der Sitzgelegenheiten Platz.

»Die verkaufen hier Badehosen in einer Art 24-Stunden-Shop. Sag bloß, du hast den noch nicht gesehen? Dann wirst du dich wundern, denn die Kosten wurden auf deiner Kreditkarte verbucht.« Breit grinsend schwamm ich zum Rand und zog mich daran hoch.

Sam musterte mich förmlich und reichte mir daraufhin ein Handtuch.

»Danke.«

Irgendwie war er gerade sehr schweigsam. Worüber er wohl nachdachte?

»Ich würde dich ja einladen, mit in die Sauna zu kommen, aber dein Kreislauf könnte sich verabschieden nach dem heutigen Blutverlust.«

»Du weißt, dass es heute erneut ziemlich knapp war oder?«

Natürlich wusste ich, worauf Sam hinaus wollte, doch ich winkte diesen Gedanken einfach ab, schmiss das Handtuch neben ihn und sprang zurück ins kühle Nass.

»Hey! Du kannst vor diesem Thema nicht abhauen«, knurrte er und begann ebenfalls das Hemd aufzuknöpfen.

»Vergiss es! Du hast keine Badehose«, lachte ich siegessicher, als ich auch schon ein Plätschern hinter mir hörte.

Mich traf der Schock und ich musste gleichzeitig herzhaft und verlegen lachen. Sam war einfach nackt ins Wasser gehüpft und nörgelte herum, wie sehr er es hasste. Ihm zu entkommen war zwecklos, denn er bekam mich an der Badehose zu fassen und riss mich zu sich.

»Hab ich dich!«

Samuels Lippen legten sich auf die meinen, meine Beine klammerten sich automatisch um Sams Hüfte und er spazierte mit mir durchs Becken.

»Lange her, dass wir zusammen schwimmen waren«, hauchte ich ihm ins Ohr, das sofort leicht rot wurde.

»Ja, ich erinnere mich an unseren gemeinsamen Ausflug ins kühle Nass ... Allerdings mussten wir da nicht befürchten erwischt zu werden.« Bei diesem Einwand konnte ich ihm leider nur Recht geben.

»Zu schade, dass wir keinen eigenen Pool mehr haben«, schnaufte ich, was Sam zum Lachen brachte.

»Das könnte man regeln. Wir haben doch die Dachterrasse über dem Apartment. Es wäre kein Problem sie zu kaufen und umzugestalten«, schlug er vor.

»Klingt gut«, stimmte ich zu und spürte, wie mein Rücken gegen den Beckenrand gedrückt wurde.

»Und dann werde ich dich darin so oft vernaschen, wie es geht«, zwinkerte mein liebeshungriger Wolf und biss mir zärtlich in den Hals.

»Aber nicht im Winter bitte! Da mag ich es lieber im Bett unter einer warmen Decke oder vorm Kamin.«

»Alles, was du willst, mein Herzblatt.«

Unsere Lust aufeinander stieg und zwischen meinen Beinen wurde es ziemlich eng. Gerade in diesem Moment beneidete ich Sam um seine Nacktheit. Die Bisse an meinem Hals wurden fester, der Griff um meine Hüfte fordernder und er gab ein wohliges Grollen von sich.

»Nicht hier!«, stöhnte ich, während sich einer seiner Finger am dünnen Stoff der Badehose vorbeimogelte und in mich eindrang.

»Gott, verlang nicht von mir, jetzt aufzuhören.« Mein Liebster seufzte heiser und sah mich flehend an.

Die Badehose rutschte von meinem Hintern und es kostete mich enorm viel Kraft, diesen liebestollen Alpha wegzudrücken.

»Okay, okay! Lass uns schnell nach oben gehen!«

***

Obwohl ich nach dem Schwimmen und all den Ereignissen mit der Energie am Ende war, liebten wir uns dennoch die Nacht hindurch. Erst als die Sonnenstrahlen am Himmel zu sehen waren, schlossen wir die Augen. Arm in Arm und nackt wie Gott uns geschaffen hatte, schlummerten wir bis zum späten Nachmittag.

Wach wurde ich durch einen köstlichen Geruch und dem Klirren von Geschirr. Ich schlüpfte in meine Hose und eilte zu Sam in die Küche, dem es anscheinend ziemlich gut ging. War ja nicht so, als hätte ich das die Nacht schon bemerkt.

»Na, Schlafmütze? Endlich auf? Eier und Speck mit Würstchen und Chiabata«, zählte er sogleich die Köstlichkeit auf und mein Bauch begann begeistert zu knurren.

Eigentlich hatte ich schon erahnen können, dass mich das Essen locken sollte, um dieses blöde Thema erneut zu beginnen.

»Wegen gestern. Es tut mir leid! Du bist abermals in die Schusslinie geraten. Ich weiß, dass es manchmal so wirkt, als würde sich die Welt gegen uns richten, aber ich will nicht, dass du zweifelst und wieder gehst ... und ...«

Ehe er weitersprechen konnte, zuckte ich mit den Schultern und erklärte, ich wäre gar nicht verunsichert. Ich wollte nicht abhauen, sondern war nur so wütend auf dieses Dreckschwein gewesen, weil er es auf Sam abgesehen hatte. Dass ich während seines hinterhältigen Angriffs im Waldzu Schaden kam, damit hatte selbst der gute Maxwell nicht gerechnet.

»Schatz, hör auf! Ich habe mich entschieden und ich bin mir zu Hundert Prozent sicher: Ich werde nicht mehr abhauen. Wir gehören zusammen, Punkt. Übrigens«, lenkte ich seine Aufmerksamkeit auf meine Hand und griff in die Hosentasche, um das Medaillon herauszuholen. »Wir beide gegen den Rest der Welt Ich werde für dich genauso da sein, wie du für mich.« Ich lächelte und bemerkte, wie gerührt mein Partner deshalb war. Spontan stand ich auf, setzte mich daraufhin auf seinen Schoß, was ihn umso mehr strahlen ließ.

»Weil ich dich liebe«, sagte ich noch sanfter und legte meine Stirn gegen seine. »Das Rudel ist meine Familie und du die Liebe meines Lebens. Merk dir das endlich, Samuel! So schnell wirst du mich nicht mehr los.«

Meine Stimme zitterte zwar, aber ich war mir so sicher wie noch nie im Leben.

Ich gehörte ihm!

Moes Worte und seine Emotionen hauten mich geradezu aus den Socken. Er hatte sich wirklich verändert, war erwachsen geworden. Was er die letzten Tage in meiner Welt erneut hatte ertragen müssen ... und dennoch blieb er.

»Wie wäre es heute mit einem Date-Day?«, fragte ich sogleich, was Moritz auf die Uhr schauen ließ.

»Einen halben Date-Day. Es ist Nachmittag.« Seine Miene zeigte einen frechen Ausdruck, der mir unheimlich gefiel. Mein Schatz wirkte entspannt und überaus gelassen. »Wir haben jetzt halb zwei.«

»Dann ein Date.«

»Und was hast du vor?«, erkundigte sich Moe neugierig, aber ich schüttelte den Kopf.

»Das ist eine Überraschung. Aber ich denke, es könnte dir gefallen. Nur zuerst gehen wir einkaufen. Du brauchst Klamotten, junger Mann!« Ich feixte, als Moritz eine Schnute zog, dann jedoch zwinkerte.

»Wie jetzt? Willst du dich etwa nicht in diesem Outfit mit mir zeigen?« Er blickte an sich hinab. Das einzige, was er trug, war eine Boxershorts.

»Nein, denn da hätte ich viel zu viel Angst, dass jemandem zu gut gefallen könnte, was er sieht. Also ab mit dir ins Schlafzimmer und anziehen. Ich hab auch schon eine Idee, wohin ich dich schleppe.« Rasch gab ich Moe einen Kuss und schob ihn vom Schoß.

***

»Du bist irre! Das hat sicherlich ein Vermögen gekostet«, seufzte Moritz, aber ich winkte ab.

»Kein Thema. Es ist das Willkommensgeschenk dafür, dass wir zusammenziehen. Du kannst ja schließlich nicht die ganze Zeit nackt durch die Wohnung laufen. Das halten unsere Triebe nicht aus.« Ich lachte und auch mein Liebling grinste.

Der Kofferraum platzte beinahe vor Taschen und Tüten. Mein persönlicher Shoppingberater hatte ganze Arbeit geleistet. Moe waren die Augen über gegangen, als *Wik* ein Teil nach dem anderen in dessen Kabine geschleppt hatte. Und mir danach, denn diese Klamotten brachten Moritz′ Wesen und die Statur perfekt zur Geltung.

»Ich bin jetzt schon ganz heiß darauf, dich aus dieser Jeans zu schälen«, hatte ich zwischendurch geknurrt, was Moe tatsächlich rot anlaufen und mich danach in die Umkleidekabine ziehen ließ.

Es blieb allerdings bei einer äußerst wilden Knutscherei, denn Wik war ständig in der Nähe gewesen.

»Und nun?« Moe blickte auf die Uhr. »Meine Güte! Es ist schon fast acht Uhr.«

»Ja, die Zeit mit Wik vergeht meist wie im Flug. Aber wir haben ja noch ein paar Stündchen.« Ich überlegte kurz. »Ich habe Hunger. Wie wäre es mit Essen gehen?«

Moritz′ Magen brummte, als wollte er mir stattdessen antworten. Ich steuerte mit dem Wagen also eins meiner Lieblingsrestaurants an, das eine gute Mischung aus allen möglichen Spezialitäten auf der Karte hatte. Moe war begeistert und ich freute mich, da ich jedes Mal weitere Gemeinsamkeiten entdeckte. Es gab tatsächlich wenig Dinge, in denen wir uns nicht einig werden konnten. Das waren perfekte Voraussetzungen für ein *für immer*.

»Dein Handy vibriert«, wies mich Moritz jedoch irgendwann auf meine Jackentasche hin. »Schau ruhig nach.«

»Leider gibt es Angelegenheiten, die einfach nicht aufhören.« Ich seufzte und fischte nach dem nervigen Gerät.

Es war eine Nachricht von Vivienne. Sie hatte Maxwell verhört und erfahren, wieso der Alpha dermaßen ausgeflippt war. Anscheinend gab es wirklich etliche Angriffe auf die Wölfe seines Rudels, dem Viv gern nachgehen wollte. Sie schien förmlich Feuer und Flamme dafür zu sein.

›Robert Allerton hat mir ebenfalls Hilfe zugesichert. Er würde mir einen Ermittler zur Seite stellen, wenn ich dorthin reise‹, schrieb sie und ich runzelte die Stirn.

»Was ist?« Moe lugte auf mein Handy und ich reichte es ihm, sodass er die Nachricht auch lesen konnte. Er pfiff leise. »Vivienne will allein die Angriffe untersuchen? Sie ist wirklich eigenartig drauf in letzter Zeit.«

»Eigenartig trifft es. Aber ich kann schlecht ›nein‹ sagen, oder?«, murrte ich.

Moritz schüttelte den Kopf.

»Ich denke, du solltest sie gehen lassen. Nur der Gedanke, dass Vivienne mit einem Vampir unterwegs ist, gefällt mir nicht.«

Dem stimmte ich zu, denn Viv war nun einmal eine wichtige Person in unserem Leben. Da kam mir ein Gedanke, der mich schmunzeln ließ.

»Sie wird mich vermutlich hassen ...«, lachte ich und tippte meine Antwort.

›Nimm TJ mit. Er kennt die Gegend und es ist sein Rudel. Zudem ist er ein Wächter.‹

Nachdem ich Moe die Nachricht gezeigt hatte, schlug er sich die Hand auf den Mund, um ein schallendes Lachen zu unterdrücken. Er wusste genau, wie Viv auf diesen gewöhnungsbedürftigen Mann reagierte. Allein seine Tattoos dürfte meiner Ex-Frau Unbehagen bereiten, mal ganz zu schweigen von seinem oftmals ungebührlichen Verhalten. Wobei ich mir dann doch ab und an nicht ganz sicher war ...

»Schon gemein. Doch es wird ihr sicherlich guttun, von hier wegzukommen. Und TJ ist nett.«

Moritz dachte wohl daran, welche Bürde von ihr hier zu tragen war. Offiziell gehörte sie noch immer zu dem Personenkreis, der die Verantwortung für das Rudel innehatte, zudem war sie es, die Avalaries Platz in der Firma eingenommen hatte. Die Wölfe liebten sie, genauso wie alle Moe umsorgten. Er war der Lebensgefährte des Alphas und bekam eine neue Schlüsselrolle.

»Du weißt, dass du mittlerweile die gleiche Stellung hast? Ich meine, dass dein Rang im Rudel gleich nach meinem kommt?«, wollte ich wissen und meinem Schatz fiel bei diesen Worten die Kinnlade runter.

»Aber ... Ich bin doch noch gar nicht lang genug ein Wolf! Und ein Mitglied des Rudels bin ich noch nicht so lang.« Er machte große Augen, was mich milde lächeln ließ.

»Du bist mein Mann – damit bist du die Nummer zwei im Rudel. Meinst du, du kommst damit klar?«

Moritz überlegte eine Weile, schien im Kopf mal wieder eine ›Pro und Kontra‹-Liste zu erstellen. Ich erinnerte mich, dass er dies anfangs bei mir auch getan hatte. Damals.

***

Gerade in dem Moment, in dem mir der Geduldsfaden zu reißen drohte, begann Moe zu sprechen:

»Das ist sehr viel Verantwortung.« Er flüsterte diese Worte und ich nickte. »Es ist aber ebenfalls eine große Ehre.«

Zu meiner Erleichterung zeigte er keine Angst oder Anspannung. Er schien dieser Aufgabe mittlerweile gewachsen zu sein. Ich strahlte, denn ich war mir sicher, dass er einen wundervollen Anführer abgab – fürsorglich, gerecht und mit dem nötigen Taktgefühl, das mir oft fehlte.

»Das müssen wir feiern! Lass uns tanzen gehen«, verkündete ich, was meinen Schatz auf andere Gedanken brachte.

»Meine Klamotten sind doch alle noch im Kofferraum.«

»Egal! Du kannst dich auf dem Parkplatz umziehen. Wir machen jetzt einen drauf!«, war ich ziemlich übermütig, denn alles schien auf einen perfekten Tag hinauszulaufen.

Er war tatsächlich wie im Flug vergangen, sodass ich aufpassen musste, den Zeitplan einzuhalten. Erst das Frühstück, dann Shopping und Abendessen, am Ende Tanzen gehen und meine spezielle Überraschung. Je näher dieser Moment kam, desto aufgeregter wurde ich. Moritz spürte zwar, dass etwas vor sich ging, doch er wusste nicht was. Wenn es nach mir ging, sollte er es auch nicht, zumindest bis kurz davor.

In der Diskothek, die gegen elf Uhr bereits so voll war, dass wir gar nicht auffielen, tanzten wir eng aneinandergeschmiegt oder ausgelassen hüpfend. Es war wundervoll, Moe so dermaßen ausgelassen und heiter zu sehen und seine Gefühle wahrzunehmen.

Hoffentlich gefiel es ihm ebenso, was ich geplant hatte. Falls nicht, war ich ein toter Wolf.

»Wenn du so weitermachst, bekommst du noch einen Herzkasper!« Moe lachte irgendwann, als eine neue Welle der Nervosität zu ihm hinüber schwappte. »Jetzt verrate mir schon, was los ist. Ich verspreche auch nicht zu flüchten.«

Sanft zog ich ihn an mich und küsste ihn, danach raunte ich ihm ins Ohr:

»Das kann ich dir nicht erzählen, sondern muss es dir zeigen.«

Mein Schatz machte große Augen, ließ sich jedoch an der Hand aus der Disko führen. Die Nacht hatte seinen Höhepunkt erreicht. Ein Uhr, Vollmond – alles war perfekt. Rasch marschierten wir zum Wagen und ich öffnete den Kofferraum.

»Mach die Augen zu«, forderte ich Moritz auf, der diese ohne Zögern schloss.

Er zuckte ein wenig zusammen, als er den Stoff auf seinem Gesicht spürte. Mit einem Schal nahm ich ihm sicherheitshalber ganz die Sicht. Es sollte schließlich eine Überraschung werden.

»Langsam wird mir mulmig. Was hast du vor?«, erkundigte er sich.

»Das wirst du gleich sehen.«

Ich half ihm auf den Beifahrersitz, schlug dann den Kofferraumdeckel zu und nahm auf der Fahrerseite Platz. Unser Ziel war nicht sehr weit entfernt und vermutlich erwartete man uns. Moes Emotionen und Wahrnehmungen, sowie sein Trieb drehten beinahe durch. Er war angespannt vor Aufregung, was sich allerdings nicht negativ anfühlte. Seine Sinne versuchten schlichtweg zu ergründen, wohin es ging. Er tappte aber komplett im Dunkeln, was mich zum Grinsen brachte.

»Jetzt sag, wohin es geht«, drängte er und ich lachte.

»Geduld. Ich verspreche dir, es lohnt sich.«

Am Ziel angekommen, stellte ich den Motor ab und stieg aus. Moes Nasenflügel bebten, denn er bemühte sich, aus den Gerüchen schlau zu werden. Glücklicherweise war er noch so unerfahren, dass er mir nicht gleich auf die Schliche kam.

»Gleich«, raunte ich ihm ins Ohr und er nickte.

»Ja, gleich bekomme ich einen Kreislaufzusammenbruch. Beeil dich!« Seine Stimme zitterte vor Anspannung.

Man öffnete uns schweigend die Tür und ich führte meinen Liebling weiter. Mit jedem Schritt wurde das Gefühlschaos intensiver, aber auch meine Vorfreude, was ihn nicht ausflippen ließ. Seine Augen zu verbinden war eine gute Idee gewesen, denn von allein hätte er sich nun nicht mehr zusammenreißen können. Dazu war die Neugier viel zu stark.

»Alles okay?«, fragte ich leise.

»Bitte, darf ich das Ding jetzt abnehmen?«, flehte er und ich begann flüsternd, von 60 nach unten zu zählen.

***

Als Moritz den Schal von den Augen zog, blinzelte er in die Finsternis hinein. Er war sichtlich irritiert. Daraufhin wurde das Licht eingeschaltet und die Schmetterlinge tanzten in der Luft. Moe strahlte.

»Wir sind im Schmetterlingshaus«, hauchte er und war sogleich wie gebannt von den Bewegungen der in der Luft schwebenden Tiere.

»Ich fand, es wäre der perfekte Ort, denn hier hast du mir das erste Mal ein Stück deiner selbst offenbart ...« Ich atmete tief ein und wappnete mich für den nächsten Teil der Überraschung.

Wie bereits hunderte Male in Gedanken durchge-
spielt, ging ich auf einmal auf die Knie. Moes Miene
schien in diesem Moment einzufrieren und er starrte
mich aus einer Mischung aus Entsetzen, Überraschung
und Überwältigung an. Als ich das Schmuckkästchen
aus der Tasche zog, erzitterte er.

»Sam.« Moe schluckte, aber ich fuhr unbeirrt fort.

»Moritz Landvogt«, raunte ich. »Ich weiß, ein Leben
mit mir ist nicht einfach und es werden vermutlich noch
einige Probleme auf uns zukommen. Aber ich liebe dich
von ganzem Herzen und werde mich bemühen, dir ein
guter und fürsorglicher Ehemann zu sein, dein Freund
für immer und der Vertraute, auf den du jederzeit
zählen kannst. Willst du mich heiraten?«

Mit zitternden Fingern öffnete ich das Kästchen und
hielt ihm die beiden Ringe aus Platin hin.

Die Schmetterlinge um uns herum, die schönen leuchtenden Farben und der wichtigste Mensch auf den Knien vor mir, mit einem der außergewöhnlichen Ringe, die ich jemals gesehen hatte.

»Sam ... ich ...«

Ich spürte, wie angespannt mein Liebster war, weshalb ich es doch etwas abkürzte.

»Ja«, antwortete ich, was ihn zum Strahlen brachte.

Er löste den Ring aus dem Kästchen, nahm meine Hand und steckte ihn mit zittrigen Fingern an. Kaum auf den Beinen zog er mich an sich und küsste mich innig. Dieses Strahlen war ansteckend.

»Für einen Moment hatte ich Angst, du könntest ›nein‹ sagen«, gestand er und schien weiche Knie zu haben.

»Nun, für einen kurzen Moment wusste ich nicht, was ich überhaupt sagen sollte«, meinte ich verlegen und drückte mich an seine Brust. »Schließlich habe ich dir bereits damals angedroht, dass ich nach Viv drankomme.«

Ich begann zu lachen und mein Verlobter spielte erleichtert an meinen Haaren herum.

»Jetzt gehöre ich dir! Mit allem was ich besitze«, flüsterte er und begann an meinem Hals zu knabbern.

»Was wird das, Samuel?«, musste ich kichern, da es kitzelte.

»Ein wenig Süßholzraspeln, gemischt mit ansteigender Begierde«, brummte er spielerisch und ich wurde rot.

»Nicht hier! Dieser Ort ist mir heilig. Ich will nicht an unsere versauten Sexspielchen denken, wenn wir noch einmal herkommen«, protestierte ich, was Sam bellend auflachen ließ.

Für einen Augenblick beobachteten wir weiter die fliegenden Schönheiten, wobei ich diesen Moment festhalten wollte. Leider mussten wir uns auf den Weg nachhause machen, da die Zeit um war. Die Fahrt kam mir ewig lang vor. Ich strich immer wieder mit den Fingern der anderen Hand über den Ring. Wir würden einen gemeinsamen Weg einschlagen, bis dass der Tod dem ein Ende setzte.

»Warte! Wir können noch nicht heim«, gab ich auf einmal entsetzt von mir, was meinen Liebsten verwirrt rüber schauen ließ.

»Wo müssen wir denn sonst hin?«

***

»Hallo Mama, hallo Papa«, sprach ich zum gemeinsamen Grabstein meiner Eltern, Sam im Schlepptau. Der Sternenhimmel hätte in dieser Nacht nicht klarer sein können.

Er hatte mir seinen Mantel über die Schultern gelegt, da ich zitterte. Ob es nun die Kälte oder die Aufregung war, konnte ich nicht benennen. Wie gern hätte ich ihnen erzählt, dass ich bald ein verheirateter Mann sein würde. Dass ich glücklich war ... Ich brachte allerdings nichts heraus, da sich mein Hals wie zugeschnürt anfühlte. Sam ergriff stattdessen das Wort, was mich zutiefst berührte.

»Wilhelm, ich weiß, es geht nicht mehr persönlich, dennoch bitte ich dich um euren Segen. Ich möchte euren Sohn heiraten, ihm zur Seite stehen, Moe lieben und auf ihn Acht geben. Ich gelobe, dies bis zu meinem letzten Atemzug zu tun, weil ich ihm total verfallen bin.« Sam strich über den Grabstein und sah dann zu mir.

»Hoffentlich bekomme ich ihren Segen, sonst ist unsere Ehe womöglich vom Pech verfolgt«, scherzte er leise und ich nickte.

So gern hätte ich die beiden dabei gehabt.

Schlagartig wurde es kühler. Ich zitterte noch mehr, bis etwas Kaltes auf meine Nasenspitze traf. Wir sahen zum Himmel empor und dicke Schneeflocken fielen auf uns hinab.

»Ich deute es als ein ›Ja‹ deiner Eltern!«, lachte Sam.

Ich hatte mich noch nie so sehr über Schnee gefreut, wie in diesem Moment.

»Das ist eine schöne Vorstellung«, schmunzelte ich und ließ mich in die Arme meines zukünftigen Mannes ziehen.

Ich blinzelte, wollte die Tränen nicht laufen lassen und erkannte im Schleier leicht verschwommen hinter Sam meine Eltern und Kristin. Ich schluckte. Mein Vater hielt Mutter in den Armen, die weinte. Er lächelte und streichelte sie, während Kristin mir die Zunge raus streckte und den Daumen nach oben hielt. Als ich mir über die Augen rieb, waren sie verschwunden und ich musste nun doch weinen. Konnte das tatsächlich echt gewesen sein?

»Lass uns gehen. Es wird kalt und ich wüsste da so ein paar Dinge, die uns einheizen«, raunte Sam, der wohl nichts mitbekommen hatte, und ich nickte schniefend.

***

»Hampel nicht so herum, sonst wird das nichts mit dem Binden der Fliege«, lachte Mika, da ich mich kaum an einer Stelle aufhalten konnte.

Ich lief wie ein aufgescheuchtes Huhn hin und her.

»Leute!«, brummte der Heiler den beiden Zwillingen zu, die mich plötzlich festhielten.

»Bekommst du kalte Füße? Das wäre unser aller Tod, wenn Sam zurück in die Firma kommt. Bedeutet, wenn du die Kurve kratzt, müssen wir das auch! Wer fährt den Fluchtwagen?«, scherzte Simon und Benny grinste nur.

»Was ist, wenn ich ihm nicht gefalle? Ich mach sowas zum ersten Mal«, stotterte ich nervös, als Mika an meinem Hals zu Gange war.

»Moritz, das ist doch der Sinn der Sache: Dass es das erste und letzte Mal bleibt. Und mein Junge, du siehst toll aus! Wobei ... Du könntest auch in Lumpen nach da vorn gehen und Sam würde dich trotzdem wollen. Also hör auf so durchzudrehen«, versuchte mein Trauzeuge, mich zu beruhigen, was leider keinerlei Effekt hatte.

Ich starb fast vor Unruhe.

Alle suchten langsam ihre Plätze auf und Marie machte die beiden Mädels zurecht, die als unsere Blumenmädchen voll bei der Sache waren. Die meisten Rosenblätter lagen bereits verteilt auf dem Boden der Ankleide. Ein letzter Blick in den Spiegel. Ich sah aus, als müsste ich mich jeden Moment übergeben. Verdammt, war ich nervös!

Viv kam in den Raum und lächelte mich an. Sie hatte Tränen in den Augen, während sie mir eine herausschauende Strähne hinters Ohr schob.

»Hör auf, dir so viele Gedanken zu machen. Vorn am Altar steht ein Bräutigam, der gleich einen Nervenzusammenbruch erleidet, weil du hier hinten so durchdrehst«, lachte sie und strich mit den Fingern nochmals über meinen Anzug. Sie schien diese Situation gerade irgendwie zu feiern und ich liebte sie dafür. »Er hat sich übrigens schon erkundigt, ob Wölfe an den Ausgängen stehen, um deine Flucht zu verhindern.«

Vivienne war die Trauzeugin des Alphas und hatte ganze Arbeit geleistet. Mein Zukünftiger hatte ihr alle Aufgaben rund um die Hochzeit anvertraut und es war wahnsinnig gut geworden. Das Gemeindehaus, in dem wir uns das Ja-Wort geben wollten, war traumhaft schön dekoriert, man hatte einen Altar aufgebaut und ein Standesbeamte war organisiert worden, der uns wie in einer Kirche trauen sollte. Es war perfekt! Alles wirkte im Einklang.

»Habe ich dir schon gesagt, wie bezaubernd du aussiehst?«, fragte ich Sams Exfrau, um ein wenig von meiner Nervosität abzulenken.

Vivienne trug ein zartrosafarbenes Kleid und wirkte wie eine Elfe.

»Warte ab, bis du deinen Verlobten zu Gesicht bekommst«, flüsterte sie und drückte mir einen Kuss auf die Stirn. »Wir sehen uns gleich. Alles wird gut«, versicherte sie mir noch einmal und folgte dann TJ, der mit dem Zeigefinger auf seine Uhr getippt hatte.

Mika gesellte sich erneut zu mir und richtete den Kragen.

»Bereit?«

Ein letzter Blick in den Spiegel und ich nickte. Vivienne war vor der Hochzeit mit mir einkaufen gewesen und hatte darauf bestanden, dass ich etwas Weißes trug, schließlich wurde ich ja zum Altar geführt. Somit bestand mein Outfit aus einer schwarzen Jeans, einem langärmligen, elfenbeinfarbiges Hemd, mit einer weißen Weste. Viv fand es ohne Jacke moderner und für mein Alter angemessener. Dazu noch eine weiße Fliege, die auch Sam trug.

Mika befestigte eine Ansteckblume und klopfte mir dann auf die Schulter.

»Los geht es. Da draußen wartet jemand, der genauso aufgeregt ist wie du.«

Die Mädchen nahmen ihre Position mit Marie an ihrer Seite ein, Mika bot mir zwinkernd den Arm an und schon ertönte die Musik. Nicht mehr lange und ich war *Moritz Landvogt-Johnsan*.

Wir bogen um die Ecke zum Brautgang. Sam drehte sich in meine Richtung, wirkte tatsächlich genauso nervös, wie ich. Erst als sich unsere Blicke trafen, lächelte er und schien sich zu entspannen. Lief er gerade etwa rot an? Grinsend kamen wir Schritt für Schritt näher. Bevor Mika mich an den Alpha übergab, schloss der Mann mich in seine Arme und flüsterte:

»Deine Eltern schauen bestimmt zu und sind wahnsinnig stolz.« Wenn er wüsste, wie Recht er doch hatte.

In der ersten Reihe – die Zwillinge waren auf diese Idee gekommen – hatte man auf zwei Plätze Bilder meiner Eltern aufgestellt, die mit Blumen geschmückt worden waren. Diese Geste des Rudels wusste ich sehr zu schätzen. Alle aus meiner neuen Familie waren gekommen und Annabelle schniefte bereits jetzt vor sich hin.

»Darf ich?«, fragte Sam nun unruhig und reichte mir die Hand.

Ich ergriff sie und ging die zwei Stufen zum Altar hinauf. Samuel sah atemberaubend gut aus in seinem schwarzen Anzug und der ebenfalls weißen Fliege.

»Du bist wunderschön!«, raunte er lächelnd und zog die Strähne, die Viv eben noch weggeschoben hatte wieder hervor.

»Besser?«, erkundigte ich mich und er nickte erneut leicht rot werdend.

Er hielt meine Hand während der ganzen Rede, bis die Frage aller Fragen kam.

Epilog

Mein Leben war ein einziger Traum. In der Firma halfen Vivienne und Annabelle dabei, den Stress zu senken, den Zwillingen hatte ich ebenfalls mehr Handlungsfreiheiten eingeräumt und alles schien zu laufen. Die Hochzeit und die Flitterwochen ließen mich regelrecht auf Wolke sieben schweben, denn die Rudel akzeptierten es, dass ich nun einen Mann an meiner Seite hatte. Gut, anfangs war es etwas knifflig gewesen, doch jeder, der Moe kennengelernt hatte, war schnell überzeugt worden. Vor allem Maxwells Rudel, das mittlerweile von dessen Bruder Erik geführt wurde, wirkte entspannt. Ich sicherte zu, mich ihrer Belange anzunehmen, beziehungsweise, Vivienne würde weiterhin zusammen mit TJ ein Auge darauf haben. Erik war entzückt und wirkte wild entschlossen, Viv zu umgarnen. Meine süße Ex-Frau würde wohl einiges in Sachen Dates lernen müssen.

»Was grinst du denn jetzt schon wieder so?«, lachte mein Mann.

»Mir ist gerade eingefallen, dass Vivienne ja nun frei ist und sich vermutlich bald vor Verehrern nicht mehr retten kann. Gut, dass sie den Wächter an ihrer Seite hat.« Meine Bemerkung schien Moritz köstlich zu amüsieren, aber er sagte nichts dazu. Stattdessen meinte er:

»Zu schade, dass wir bald abreisen müssen.« Er blickte aus dem Fenster unserer Suite und dem Verkehr auf der Straße zu.

Manhattan – so lange hatte ich darauf gewartet, es ihm zu zeigen. Und wir waren fast überall gewesen. Auch Viviennes Broadway-Tickets hatten wir genutzt und eine ausgiebige Shopping-Tour davor gemacht. New York war auf jeden Fall eine Reise wert! Immer und immer wieder. Es blieb nie gleich, ständig im Wandel und dennoch vertraut.

»Wir kommen zurück, wann du willst.« Ich näherte mich ihm und küsste Moe in den Nacken. Er seufzte wohlig. »Aber vergiss nicht, dass wir auch noch andere Orte vor uns haben: Neuseeland, Japan, China, Russland ... Wie du es dir gewünscht hast, wirst du mit der Zeit die ganze Welt sehen.«

Ein Lächeln stahl sich auf Moritz' Miene und er strich mir über die Arme, die sich wie von selbst um ihn gelegt hatten.

»Ich bin zwar keine Prinzessin und hab trotzdem den Traumprinz bekommen. Wer hätte das vor eineinhalb Jahren gedacht«, murmelte Moe und ich schüttelte mich vor Lachen hinter seinem Rücken.

»Ich erinnere mich da an ein Früchtchen, das mich mit seinem Skateboard fast über den Haufen gefahren hat.« Ich schwelgte sogleich mit meinem Liebsten in Erinnerungen.

Was wir in dieser Zeit alles erlebt hatten! Wir hatten uns gemeinsam einem frisch gewandelten Wolf gestellt, waren durch ein Tal der Tränen gewandert, sollten mehrere Male fast das Leben verlieren und dennoch fanden wir am Ende erneut zusammen. Es kam mir manchmal vor, als wollte uns das Schicksal prüfen, um zu sehen, wie weit wir gehen würden.

»Dich erwartet eine Überraschung. Unsere Flitterwochen sind noch nicht ganz vorbei«, flüsterte Moritz
und holte mich damit aus den Gedanken.

Ich drehte ihn zu mir herum, sodass ich ihm in die
Augen schauen konnte.

»Eine schöne, hoffe ich.«

Er grinste.

»Hast du von mir mal eine schlechte Überraschung
erlebt?«

Ich überlegte gespielt, was meinen Liebling dazu
bewegte, mir in die Seite zu kneifen. Lachend drückte
ich ihn an mich.

»Niemals. Du bist perfekt!«

Das Murmeln an meiner Brust konnte ich nicht
verstehen, aber seine Emotionen machten mir eine
Gänsehaut. Er war so glücklich, dass ich hätte schweben
können.

An einem anderen Ort

Ein paar Tage später.

»Also, wenn du jetzt gleich rechts ran fährst, mir eins überbrätst und mich in den Graben schmeißt, kannst du dir sicher sein, dass mich die nächsten zwanzig Jahre niemand findet«, brummte ich und suchte auf der Landkarte verzweifelt nach einem Anhaltspunkt, wo wir uns befanden.

»Leg das Ding weg. Ich hab mir den Weg mehrfach erklären lassen und weiß, wohin ich will. Wobei ich mir das mit dem Graben nochmal überlege, wenn du weiter nachhakst.« Moritz schüttelte den Kopf und gluckste, als ich ihm die Zunge raus streckte. »Herr Kontrollzwang, schließt jetzt die Augen und entspannt sich. Dein Mann befiehlt es ... oder ist dir *Herrchen* lieber?«

Ich antwortete nicht auf diese Frage. Obwohl Moe ebenfalls ein Wolf war, liebte er diese Seitenhiebe weiterhin. Mir war es egal, auch wenn es so manchen Alpha verstört hatte, uns auf solche Weise reden zu hören. Aber so war Moritz und das war gut so!

Brav lehnte ich mich zurück und genoss die Aussicht. Wenn er darauf bestand, dass ich mich entspannen sollte, fügte ich mich. Die Landschaft wirkte idyllisch, wobei ich mich langsam fragte, was wir hier machten. Was für eine Überraschung sollte mich an einem solchen Ort erwarten? Vor allem mitten im nirgendwo in Frankreich ...?

Wir fuhren an einer Wiese vorbei, auf der Moritz ein kleines Picknick veranstaltete. Er meinte, wir wären etwas zu früh dran, weshalb er diese Pause machen wollte. Aus dem Kofferraum fischte er eine Decke und sogar einen kleinen Korb, in den er Wein, Brot, Käse und eine Salami gepackt hatte.

»Passend zum Ambiente«, meinte er und ich schüttelte den Kopf.

»Die Sache mit dem *in der Wildnis aussetzen* beschäftigt mich immer mehr.« Meinen Scherz dementierte es mit einem innigen Kuss, der dafür sorgte, dass mir extrem heiß wurde.

Ich würde wohl niemals genug von Moe bekommen.

***

»Aufwachen, wir müssen weiter.« Moritz kitzelte mich an der Nasenspitze und ich blinzelte.

Anscheinend war ich so dermaßen entspannt gewesen, dass ich eingeschlafen war. Mein Schatz grinste und kraulte mir etwas den Nacken.

»Na, Schlafmütze?«

»Langsam gefällt mir dieses Fleckchen. Wir sollten öfter hierher kommen«, nuschelte ich und gähnte herzhaft.

»Ich denke, da hätte ich nichts dagegen. Jetzt aber erst einmal meine Überraschung!« Er hibbelte aufgeregt herum, was mich spontan wach werden ließ.

»Wo?« Ich suchte seine Umrisse ab und er lachte.

»Nicht an mir. Dazu müssen wir in den nächsten Ort fahren.« Moe zog mich auf die Beine und schnappte sich die Decke, während ich in Richtung Wagen schlurfte.

Die Mittagshitze machte mich müde und ich sehnte mich nach einem kalten Getränk und einem Platz, an dem ich es mir gemütlich machen konnte. Stattdessen erwartete mich im Inneren des Wagens eine Bullenhitze, der die Klimaanlage des Leihwagens nicht Herr wurde. Mit der Landkarte fächerte ich abwechselnd Moe und mir Luft zu.

»Dauert nicht lang«, versicherte er mir und ich nickte. Als Wolf hätte ich vermutlich wie verrückt gehechelt, was ich mir in Menschenform zwanghaft verkniff.

Der nächste Ort war im Grunde keiner, sondern eher ein winziges Dorf, das aus gerade mal sieben Häusern bestand. Mein Liebling fuhr auf einen Bauernhof zu, was mich mächtig irritierte. Was wollte er hier? Sollten wir etwa ein paar Tage Landwirte spielen? War das etwa seine Überraschung?

»Abwarten!« Natürlich nahm Moe meine Gefühle wahr und freute sich über die Unsicherheit darin.

Er fuhr mitten auf den Hof und stellte den Wagen ab. Ich sah mich um, blieb jedoch ratlos.

Zwei Kinder stolperten auf uns zu und Moritz stieg hastig aus, um die beiden zu begrüßen. Ich schätzte sie auf knapp ein Jahr, ihrer unsicheren Schritte nach zu urteilen, die meist noch ein Krabbeln waren. Eventuell Verwandte von ihm, die er mir vorstellen wollte?

»Ihr seid so gewachsen!«, hörte ich seine Worte und die Kleinen stürzten sich in die Arme meines Liebsten.

»Moe«, raunte ich unsicher, während ich ebenfalls aus dem Wagen stieg.

»Komm her!« Er winkte mich zu sich heran und ich näherte mich.

Kinder waren noch nie mein Fall gewesen, obwohl mir diese hier eigenartig bekannt vorkamen. Auch auf mich stürzte sich der Junge und strahlte. Die beiden waren eindeutig Zwillinge, den Klamotten nach zu urteilen, wenn auch ein Junge und ein Mädchen. So saß ich zusammen mit Moritz und den Kleinen mitten auf dem Bauernhof im Dreck und lächelte etwas gezwungen.

»Darf ich vorstellen: Das sind Ronja und Birk.« Er gluckste, als ich eine Augenbraue hob.

»Waren das nicht die Kleinen aus *Ronja Räubertochter*?«, hakte ich nach und Moritz nickte lachend.

»Mein Mann wollte außergewöhnliche Namen und mir fielen diese beiden ein, weil Mutter die Geschichte geliebt hat«, vernahm ich eine Stimme hinter mir und schluckte.

Ich kannte sie nur zu gut. Mein Herz begann zu rasen.

»Hallo Avalarie«, bestätigte Moe mir lächelnd, was ich bereits wusste und nahm mir Birk ab.

»Hallo Moritz.« Die Stimme meiner Schwester war sanft und ich war mir sicher, dass sie lächelte, dennoch konnte ich es nicht über mich bringen, mich umzudrehen.

»Mensch, was für eine Hitze! Ich denke, wir drei sollten schon mal reingehen«, löste sich Moe nun komplett von mir, stand auf und trug die beiden Kinder in Richtung des Hauses.

Ich blieb regungslos sitzen. Was wäre, wenn ich mich umdrehte und sie erneut verschwand? Es war Blödsinn, doch in diesem Moment fühlte es sich so an, als bestünde die Möglichkeit.

»Samuel«, flüsterte Ava beinahe und ich hörte Schritte, die auf mich zukamen. »Ich kann verstehen, wenn du wütend auf mich bist. Es ist so viel geschehen, was ich dir erklären muss ...«

»Was denn genau?« Meine Stimme klang rau und heiser, als ich sprach. »Die Sache zwischen Vater und dir? Oder deine Flucht vor Adrian? Oder eventuell die Tatsache, dass ich Onkel wurde und du es mir nicht gesagt hast?«

Ich spürte eine Hand auf meiner Schulter und zuckte zusammen. Die Berührung war sanft, vorsichtig, gar unsicher. Es passte nicht zu Avalarie.

»Das und noch so viel mehr. Es tut mir leid, Samuel.«

Ich stand auf und fuhr zu ihr herum. Mein Blick heftete sich auf ihre Gestalt und ich schluckte erneut. Das vor mir war nicht mehr die Frau, die ich als meine Schwester gekannt hatte.

Ava wurde rot und lächelte.

»Ich sagte ja, es ist viel geschehen.« Sie strich sich zärtlich über den Bauch.

»Du hast dich so verändert«, brachte ich heraus und machte einen Schritt auf sie zu.

»Oh ja, das hat sie! Sie wird von Tag zu Tag schöner.« Eine Männerstimme brachte mich ins Wanken und ich erkannte den Wolf, der aus dem Haus trat und Ava anstrahlte. »Hallo Sam!«

Lukas! Ich blickte verdattert von meiner Schwester zu ihm und zurück, was Avalarie zum Lachen brachte. Als hätte dies einen Knoten gelöst, fiel sie mir um den Hals und drückte mich liebevoll.

Mein Herz fühlte sich erleichtert an. Ihr ging es gut ... Sie war glücklich und in Sicherheit.

***

»Und Moe hat es die ganze Zeit gewusst?«, knurrte ich nun und Ava lief erneut rot an.

Moritz ließ sich davon nicht beirren, sondern spielte weiter mit den Kleinen, die es sichtlich genossen. Er hatte schon immer ein einnehmendes Wesen gehabt, doch nun als Wolf wirkte er auf sie wie ein Magnet. Die beiden konnten wohl spüren, dass er zu ihrer Familie gehörte, und vertrauten ihm deshalb blind.

»Wir haben uns bei Annabelle gemeldet, als wir von der Hochzeit erfuhren.« Lukas hatte sich neben Avalarie gesetzt und den Arm beschützend um ihre Schultern gelegt. Sie lächelte ihn liebevoll an, was mich vollkommen fertig machte. Ich hatte meine Schwester noch nie so glücklich und zufrieden gesehen. Wie sehr hatte ich dies die ganzen Jahre ignoriert.

»Wieso seid ihr nicht nach Hause gekommen?«, knurrte ich, was Ava verunsicherte und Moe zum Schnauben brachte.

»Sie sind hier zu Hause, Sam!«, ergriff er das Wort und ich schluckte.

Okay, da hatte ich mich im Ton und in der Wortwahl vergriffen.

»Ich meinte«, begann ich, aber meine Schwester schüttelte den Kopf.

»Mich dem Rudel stellen? Diese alte Geschichte würde sich niemals aufklären lassen. Das hat selbst Adrian erkannt und deshalb beschlossen, Lukas und mich ziehen zu lassen.« Sie lächelte traurig, sodass mir das Herz schwer wurde.

Ich nickte nachdenklich.

»Ich würde vorschlagen, dass wir die Vergangenheit einfach übergehen und neu beginnen. Ava und ich haben das zumindest geschafft.« Moe grinste meine Schwester schief an und pustete danach gegen Ronjas Patschehändchen, das sich auf seinen Mund gelegt hatte.

Lukas und Ava bedachten ihn mit einem Blick, der mich seufzen ließ.

»In Ordnung.«

Der ehemalige Wächter lächelte und klopfte danach auf den Tisch.

»Also ich finde, das sollten wir feiern. Wie wäre es mit ein bisschen Schwarzgebranntem?« Er wartete auf meine Reaktion.

»Ach, was solls. Zumindest sterbe ich dann noch relativ jung und glücklich«, brummte ich, was alle anderen zum Lachen brachte.

Die Stimmung war auf einmal gelöst und fröhlich. Avalarie erzählte von ihrer Suche nach einem passenden Grundstück, des Alltags als Betreiberin dieses Hofs und dem Leben als Mutter und Ehefrau. Dabei erstrahlte sie vor Glück. Das Landleben bekam ihr.

***

»Und? Schöne Überraschung?«, erkundigte sich Moe später, während wir uns gemütlich im Gästezimmer ins Bett kuschelten.

Lukas und Ava hatten darum gebeten, dass wir noch etwas bei ihnen blieben. Sie wollten uns noch die Gegend zeigen und auch die Ländereien, die Lukas bewirtschaftete. Zudem würden am nächsten Tag auch noch Lukas´ Ziehkinder Maijke und Anton, sowie seine Verlobte Fleur aus der Stadt zurückkommen.

»Im ersten Moment nein, aber jetzt scheint es immer schöner zu werden. Ich bin Onkel ... und werde es wohl demnächst nochmal.«

Mein Mann strahlte wissend.

»Ja, es wird eine *Cassandra*. Der Name ist wunderschön.«

Ich schluckte, denn das war der Vorname unserer Mutter gewesen. Moritz spürte mein Unbehagen und strich mir sanft über den Brustkorb.

»Alles okay?«

»Ja, alles in Ordnung. Meine Mutter wäre sicherlich stolz darauf«, raunte ich und Moe küsste mich auf den Oberarm.

»Auf dich wäre sie auch stolz. Du warst heute einfach toll, mein Lieblingsalpha.« Er feixte und ich begann, ihn zu kitzeln.

Aus dieser Spielerei wurde ein Gerangel und die Triebe gingen mit uns durch. Schwer atmend wurden unsere Küsse leidenschaftlicher.

»Moe«, unterbrach ich den Kuss jedoch irgendwann. »Ich liebe dich.«

»Das will ich dir auch geraten haben! Du wirst mich nämlich nie wieder los.« Moritz strahlte und gab mir einen Kuss auf die Nasenspitze. *Für immer dein.*

Nachwort:
Wir hoffen, euch hat die Geschichte gefallen. Die drei Teile von Sam und Moe entstanden in rasender Geschwindigkeit – kein Wunder, wenn zwei Autoren nicht davon lassen können ... ;) Wir haben mit den beiden gelitten, gelacht und mitgefiebert. Wie froh sind wir, dass es gut ausging und hoffen, es ist dennoch nicht das Ende.

Werwölfe sind wundervolle Wesen!

*Diese Wolfsgeschichten werden auf keinen Fall die letzten gewesen sein ... :) Wir freuen uns schon auf die nächsten Abenteuer dieser unruhigen und emotionsgesteuerten Gesellen. *zwinker**

<u>Lesereihenfolge – da wir immer gefragt werden:</u>

MmeeBs: 01 – Ein Vampir fürs Leben
MmeeBs: 02 – Erinnerungen eines Vampirs
MmeeBs: 03 – Eine Vampirdame im Sprechzimmer
Yvor und Yvi – Eine Vampir-Liebesgeschichte mit Knacks
MmeeBs: 04 – Vampirische Eifersucht
MmeeBs: 05 – Vampirdamen bedeuten nichts als Ärger
Yvor und Yvi 2 – Eine Vampir-Liebesgeschichte und noch ein Knacks
MmeeBs: 06 – Vampirischer Auftrag: Blutiges Erbe
MmeeBs: 07 – Blut, Eis und Flammen
Yvor und Yvi 3 – Kein Knacks ist auch keine Lösung
VieW 1 – Sam und Moe
VieW 2 – Sam und Moe 2
VieW 3 – Avalarie und das Schicksal
VieW 4 – Adrian – Gegen die Zeit
VieW 5 – Sam und Moe 3
VieW 6 – Vivienne (Ende 2019)
VieW 7 – Tristan (Anfang 2020)
VieW 8 – Zwei Wölfe, ein Problem in Sachen Liebe (2020)
Phönixgirl 1 – Aus der Asche (Dez. 2019)
MmeeBs: 08 – Phönixliebe - über den Tod hinaus (2020)

MMeeBs – Manchmal muss es eben Blut sein
VieW – Verliebt in einen Wolf
Und die Welt wächst weiter...

www.SabrinaGeorgia.de

DERFUCHS-VERLAG

https://.DerFuchs-Verlag.de
info@DerFuchs-Verlag.de

Auch auf Facebook:
https://facebook.com/DerFuchsVerlag

www.ingramcontent.com/pod-product-compliance
Lightning Source LLC
LaVergne TN
LVHW011001200726
843509LV00011B/942